Correndo
para Você

RACHEL GIBSON

Correndo para Você

TRADUÇÃO:
Carolina Caires Coelho

Título original:
Run to You

Copyright © 2017 by Jardim dos Livros
Copyright © 2017 by Rachel Gibson. Published by arrangement
with Folio Literary Management, LLC and Agencia Riff.

1ª Edição – Março de 2017

Grafia atualizada segundo o Acordo Ortográfico da Língua Portuguesa
de 1990, que entrou em vigor no Brasil em 2009

Editor e Publisher
Luiz Fernando Emediato

Diretora Editorial
Fernanda Emediato

Assistente Editorial
Adriana Carvalho

Capa, projeto gráfico e diagramação
Alan Maia

Preparação de Texto
Karla Lima

Revisão
Marcia Benjamim

DADOS INTERNACIONAIS DE CATALOGAÇÃO NA PUBLICAÇÃO (CIP)
(Câmara Brasileira do Livro, SP, Brasil)

Gibson, Rachel
  Correndo para você / Rachel Gibson ;
[tradução de Carolina Caires Coelho]. -- São Paulo :
Jardim dos Livros, 2016.

ISBN 978-85-63420-86-2

1. Ficção norte-americana I. Título.

14-03607 CDD: 813

Índice para catálogo sistemático

1. Ficção : Literatura norte-americana   813

EMEDIATO EDITORES LTDA
Rua Gomes Freire, 225 – Lapa
CEP: 05075-010 – São Paulo – SP
Telefax: (+ 55 11) 3256-4444
E-mail: geracaoeditorial@geracaoeditorial.com.br

Impresso no Brasil
Printed in Brazil

Para CC, Claudia Cross, minha agente, defensora e amiga.
Obrigada por tudo o que faz por mim.
Você é a melhor.

RG

Agradecimentos

Um agradecimento especial à minha editora, Lucia Macro. Obrigada por sua paciência e compreensão. O espaço que você me deu para respirar tornou este livro possível.

Prólogo

— O nome dela é Estella Immaculada Leon-Hollowell e ela mora em Miami.

Vince Haven entregou a seu amigo Blake Junger uma Lone Star gelada e se sentou atrás de sua velha mesa na Gas and Go.

— Que nome!

Blake tomou um gole e se sentou diante de Vince.

— De acordo com o Beau, ela é conhecida por Stella Leon.

Vince e Blake eram amigos havia muito tempo. Blake havia se formado no BUD/S[1] um ano antes de Vince, e eles haviam servido juntos no Iraque e no Afeganistão. Enquanto Vince tinha sido forçado a se aposentar por motivos médicos, Blake havia servido o tempo todo.

Vince abriu a pasta sobre a mesa e analisou as informações que o irmão gêmeo de Blake, Beau, havia reunido para ele. Beau possuía uma empresa de segurança pessoal e estava envolvido com uma série de assuntos diferentes. Ele era um cara astuto

---

[1] BUD/S: Basic Underwater Demolition/Seal, sigla para Demolição Subaquática Básica/Seal, é um curso oferecido pela Marinha norte-americana às forças de operações especiais.

e dissimulado e sabia reunir informações às quais um homem comum não teria acesso. Também se podia confiar nele para manter as informações sob estrita confidencialidade.

Vince olhou para uma cópia de uma certidão de nascimento e lá estava, preto no branco. Sua noiva, Sadie Hollowell, tinha uma irmã de quem nunca tinha ouvido falar até a morte do pai, dois meses antes. Uma irmã de vinte e oito anos nascida em Las Cruces, Novo México. A mãe e o pai estavam citados como Marisol Jacinta Leon e Clive J. Hollowell.

— Então, nós achamos que ela sabe que Clive morreu — ele deixou a certidão de nascimento de lado para observar uma cópia colorida de uma carteira de habilitação da Flórida.

— Sim. Contaram a ela. Ela soube e não se importou.

Era uma atitude fria, mas compreensível. De acordo com o documento, Stella Leon media 1,54m e pesava 52 quilos. Conhecendo as mulheres como conhecia, Vince imaginou que isso provavelmente significava que ela estava mais perto de 55 quilos. Seus cabelos eram castanho-escuros e os olhos, azuis. Ele olhou para a fotografia no documento, para o azul brilhante dos olhos dela, sob as sobrancelhas escuras. Ela era uma mistura exótica de escuro e claro. Quente e frio. À exceção da cor dos olhos, ela não se parecia em nada com Sadie, que lembrava a mãe, uma rainha da beleza loira.

— Ela trabalha como... — Ele semicerrou os olhos e aproximou o rosto do papel para ler os rabiscos de Beau — Garçonete, em um lugar chamado Ricky's. Suas carreiras anteriores incluem ser vocalista em uma banda e vendedora de fotografias para turistas — ele se recostou. — Garota ocupada.

Principalmente porque ela não precisava ser. Tinha uma grande previdência privada da qual tirava dinheiro todos os meses. Ele continuou lendo. Stella Leon tinha uma ficha policial por pequenos delitos e havia perdido um processo aberto contra ela por um antigo senhorio.

Correndo para Você

Vince fechou a pasta e pegou a cerveja. Ele iria entregar o arquivo a Sadie e permitir que ela desse o passo seguinte. Entrar em contato com a irmã há muito perdida ou simplesmente esquecer o assunto. Às vezes, era melhor não reabrir a ferida.

— O que o seu irmão anda fazendo? — Ele tomou um gole e acrescentou: — Além de levantar informações.

— As merdas de sempre.

Blake e Beau eram os filhos de um ex-Seal[2], William T. Junger. Beau era o mais velho dos dois por cinco minutos, e, enquanto Blake decidira seguir os passos do pai, Beau escolhera entrar para a Marinha como um fuzileiro naval da unidade de reconhecimento.

— Cuidando dos negócios e tentando ficar longe de encrenca.

— Lembra de quando encontramos o Beau em Roma?

Sempre que os gêmeos bebiam demais, eles discutiam sobre qual setor da Marinha tinha o programa de treinamento mais puxado, os Seal ou os Recon. Sendo ele próprio um ex-Seal, Vince tinha sua opinião, mas não desejaria ter que prová-la a Beau Junger:

— Mais ou menos. Estávamos bêbados feito umas vacas.

— E brigamos de soco, no trem.

As discussões entre os irmãos eram notórias por serem barulhentas, implacáveis e, às vezes, físicas. Se isso acontecesse, o melhor era sair da frente, porque, conforme Vince havia aprendido, se alguém tentasse separá-los, os Junger se uniam contra o apaziguador. Eram igualmente briguentos, farinha do mesmo saco. Quase idênticos de todas as maneiras. Dois loiros guerreiros norte-americanos. Patriotas com almas de ferro que já tinham visto de tudo e não conheciam a palavra "desistir". Vince tomou mais um gole. O tipo de caras que qualquer um desejaria ter por perto em uma batalha.

---

[2] Seal: Sea, Air, Land, sigla de uma das forças de elite da Marinha norte-americana, responsável por ações no mar, no ar e na terra. Os fuzileiros de reconhecimento são um grupo especial dos Seal e trabalham principalmente com inteligência militar.

Blake riu e se inclinou para a frente.

— Mas, olha só, ele diz que está se guardando para o casamento.

Vince engasgou com a cerveja.

— O quê? — Gotas da bebida escorreram por seu queixo. — Quer dizer, nada de sexo?

Blake ergueu um de seus grandes ombros.

— Isso.

— Ele não é virgem.

Havia quem dissesse que Vince tinha tido uma queda por garotas fáceis. Antes de ele conhecer Sadie, essas pessoas poderiam até estar certas, mas ninguém gostava mais de mulheres-objeto do que os irmãos Junger. Havia até um boato de que os dois tinham trepado com duas gêmeas que conheceram em Taiwan.

— Sim, eu falei que era tarde demais para isso, mas ele diz que vai ficar celibatário até se casar.

— Ele tem alguma mulher em mente?

— Não.

— Passou por algum tipo de conversão religiosa?

— Não. Ele só disse que a última vez que acordou ao lado de uma desconhecida foi realmente a última vez.

Vince compreendia aquilo, agora. Desde que havia se apaixonado, coisa e tal, ele compreendia a diferença entre sexo e sexo com uma mulher a quem amava. Sabia que, com a pessoa certa, era melhor. Sabia que era mais do que um ato. Do que uma necessidade. Mais do que um alívio físico, mas celibatário?

— Ele não vai aguentar — Vince previu.

Blake levou a garrafa aos lábios.

— Ele parece estar falando sério, e Deus sabe que, quando Beau enfia uma coisa na cabeça, é impossível tirar.

Os dois irmãos eram turrões. Leais e teimosos até as entranhas. O que fazia deles bons soldados.

— Ele diz que já faz oito meses.

— Oito *meses*? E ele não saiu dos trilhos?

Blake colocou a garrafa vazia sobre a mesa.

— Algumas pessoas acham que ele já nasceu fora dos trilhos — ele riu alto, à moda dos irmãos Junger, soltando faísca pelos olhos. — Eu também — ele apontou para a pasta. — O que você vai fazer com essa informação?

Vince não sabia. Teria que conversar sobre isso com Sadie. Em última instância, era ela que teria que decidir se queria entrar em contato com a meia-irmã há tanto tempo perdida.

— Este é o número de celular do Beau?

Ele abriu o arquivo e apontou para os números rabiscados na parte inferior de uma das páginas.

— Sim. Ele tem vários. Vários números de celular. Vários endereços comerciais e um esconderijo secreto em Vegas.

Blake recostou-se na cadeira e cruzou os braços sobre o peito. Ele baixou as sobrancelhas como se uma lembrança desagradável tivesse passado por trás de seus olhos cinzentos. Havia caras que achavam que os irmãos Junger tinham olhos fantasmagóricos. Vince diria que eles eram mais duros, como aço, e não assombrados. O bom Deus sabia que todos tinham lembranças ruins, mas, com a mesma rapidez, a expressão de Blake mudou. Ele deu o riso de sempre, mas desta vez isso não iluminou seus olhos.

— E aí? Quando você vai casar com aquela sua loira?

Um

A Noite da Porta de Trás, no Ricky's Rock 'N' Roll Saloon, era sempre na terceira quarta-feira do mês. A Noite da Porta de Trás era toda sobre liberdade de expressão. Um desfile de diversidade que atraía *drag queens* de Key West para Biloxi. Lady Gay Gay e Him Kardashian competiam pela coroa de Porta de Trás com Devine Boxx e Anita Mann. A coroa de Porta de Trás era uma das de maior prestígio no circuito dos desfiles, e a competição era sempre acirrada.

Na Noite da Porta de Trás, os *bartenders* e as garçonetes tinham que se vestir de acordo, e mostrar o corpo mais do que o normal. Em Miami, onde o curto e o justo dominavam a cena noturna, isso significava ficar praticamente pelado.

— Limão! — Stella Leon gritou, mais alto do que a música *Stronger*, de Kelly Clarkson, que estava tocando no bar.

No palco, Kreme Delight fazia a melhor imitação que conseguia de uma *dominatrix*, toda vestida com roupas de couro. Aquilo era o mais legal das *drag queens*. Elas adoravam brilhos e paetês e músicas sobre o poder feminino. Elas eram mais mulher do que a maioria das mulheres, e adoravam bebidas de meninas, como martíni de maçã e White Russians, mas, ao mesmo tempo, eram homens. Homens não costumavam pedir bebidas mistas. Stella, como a maioria dos *bartenders*, detestava preparar bebidas assim. Levava tempo, e tempo era dinheiro.

— Limão — um *bartender* do sexo masculino, usando um *shortinho* branco e brilhante, gritou em resposta.

O penteado à Amy Whinehouse permaneceu firmemente ancorado no topo de sua cabeça, quando Stella ergueu a mão e apanhou a fruta que arremessaram para ela. Na parte de baixo, ela havia amarrado um lenço vermelho para esconder os muitos grampos que mantinham o arranjo preso ali. Em uma noite comum, seus longos cabelos ficavam presos para deixar a nuca livre, mas hoje ela os havia deixado soltos, e estava morrendo de calor.

Ela fatiou, espremeu e chacoalhou duas coqueteleiras ao mesmo tempo. Seus seios balançavam dentro do bustiê de estampa de leopardo, mas ela não estava preocupada com o eventual mau funcionamento da peça de roupa. O bustiê era justo e ela não era muito peituda. No máximo, ela temia que as polpas aparecessem por baixo do sensual *short* de couro preto e isso provocasse comentários. Ou pior, que alguém lhe desse um tapa na bunda. Não que esse risco fosse grande, nesta noite. Hoje, os homens do bar não estavam interessados em sua bunda. A única pessoa cujo assédio ela precisava se preocupar era o próprio dono do bar. Todo mundo dizia que Ricky era só "simpático". Sim, um simpático pervertido de mãos leves. Diziam também que ele tinha contatos na máfia. Ela não sabia se isso era verdade, mas ele de fato tinha "sócios" com nomes como Lefty Lou, Fat Fabian e Cockeyed Phil. Sem dúvida, ela ficava alerta quando Ricky estava por perto. Para sua sorte, ele em geral não aparecia até poucas horas antes do fechamento, e Stella, às três da madrugada, já tinha ido embora há muito tempo. Ela não era o tipo de pessoa que ficava de bobeira no trabalho depois que seu turno terminava.

Não gostava de beber e, se tivesse que aguentar gente bêbada, queria ser paga para isso.

— Stella!

Stella desviou o olhar dos martínis que havia colocado em uma bandeja e sorriu.

— Anna!

Anna Conda era uma majestosa *queen* de 1,83m completamente embrulhada em couro falso com estampa de cobra. Nos últimos anos, Stella havia conhecido bastante bem muitas das *queens*. Como em tudo na vida, ela gostava de algumas; de outras, nem tanto. Gostava de Anna de verdade, mas Anna era geniosa como o diabo. Sua instabilidade costumava depender do namorado com quem estivesse.

— O que quer beber?

— Snake nuts, claro — seus lábios verdes e brilhantes se abriram em um sorriso.

Se não fossem pela voz grave e pelo grande pomo de adão de Anna, ela seria bonita o bastante para passar por mulher.

— Coloque um guarda-chuva nele, querida.

Aplausos explodiram quando Kreme saiu do palco, e Anna se virou na direção das pessoas:

— Você viu, Jimmy?

Jimmy era o dominador de Anna, apesar de nenhum dos dois pertencer exclusivamente ao outro. Stella pegou uma garrafa de vodca, um Amaretto e um Triple Sec e se virou.

— Ainda não.

Ela pôs gelo em uma coqueteleira, acrescentou o álcool e o suco de limão.

— Ele provavelmente vem daqui a pouco.

Stella olhou para o relógio. Já passava da meia-noite. Mais uma hora de competição antes que a Porta de Trás deste mês fosse coroada. Enquanto o palco era arrumado para a próxima concorrente, um murmúrio de vozes masculinas preencheu o vazio deixado pela música. Exceto pelas funcionárias, poucas mulheres de verdade estavam no bar. Apesar de a Noite da Porta de Trás geralmente ser barulhenta, nunca chegava ao mesmo nível de ruído de um bar repleto de verdadeiras mulheres.

Anna se virou na direção de Stella.

— Seu traço de delineador à Amy está bacana.

Stella chacoalhou o coquetel e o despejou em um copo baixo.

— Obrigada. Ivana Cox fez para mim.

Stella era muito competente quando o assunto era maquiagem, mas um traço de delineador à Amy Winehouse estava além de suas capacidades.

— A Ivana está aqui? Eu odeio aquela vaca — Anna disse, sem rancor.

No mês anterior, ela adorava Ivana. Claro, isso tinha sido depois de mais do que apenas alguns Snake Nuts.

— Ela fez as minhas sobrancelhas também. Com linha — Stella pegou um canudo e um pequeno guarda-chuva cor-de-rosa e os enfiou na bebida.

— Aleluia. Graças a Deus alguém finalmente acabou com aquela *monocelha* — Anna apontou uma unha verde entre os olhos de Stella.

— Isso doeu.

A mão de Anna bateu com força no balcão e ela disse, com sua voz grave de barítono:

— Querida, até que você meta a própria banana no seu rabo, não me venha falar sobre dor.

Stella fez uma careta e entregou a bebida a Anna. Ela não tinha uma banana, mas um traseiro, sim, e estava certa de que nunca enfiaria nada ali de propósito.

— Você tem uma conta aberta?

Ela usava calcinha fio-dental, mas aquele fio não chegava nem perto do tamanho de uma banana.

— Sim.

Stella acrescentou a bebida à já impressionante conta de Anna.
— Você vai se apresentar esta noite?
— Mais tarde. E você?

Stella balançou a cabeça e olhou para o pedido seguinte. Vinho da casa e uma garrafa de Bud. Fácil. Às vezes, em uma noite calma, ela subia ao palco e cantava algumas músicas. Ela costumava cantar em uma banda de garotas, Random Muse, mas o grupo se desfez quando a baterista dormiu com o namorado da baixista e as duas moças se pegaram no palco do Kandy Kane Lounge, em Orlando. E se vira encalhada e perdida na Flórida, muitos anos antes. Ela havia gostado do lugar e acabara ficando.

Ela pegou uma garrafa de vinho branco e encheu uma taça. Stella nunca havia entendido por que as mulheres brigavam por um homem. Ou por que batiam umas nas outras, fosse por que fosse. No topo de sua lista de coisas a nunca fazer, logo acima de enfiar na bunda qualquer coisa do tamanho de uma banana, estava receber uma pancada na cabeça. Podiam chamá-la de bebezona, mas ela não gostava de sentir dor.

— Me dá um pedaço daquilo.

Sem olhar para cima e com pouco interesse, Stella perguntou:
— Do quê?
— Daquele cara que acabou de entrar. Parado ao lado do macacão do Elvis.

Através do bar mal iluminado, Stella olhou para o terno branco atrás de um vidro preso à parede à sua frente. Ricky alegava que o terno havia pertencido a Elvis, mas Stella não ficaria surpresa ao descobrir que se tratava de uma peça tão fajuta quanto a guitarra Stratocaster autografada de Stevie Ray Vaughn.

— O cara com boné de beisebol?
— Isso. Ele me lembra aquele cara do G. I. Joe[3].

---

[3] G. I. Joe, super-herói norte-americano, personagem de animações, brinquedos e *videogames*.

Stella abriu a geladeira sob o bar e pegou uma garrafa de Bud Light.

— Que cara do G. I. Joe?

Anna se virou para Stella e a luz acima do balcão reluziu no *glitter* verde de seus cílios.

— Aquele do filme. Qual é o nome dele...?

Anna levantou a mão e estalou os dedos, tomando o cuidado de não soltar as unhas verdes de pele de cobra.

— Tatum... Alguma coisa.

— O'Neal?

— Isso é uma mulher — ela suspirou como se Stella estivesse além de qualquer esperança. — Ele também participou de meu filme preferido de todos os tempos, *Magic Mike*.

Stella contraiu o rosto e pegou um copo gelado. É claro que Anna amava *Magic Mike*.

— Quero mordê-lo. Ele é uma delícia.

Stella olhou para os pedidos na tela à sua frente. Ela gostava de Anna, mas a *queen* era uma distração. Distrações a deixavam mais lenta. O bar estava bombando, e diminuir o ritmo custava dinheiro.

— *Magic Mike*?

— O cara do lado do terno do Elvis — um repuxo encurvou os cantos dos brilhantes lábios verdes de Anna. — Militar. Sei disso só pelo jeito como ele está encostado na parede.

Stella tirou a tampa da garrafa e a colocou na bandeja juntamente com a taça, ao lado do vinho. Uma garçonete vestida como uma Hello Kitty zumbi levou embora a bandeja. Dentre todos os homens no bar, Stella ficou se perguntando como Anna havia percebido a presença do cara do outro lado. Ele estava vestido de preto e camuflado na sombra.

— Ele é hétero. Um machão — Anna respondeu, como se tivesse lido a mente de Stella. — E tão ansioso que parece que vai explodir.

— Você consegue perceber tudo isso a essa distância?

Correndo
para Você

Stella mal conseguiu distinguir o contorno do corpo quando ele recostou um ombro na madeira mais clara da parede. Ela não o teria notado por nada, se Anna não o tivesse apontado. Apenas mais um turista desavisado que havia entrado por acaso vindo da rua. Eles não costumavam permanecer por muito tempo, depois de descobrirem que estavam cercados por *drags* e por todas as outras cores do arco-íris.

Anna levantou uma mão e fez um círculo com sua grande palma.

— Está na aura dele. Hétero. Durão. Muita libido reprimida — ela fez biquinho em torno do canudo e tomou um gole da bebida. — Mmm.

Stella não acreditava em auras nem em nenhuma dessas baboseiras psíquicas. Sua mãe acreditava o suficiente pelas duas e sua avó era uma seguidora fanática de lenga-lengas. A *abuela* curtia milagres e aparições de Maria e afirmava já ter visto a Virgem em um taco mexicano. Infelizmente, tio Jorge o comera antes que ela conseguisse guardá-lo em um relicário.

— Acho que vou lá dar um oi. Você ficaria surpresa se soubesse quantos héteros curtem uma *drag*.

Na verdade, ela não ficaria. Stella já trabalhava no Ricky's havia tempo demais para se surpreender com essas coisas. Mas não significava que compreendesse os homens. Nem *gays* nem heterossexuais nem nada no meio.

— Pode ser que ele seja um turista e estivesse só perambulando por aí.

— Talvez, mas se tem uma vadia capaz de transformar um homem hétero é a Anna Conda — Anna pousou a bebida na mesa. — G. I. Joe precisa receber um agradecimento pelo serviço que presta, e de repente eu me sinto muito patriota.

Stella rolou os olhos e pegou o pedido de um homem atarracado, com uma farta barba ruiva. Ela serviu a Guinness com um colarinho perfeito e foi recompensada com uma gorjeta de cinco dólares.

— Obrigada — ela disse sorrindo, e enfiou a nota na pequena bolsa de couro que levava na cintura.

Stella mantinha também um jarro de gorjetas, mas gostava de esvaziá-lo regularmente. Vezes demais os bêbados haviam se servido dele.

Ela observou Anna atravessando o bar, as luzes azuis e verdes refletindo nos saltos de acrílico de seus sapatos tamanho 44 a cada passo que ela dava.

A icônica *Oh pretty woman*, de Roy Orbison, sacudia os alto-falantes do bar enquanto Penny Ho caminhava pelo pequeno palco usando botas que subiam até as coxas e um vestido azul e branco vulgar, incrivelmente parecida com Julia Roberts. Parecia que *Pretty woman* era popular entre *drags* e prostitutas.

Durante a hora seguinte, Stella serviu bebidas, tirou chopes e sacudiu as coqueteleiras. À uma e meia, ela havia tirado os sapatos de salto dez e calçado suas Doc Martens. Mesmo com o grosso capacho no chão, seus pés não haviam aguentado por mais do que seis horas. Suas velhas botas Doc estavam surradas, mas eram macias, confortáveis e aconchegavam seus pés.

Depois de Penny Ho, Edith Moorehead subira ao palco e dançara com um vestido de carne a *Born this way* de Lady Gaga. Não é preciso dizer que o vestido havia sido uma escolha infeliz para uma garota grandalhona como Edith. Azar e risco das pessoas que foram atingidas pelos bifes voadores.

Stella se abanava com um porta-copos de papelão enquanto servia uma taça de Merlot. Estaria livre em meia hora e queria terminar as tarefas secundárias de seu trabalho antes que o próximo funcionário chegasse para assumir seu lugar. No bairro das diversões de Miami, os bares ficavam abertos 24 horas por dia, sete horas por semana. Ricky decidira fechar o seu entre cinco e dez da manhã, porque o movimento diminuía neste horário e, devido aos custos operacionais, ele perdia dinheiro ao permanecer aberto. E, mais do que de atacar uma inocente funcionária do sexo feminino, ele gostava de dinheiro.

Stella levantou da nuca os longos cabelos e observou através do bar. Seu olhar pousou sobre um casal com asas de fadas que estava se pegando a alguns metros do terno de Elvis. Era melhor que o par se acalmasse um pouco ou um dos leões de chácara partiria para cima. Em seu bar, Ricky não tolerava excesso de DPA, demonstrações públicas de afeto, nem sexo. Não porque estivesse minimamente familiarizado com nada que parecesse um padrão moral, mas porque, fosse *gay* ou hétero, isso era ruim para os negócios.

Entalado entre o casal de fadas e o terno de Elvis, o G. I. Joe de Anna estava sentado ainda mais escondido nas sombras. Um feixe de luz passava por seu ombro, pelo pescoço largo e pelo queixo. O globo no fim do palco reluzia em seu rosto, nas bochechas e na aba do boné. Pela tensão em sua mandíbula, ele não parecia muito contente. Stella esboçou um sorriso e balançou a cabeça. Se o cara não gostava de *gays* e assemelhados, podia sair dali. O fato de ele permanecer ali, absorvendo toda a testosterona homossexual ao seu redor, provavelmente significava que ele era um caso de *gay* no armário. A raiva era um sinal clássico, pelo menos foi isso que ela escutou dos homossexuais que eram livres para ser quem eram.

Depois de Edith, Anna subiu ao palco ao som de *Do you know*, de Robyn. A dublagem foi ótima e sua presença de palco era boa, mas, no fim, Kreme Delight venceu a noite e levou a coroa de Porta de Trás. Anna saiu correndo do palco e porta afora. Stella olhou para o outro lado do bar, em direção ao terno branco de Elvis. O G. I. Joe também não estava mais. Coincidência?

À uma e quarenta e cinco ela havia terminado a maior parte de suas tarefas secundárias. Tinha fatiado as frutas e reabastecido as azeitonas e cerejas, lavado o balcão e esvaziado a lava-louças industrial. Às duas, ela encerrou, transferiu as contas e ficou por ali tempo suficiente para receber as gorjetas. Desamarrou a bolsa de couro que trazia amarrada à cintura e a enfiou em uma mochila juntamente com os sapatos de salto e a escova de cabelos. Por força do hábito, pegou seu batom vermelho rússia. Sem espelho, passou-o nos lábios perfeitamente. Algumas mulheres gostavam de rímel. Outras, de ruge. Stella gostava de batom. Sempre vermelho. Apesar de ter sido criada para acreditar que somente mulheres fáceis usavam vermelho, ela nunca ia a lugar nenhum sem cobrir os lábios de rubro.

Pescou de dentro da mochila as chaves de seu PT Cruiser. O carro tinha mais de 160 mil quilômetros rodados e precisava de suspensões novas. Dirigi-lo fazia ranger cada obturação que você tivesse nos dentes, mas o ar-condicionado funcionava, e isso era só com o que Stella se importava.

Ela se despediu dos outros funcionários e saiu pela porta dos fundos. O mês de junho, quente e úmido, grudava-se à sua pele, apesar de ser madrugada. Stella tinha nascido e crescido em Las Cruces e estava acostumada a enfrentar um pouco de umidade, mas os verões em Miami eram como viver em uma sauna, e ela nunca havia se acostumado a como ele molhava sua pele e pesava em seus pulmões. Às vezes, ela pensava em voltar para casa. Em seguida, lembrava-se do motivo que a fizera partir, e de como gostava muito mais de sua vida atual.

— Pequena Stella Bella.

Ela olhou para a frente quando fechou a porta. Droga. Ricky.

— Sr. De Luca.

— Já vai, tão cedo?

— Meu turno terminou há mais de meia hora.

Ricardo De Luca era pelo menos quinze centímetros mais alto do que Stella e pesava no mínimo quarenta e cinco quilos a mais. Usava sempre uma tradicional camisa *guayabera*. Às vezes com zíper, às vezes com botões, mas sempre em tom pastel. Naquela noite, parecia salmão.

— Você não precisa ir embora tão cedo.

Seu estilo de vida o envelhecera além de seus cinquenta e três anos. Talvez já tivesse sido bonito, mas o excesso de bebida deixara-o cor-de-rosa e inchado. Usava o cabelo preto amarrado em um rabo de cavalo e mantinha uma barbicha, entre o lábio inferior e o queixo, porque tinha a ilusão de que, assim, pareceria mais jovem. Fazia-o parecer triste.

— Boa-noite — disse ela, e deu a volta por ele.

— Alguns amigos vêm me encontrar aqui — ele segurou o braço dela, o hálito de álcool soprando em seu rosto. — Fique para curtir junto.

Ela deu um passo para trás, mas ele não a soltou. Seu *spray* de pimenta estava na mochila, e ela não conseguiria pegá-lo com uma mão só.

— Não posso.

Ela sentiu a ansiedade percorrer sua espinha e acelerar seu coração. *Calma. Respire*, ela disse a si mesma, antes que a ansiedade se transformasse em pânico. Fazia muitos anos que ela não sofria um ataque forte, desde que aprendera a se acalmar durante um acesso. É o Ricky. Ele não machucaria você. Porém, se ele tentasse, ela saberia como machucá-lo. Ela não queria enfiar a mão no nariz dele nem o joelho em suas partes íntimas. Queria manter o emprego.

— Vou encontrar uma pessoa — ela mentiu.

— Quem? Um homem? Aposto que tenho mais a oferecer.

Ela precisava do trabalho. Ganhava bastante dinheiro e era boa no que fazia.

— Solte o meu braço, por favor.

— Por que você está sempre fugindo? — As luzes da parte de trás do bar iluminavam uma fina camada de suor acima dos lábios dele. — Qual é o seu problema?

— Não tenho problema nenhum, sr. De Luca — e acrescentou, de um modo que lhe pareceu bastante razoável: — Sou sua funcionária. O senhor é meu chefe. Não é uma boa ideia nos divertirmos juntos — e finalizou com um breve elogio. — Tenho certeza de que há muitas outras mulheres que adorariam se divertir com o senhor.

Ela tentou se livrar, mas ele apertou com mais força. As chaves dela caíram no chão, e um velho e conhecido medo enrijeceu seus músculos. *Ricky não me machucaria*, ela disse a si mesma de novo, ao ver o olhar embriagado dele. Ele não a seguraria contra sua vontade.

— Se você for boazinha comigo, serei bonzinho com você.

— Por favor, solte.

Mas, em vez de soltar, ele a puxou com força. Ela apoiou a mão livre em seu peito, para não cair em cima dele.

— Ainda não.

Uma voz grave e áspera falou, por trás de Ricky:

— Esta foi a segunda — a voz era tão gélida que quase esfriou o ar, e Stella tentou, em vão, olhar por cima do ombro esquerdo de Ricky. — Agora solte-a.

— Vai se foder — Ricky disse, e virou-se em direção à voz.

O apertão deslizou para baixo até o pulso dela, quando ela deu um passo para trás.

— Isso não é da sua conta. Saia do meu maldito estacionamento.

— Está calor e não quero suar. Vou te dar três segundos.

— Eu disse vai se fod...

Um golpe surdo atingiu a nuca de Ricky. Ele diminuiu a pressão do aperto e escorregou para o chão. Ela abriu a boca e em meio ao assombro tentava respirar. Seu topete à Amy tombou para a frente quando ela olhou para a massa salmão informe caída a seus pés. Ela piscou para o corpo diversas vezes. O que havia acabado de acontecer? Ricky parecia desmaiado. Ela empurrou o braço dele com a ponta da bota. Bem desmaiado.

— Santo *frijole y guacamole* — ela disse, rapidamente. — Você o matou.

— Nem tanto.

Stella desviou o olhar da camisa salmão de Ricky para o largo tórax coberto com uma camiseta preta diante de si. Calça preta. Camiseta preta, boné de beisebol, ele estava quase camuflado na noite escura, como um grande ninja. Ela não conseguia enxergar os olhos, mas sentia o olhar em seu rosto. Frio como sua voz e igualmente direto. Havia algo familiar nele.

— Não acho que passaram três segundos.

— Às vezes eu sou meio impaciente — ele inclinou a cabeça para o lado e olhou para Ricky. — É seu chefe?

Ela olhou para Ricky. Ele *era* o chefe dela. *Não mais.* Ela não poderia trabalhar para ele agora, o que era irrelevante, porque tinha certeza de que tinha sido despedida.

— Ele vai ficar bem?

E isso fez com que ela sentisse raiva. Tinha um aluguel para pagar, além das contas e do financiamento de um carro.

— Você se importa?

Ricky roncou uma, duas vezes, e ela olhou de volta para a sombra por baixo da aba do boné. Mandíbula e queixo quadrados. Pescoço grosso. Ombros largos. O G. I. Joe de Anna. Ela se importava? Provavelmente não tanto quanto deveria.

— Não quero que ele morra.

— Ele não vai morrer.

— Como você sabe?

Ela já tinha ouvido falar de pessoas que morreram de um único golpe na cabeça.

— Porque, se eu quisesse que ele morresse, ele estaria morto. Não estaria roncando neste momento.

— Oh — ela não sabia nada sobre o homem à sua frente, mas acreditava nele. — A Anna está aqui com você? — Ela olhou para o estacionamento atrás dele.

— Quem?

Stella se abaixou e rapidamente pegou as chaves próximas do ombro de Ricky. Não queria tocá-lo, mas fez uma breve pausa para passar a mão diante dos olhos dele para ter certeza de que ele estava vivo.

— Ricky? — Ela observou com mais cuidado para ver se havia sangue. — Sr. De Luca?

— Quem é Anna?

— Anna Conda — ela não viu sangue. Provavelmente era um bom sinal.

— Não conheço nenhuma Anna Conda.

Ricky roncou e soprou seu hálito nojento na direção dela. Ela fez uma careta e se levantou.

— A *drag queen* vestida de cobra. Você não está aqui fora com ela?

Ele cruzou os braços sobre o grande peito e se apoiou nos calcanhares. A aba de seu boné fazia sombra sobre seu lábio superior.

— Negativo. Não tem mais ninguém aqui fora — ele apontou para ela e, em seguida, para o chão. — Exceto você e o Bola Murcha.

Às vezes, turistas entravam no estacionamento e estacionavam ali ilegalmente. O que uma moça deveria dizer a um homem que havia esmurrado outro cara para protegê-la? Ninguém havia saído em sua defesa daquela forma antes.

— Obrigada — ela arriscou.

— De nada.

Por que ele havia feito aquilo? Um desconhecido? G. I. Joe era grande. Bem maior do que Ricky, e parecia que nenhum grama de gordura teria a audácia de se prender a alguma parte de seu corpo. Stella teria que pular para lhe dar um soco no nariz ou no olho, e ela, de repente, se sentiu pequena.

— Este é o estacionamento dos funcionários. O que está fazendo aqui?

Ela deu um passo para trás e tirou a mochila do ombro. Sem desviar os olhos dele, levou os dedos ao zíper. Não queria espirrar *spray* no cara. Seria meio rude, mas poderia fazê-lo. Espirrar o *spray* e sair correndo como louca. Ela era bem rápida, apesar de baixinha.

— Você poderia ser rebocado.

— Não vou machucar você, Stella.

Ela congelou os dedos e perguntou:

— Eu conheço você?

— Não. Estou aqui em nome de outra pessoa.

— Espera — ela ergueu uma mão. — Você estava aqui me esperando?

— Isso. E você demorou um pouco.

— Você é da empresa de cobrança? — Ela olhou para a parte da frente do estacionamento, e o PT Cruiser ainda estava ali. Ela não tinha outras dívidas de relevo.

— Não.

Se ele fosse lhe entregar uma intimação, teria feito isso assim que entrou no bar.

— Quem é a pessoa que você representa e o que ela quer?

— Pago um café para você na cafeteria da esquina e falaremos sobre isso.

— Não, obrigada — ela cautelosamente pulou sobre o chefe, mas manteve os olhos nele para o caso de ele acordar e agarrar sua perna. — Diz logo e vamos acabar com isso — mas ela já tinha uma ideia.

— Um membro de sua família.

Foi o que havia pensado. Ficou tão aliviada por não sentir a mão atrevida de Ricky em sua perna que conseguiu relaxar um pouco.

— Diga que não estou interessada.

— Dez minutos no café — ele soltou as mãos ao longo do corpo e deu vários passos para trás. — Só isso. E deveríamos nos afastar antes que o Bola Murcha acorde. Não gosto de derrubar um cara duas vezes na mesma noite. Pode causar lesão cerebral.

Que humanitário. Apesar que ela própria tampouco queria estar por perto quando Ricky recobrasse a consciência. Ou quando um de seus "sócios" safados entrasse em cena. Também não queria ver G. I. Joe derrubá-lo de novo e causar uma lesão cerebral. Ou, no caso de Ricky, *mais* lesões cerebrais.

— Isso vai poupar nós dois do incômodo de eu bater à sua porta amanhã — ele acrescentou.

Ele era incansável como parecia ser, e ela não duvidou dele.

— Dez minutos — ela preferia escutar o que ele tinha a dizer estando dentro de um café, e não na porta de casa. — Eu lhe dou dez minutos, e depois quero que diga à minha família para me deixar em paz.

Atrás dela, Ricky roncava, e ela olhou para ele mais uma vez enquanto partia em direção à rua.

— Dez minutos é só do que eu preciso.

Ela caminhou a seu lado do estacionamento escuro para a brilhante e insana noite de Miami. Tubos de néon cor-de-rosa e roxos iluminavam discotecas e hotéis em *art déco*. Carros reluzentes com reverberantes sistemas de som entupiam a rua. Mesmo às três da madrugada, a agitação ainda era grande.

— Talvez devêssemos chamar uma ambulância para buscar o Ricky — ela disse, quando eles passaram por um turista embriagado que vomitava em uma palmeira iluminada por um néon azul.

— Ele não está tão mal assim — ele foi mais para perto da rua enquanto procurava algo no bolso lateral da calça.

— Ele está inconsciente — ela observou.

— Talvez ele esteja um pouco ferido — ele pegou um celular e teclou alguns números. — Estou em um rastreável. Preciso que você telefone para o Ricky's Rock 'N' Roll Saloon em Miami e diga que tem alguém caído no estacionamento dos fundos.

Ele riu ao segurar o cotovelo de Stella e dobrar a esquina. O toque foi tão breve que acabou antes que ela tivesse tempo de se afastar. Breve, mas deixou uma sensação quente mesmo depois de terminado.

— Sim, tenho certeza de que ele está bêbado.

Ele riu de novo. Eles se aproximaram do meio-fio e ele esticou o braço como uma barra de proteção enquanto olhava de um lado a outro na rua.

— Chego daqui a uma hora. Deve ser fácil.

Então, ele apontou para o café do outro lado da rua como se estivesse no comando. No controle. O chefe.

Ninguém tinha o controle de Stella. Mais ninguém lhe dava ordens. Ela era o chefe. Não que isso importasse. Ela daria dez minutos de seu tempo àquele cara e, depois, *sayonara*, G. I. Joe.

Dois

Stella colocou a mochila no assento de uma cadeira de metal e vinil no pequeno café cubano espremido entre restaurantes e bares em Miami Beach. G. I. Joe puxou-lhe uma cadeira e esperou que ela se sentasse.

— Obrigada — bons modos de um cara que havia acabado de acertar Ricky na cabeça? As duas coisas não combinavam.

— De nada.

Ele se sentou à sua frente, e ela olhou para o peito dele. Músculos firmes cobertos por uma camiseta preta. Isto era Miami. Os homens não iam a bares vestidos como ninjas ou como dublês de *O exterminador do futuro*. Nem mesmo na Noite da Porta de Trás. Eles usavam camisas de abotoar de algodão ou linho, enfiadas em calças *jeans* de marca mais caras do que podiam pagar. Ainda que tivessem que comer cachorro-quente toda noite, eles se vestiam como pessoas das altas rodas que tinham dinheiro para esbanjar.

Uma garçonete em uma minúscula camiseta cor-de-rosa, rabo de cavalo preto e liso e grandes brincos dourados colocou dois cardápios em cima da mesa.

Correndo para Você

— Você já voltou? — Ela perguntou, com um sotaque indiscernível.

— Mudei de ideia a respeito daquela torta.

Ele jogou o boné na cadeira ao lado. Olhou para a garçonete, e Stella o viu direito pela primeira vez. Como seus músculos, seu rosto também era duro. Duro como se ele tivesse sido esculpido em pedra. Como um boneco de ação que houvesse ganhado vida.

— Café.

Capitão América em um estranho caso de cabelo amassado. A garçonete olhou para Stella.

— Para você, senhorita?

— Quero um descafeinado — cafeína era a última coisa de que seu sistema nervoso central precisava. Do jeito que estava, ela já ficaria acordada por muito tempo, tentando entender aquela noite. — Leite e açúcar.

G. I. Joe observou a garçonete se afastar e penteou com os dedos os cabelos loiros e curtos.

— A que horas você vai encontrar a pessoa que vai encontrar? — Ele olhou para o grande relógio que trazia no pulso, e então para Stella. — Ou era mentira?

Cinza. Seus olhos eram cinza. A cor das nuvens de tempestade e da fumaça. Anna Conda havia dito que ele se parecia com Channing Tatum, mas Stella não identificava a semelhança. Talvez o formato da mandíbula e a boca fosse parecido, mas Joe era mais velho do que o astro de *Magic Mike*. No fim dos trinta anos, talvez, com pequenas rugas nos cantos dos olhos. Ela não acreditava que ele fosse sorridente. Aquelas marcas provavelmente eram de carranca.

— O quê?

— Você disse ao seu chefe que ia se encontrar com alguém.

Ah.

— Só queria que ele me largasse — ela balançou a cabeça e o topete se mexeu. — Por quanto tempo você ficou no estacionamento?

— Cerca de vinte minutos — ele se recostou na cadeira como se estivesse irritado e cruzou os braços grandes no peito maior ainda.

— Desculpa — ela levou a mão à cabeça e desamarrou o lenço vermelho. — Se eu soubesse que estava sendo perseguida, teria me apressado — ela enfiou o lenço na bolsa e começou a puxar os grampos.

— As leis sobre perseguição variam de estado para estado, mas, geralmente, são definidas como uma pessoa que repetidamente segue e acossa outra, e que representa uma ameaça concreta de danos físicos, sejam eles verbalizados ou implícitos. Claro que esta é a versão curta — ele parou por um momento para observar enquanto ela puxava os grampos dos cabelos e então acrescentou: — A palavra-chave aqui é "repetidamente". Esta noite é a primeira vez que vi você, então penso que é seguro afirmar que não sou um perseguidor.

Ela não sabia se deveria ficar assustada ou não com o fato de ele conhecer a legislação acerca das perseguições, em sua versão curta ou longa. Enfiou o monte de grampos na mochila, tirou o aplique de cima da cabeça e o colocou sobre a mesa. Instantaneamente, se sentiu mais refrescada.

— Então, você é o quê? — ela perguntou, ainda que tivesse uma ideia.

Stella não estava exatamente se escondendo de ninguém, mas encontrá-la não era tão fácil quanto encontrar qualquer coisa no Google. Ela nunca havia participado de nenhuma rede social e, na maior parte do tempo, usava a internet para procurar receitas de bebidas e vídeos do YouTube.

— Você é um investigador particular? — Ela passou os dedos pelos cabelos, desde a testa até a nuca.

Seus olhos cinzentos passaram do rosto dela para o topete sobre a mesa.

— Não. Segurança particular.

— Como um guarda-costas? — Ele tinha porte de guarda-costas.
— Entre outras coisas.

A garçonete voltou com duas xícaras de café e um prato pequeno com uma torta coberta por uma calda de caramelo.

— Que outras coisas?

Ele esperou que a garçonete se afastasse para responder.

— Coisas das quais você não precisa saber.

— Coisas secretas de espião?

Ele pegou o garfo e apontou para a peruca.

— O que é isso?

As coisas secretas de espião, pelo visto, não eram assunto para uma conversa, então ela respondeu:

— Um aplique.

— Parece um daqueles cachorros de latido estridente — ele parou para cortar a sobremesa. — Como um pequinês gorducho.

Depois de todas as coisas que tinham acontecido naquela noite, ele queria falar sobre seu penteado de Amy? Ela despejou um pouco de leite no café e acrescentou um pacotinho de açúcar.

— Então, quem pagou para você vir atrás de mim?

Ela mexeu o café e, com a mão livre, puxou os cabelos da nuca para um dos ombros. As mechas escuras resvalaram em seu bustiê e caíram em cachos suaves abaixo de seu seio esquerdo. Ela pensou em sua família e em qual membro soltaria algum dinheiro para encontrá-la. Não seria sua mãe, que sabia onde Stella morava, mas ela duvidava de que Marisol tivesse contado a alguém. Não porque soubesse guardar segredo, mas por que Stella a fizera jurar em nome do menino Jesus. E jurar pelo menino Jesus era coisa séria. Seu primeiro palpite seria o ex-marido da mãe.

— Carlos?

Mas ela não conseguia imaginar o que ele poderia querer com ela no momento. *Dinheiro.* Seu pai biológico morrera recentemente e Carlos deveria estar achando que ela havia recebido algum dinheiro. Não recebeu. Sua mãe teria mencionado.

Ele enfiou um pedaço de torta na boca, ergueu a xícara branca e tomou um gole.

— Não.

Ela tomou um gole do próprio café e limpou a mancha de batom vermelho com o polegar.

— O tio Jorge?

Ela gostava do tio Jorge. Ele era uma das poucas pessoas da família que ela não se importaria de encontrar. Ele sempre tinha sido bom para ela, mas ela não conseguia imaginar Jorge dando um centavo para encontrá-la. Era um bom homem, mas extremamente sovina.

Ele apontou a xícara para ela.

— Sua irmã.

Partes iguais de alívio e divertimento curvaram seus lábios em um sorriso, e ela riu.

— Você pegou a garota errada.

Ele havia passado um tempo entre *drag queens*, esperado em um estacionamento até as duas e meia da madrugada e nocauteado Ricky. Por nada.

— Não tenho irmã. Montes de primos, mas irmã, não.

Pensar em Anna Conda e no interesse dela pela aura sexual de G. I. Joe fez com que Stella risse. Ela apoiou os cotovelos na mesa e entrelaçou os dedos embaixo do queixo.

— Talvez você devesse pensar em mudar de profissão.

Seus olhos cinzentos se fixaram nos dela, por cima da mesa, enquanto ele bebia mais um gole de café. Seu rosto estava totalmente inexpressivo, como se a mera possibilidade de um erro fosse tão absurda que não merecesse o esforço de um pensamento ou uma expressão que fosse.

— Quem pagou você vai querer o dinheiro de volta. Espero que não tenha sido muito.

Ela precisava ir embora. Não era de seu feitio perder tempo com desconhecidos. Tinha que fazer muito disso no trabalho e preferia não fazer em seu tempo livre. Não havia nada que a motivasse a ficar ali, exceto um desejo perverso de tentar arrancar alguma reação do sr. Pedra de Gelo.

— Esse lance de ninja secreto espreitando as presas não está dando certo para você — e para ajudar ainda mais, acrescentou: — Não sei o que te ensinaram nessa escola de seguranças, mas da próxima vez que for trabalhar à paisana em um desfile de *drag queens*, talvez seja melhor se misturar ao ambiente. Talvez usar uma calça de couro, ou, pelo menos... roupas em tom pastel.

Ela o imaginou usando uma calça de couro sem a parte do traseiro ou uma camisa cor-de-rosa com uma echarpe, e riu. Pena ele não ter senso de humor.

— Não estou à paisana e seu nome é Stella Leon. Correto? — Sem esboçar um sorriso, ele pegou o garfo e enfiou mais torta na boca.

Ele sabia o nome dela. Ela não sabia o dele, mas não perguntou. Primeiro, porque não se importava. E, segundo, se ele contasse, poderia pensar que teria que matá-la. Ela tentou, mas não conseguiu controlar o riso. Nossa! Como era engraçada, às vezes. Talvez devesse tentar fazer comédia *stand-up* como próximo emprego. Ela já havia tentado quase todos os outros.

— Sim.

— Sua irmã, Sadie Hollowell, está à sua procura.

Seu riso morreu e tudo dentro dela parou. Tudo. Seu coração. Sua respiração. O sangue em suas veias. Ela pousou as mãos na mesa e destrançou os dedos.

— Sadie?

O nome era meio estranho quando dito por ela. Ela já não falava sobre Sadie em voz alta. Tentava não pensar nela e, na maior parte do tempo, conseguia. Pressionou a palma das mãos e as pontas dos dedos sobre a mesa, como se pudesse se agarrar àquela superfície lisa enquanto seu mundo saía do eixo.

— Você a conhece?

Ele balançou a cabeça e disse, enquanto mastigava.

— Eu nunca a vi. Conheço o noivo dela, Vince. Ele entrou em contato comigo.

— Por que... — Sua voz falhou e ela pigarreou. Obviamente, Sadie era como seu pai. Contratara outra pessoa para lidar com um problema. — Por que ela não entrou em contato com você?

— Não sei. Certamente ela tem seus motivos.

Seu coração bateu forte e se elevou no peito. Um zumbido estridente teve início no centro de sua cabeça e passou para os ouvidos. Ela sabia o motivo. Os Hollowell sempre haviam contratado terceiros para fazer o trabalho sujo. Ela.

— O que ela quer?

Ele tomou um gole de café e olhou para ela por cima da borda da pesada xícara. Seus olhos cinza a observaram quando pousou a peça na mesa.

— Você vai desmaiar?

— Não — sim, talvez. Certamente teria um ataque de pânico se não se lembrasse de respirar. Puxou o ar para dentro dos pulmões e soltou lentamente, como havia aprendido. Resistiu ao ímpeto natural de seu corpo de arfar como se estivesse se afogando. — O que ela quer?

— Falar com você.

— Sobre o quê?

Ela provavelmente queria ter certeza de que Stella se manteria longe. Longe do rancho e da herança de Sadie, mas Sadie não precisava se preocupar. Stella havia captado, muito tempo antes, a mensagem de que não era bem-vinda no estado do Texas. Sua ansiedade escorreu para fora do corpo pelos dedos dos pés, e ela começou a bater os sapatos contra o chão.

— Não sei.

— Por quê? Por quê, depois de tantos anos?

— Esta pergunta eu sei responder — ele cortou mais um pedaço da torta. Bem mais interessado na sobremesa do que nela. — Ela só soube sobre você quando o pai dela morreu, no mês passado.

Seus pés pararam.

— O quê?

Não era possível. Seria possível? Stella sempre soubera a respeito da irmã que nunca conhecera. A irmã loira mais velha que vivia com o pai de ambas no Texas. A moça que vivia no rancho JH e criava novilhos e ganhava prêmios. A debutante que usou um vestido longo branco e longas luvas brancas e cuja foto foi publicada no jornal.

— Como ela poderia não saber?

— Foi o que me disseram — ele deu de ombros e ergueu o garfo. — Ela só soube de sua existência depois que seu pai morreu.

Clive Hollowell nunca tinha sido seu pai. Ela se lembrava de tê-lo visto apenas duas vezes na vida. Ele tinha sido apenas o cara que forçara a barra para cima da mãe dela e que depois abrira um plano de previdência para consertar seu erro. Carlos tampouco fora um pai. Tinha sido apenas o homem que se mudara para a propriedade dos Hollowell para viver do dinheiro deles, como algumas pessoas da família.

Ela colocou as mãos no colo e observou as unhas curtinhas pintadas de preto. Sobre o que Sadie quereria conversar com ela? O que elas poderiam ter a dizer uma à outra? O pai delas amara Sadie. Sadie era a menina de ouro de cabelos dourados. Stella era o segredo sujo de cabelos pretos.

— Sadie quer saber se você está disposta a falar com ela. Gostaria de entrar em contato com você.

— Eu não...

Ela ergueu uma mão e voltou a deixá-la cair no colo. Antigos sentimentos de rejeição e a dor da carência se misturaram em seu estômago e envolveram seu coração. Emoções que ela acreditava ter enterrado há muito tempo.

— Por telefone?

— Sim.

Sua irmã queria telefonar para ela. Stella não sabia o que pensar. Uma parte de si sentia vontade de mandar a irmã para o inferno, mandar que saísse de sua vida. A outra parte queria... O quê? Ouvir a voz da irmã?

— Não sei.

Ela se forçou a olhar para o homem do outro lado da mesa. Ela não o conhecia. Nem sequer sabia seu nome, mas, mesmo assim, ele havia virado seu mundo de cabeça para baixo e ela estava com a impressão de que estava caindo.

— Ela quer que eu dê meu número de telefone para você?

— Eu tenho o seu número de telefone — ele pousou o garfo no prato vazio e bebeu até o fim o café. — Conheço seu horário de trabalho, o número da sua carteira de habilitação e a placa do seu carro. Conheço cada uma das suas muitas multas por estacionar em local proibido, por ultrapassar a velocidade e outras infrações, nos últimos dez anos. Sei quantas vezes você esteve em um tribunal e seus quatro últimos endereços — ele pousou a xícara na mesa e pegou o boné. — Sei de tudo isso sem procurar demais...

— Como?

Ele ajeitou o boné na cabeça algumas vezes.

— Segredos de ninja secreto que aprendi na escola para seguranças — ele se levantou e pegou a carteira. — Ligue para o número do meio quando se decidir. Deixe um recado e informarei sua decisão à Sadie — ele deslizou um cartão de visitas em direção a ela, e jogou dinheiro na mesa.

Ela não sabia o que fazer.

— E se...

Stella balançou a cabeça. Ela não verbalizaria seu medo mais profundo. Não para si mesma. Muito menos para aquele desconhecido estranho de olhar duro.

— Converse com sua irmã. Não converse. Para mim, não faz diferença. Eu disse a Vince que encontraria você e encontrei. Assim que receber sua resposta, caio fora disso.

Correndo para Você

Em seguida, ele se afastou, e ela observou os ombros largos. Com algumas passadas, ele saiu pela porta da frente e desapareceu na escuridão.

Stella ergueu uma mão do colo e pegou o cartão. Preto, claro, com grandes letras prateadas. "Junger Logística e Segurança Ltda." estava escrito no meio do cartão, com três números embaixo: escritório, celular e fax. Ela pressionou o dedo contra a ponta do cartão. Concentrou-se na pressão e no incômodo do contato. Era demais. Aquela noite tinha sido além da conta. A atitude sórdida de Ricky e Joe acabando com ele. Ela não tinha mais um emprego, e não sabia quando conseguiria outro. Ah, ela poderia encontrar um emprego para servir bebidas em qualquer espelunca, mas as gorjetas não seriam tão boas quanto em South Beach. Se não se apressasse e conseguisse um novo emprego, perderia o pequeno apartamento. Certo, não era muito, mas era seu lar, atualmente. Havia dinheiro em sua previdência, depositado por Clive Hollowell, mas aquele dinheiro nunca tinha sido dela e sempre causara mais problemas do que resolvera.

Ela respirou fundo e colocou uma mão na garganta. Demais. Aquela noite tinha sido demais para aguentar. Ricky. Seu emprego. Sadie. Ela ousaria abrir essa porta?

— Deseja mais alguma coisa? — A garçonete perguntou, ao recolher da mesa o prato vazio e a caneca.

— Não, obrigada.

Stella pegou seu topete de Amy e o enfiou na mochila. Ficou de pé e olhou para o cartão que segurava. Se o deixasse em cima da mesa, não haveria escolha a fazer. Não teria que pensar naquilo. Queria poder conversar com sua mãe. Não que Marisol desse bons conselhos, mas falar em voz alta sobre as coisas às vezes ajudava Stella. Às vezes, ela precisava verbalizar suas opções e possíveis desdobramentos para ter tudo com clareza em sua mente.

A alça da mochila escorregou de seu ombro e ela enfiou o cartão em um bolsinho externo. Era 1h30 da madrugada no México, e conversar com sua mãe estava fora de cogitação.

Ela saiu do café e seguiu de volta em direção ao Ricky's. O vento estava mais forte, e ela baixou a cabeça para proteger o rosto da umidade. As primeiras gotas de chuva acertaram seus ombros e a testa e se intensificaram quando ela dobrou a esquina. Do outro lado da rua, ela parou para observar o estacionamento. À exceção dos veículos de funcionários, estava vazio. Nenhum corpo caído junto à saída dos fundos. Nenhuma ambulância. Ninguém à espreita na escuridão. Gotas de chuva atingiam seu rosto quando ela correu em direção ao PT Cruiser e entrou. Com o coração aos pulos pela segunda vez naquela noite, ela ligou o carro e saiu do estacionamento sem acender as luzes. Ela acionou os faróis e os limpadores de para-brisa conforme seguia em direção a seu apartamento, perto das ruas Fifty-eight e Sixth. Olhou no espelho retrovisor parcialmente esperando que alguém a estivesse seguindo. Que algo acontecesse. Não sabia muito bem o quê, mas foi apenas quando saiu da estrada Julia Tuttle que começou a respirar com um pouco mais de facilidade. Avançou através das luzes dos arranha-céus do centro e dos semáforos que balançavam ao vento. Quinze minutos depois, ela parou em sua vaga de estacionamento no condomínio de prédios de tijolos aparentes. Em disparada, saiu do carro até a frente do prédio e subiu correndo a escada até o terceiro andar. Uma vez lá dentro, Stella fechou a porta, trancou e passou a corrente. Uma luzinha no fogão iluminava uma pequena parte da cozinha minúscula. Ela pagava oitocentos dólares por mês pelo apartamento de cinquenta e seis metros quadrados. Pouca mobília comprada na loja Ikea ocupava o espaço. Um sofá, duas cadeiras, mesa de centro e conjunto de quarto. Só isso. Ela se mudava com frequência, e fazia sentido não ter muitos pertences.

Stella entrou na cozinha e colocou a mochila em cima do balcão. Pegou uma garrafa de água e caminhou no escuro em direção a seu quarto. O cansaço pesava em seus ombros, apesar de a mente estar a mil. Ela acendeu a luz e pegou uma regata da cômoda de carvalho de seis gavetas.

Em uma noite normal, ela conseguiria relaxar na frente da televisão. Nesta noite, ela precisaria de mais do que reprises e programas de televenda. Desamarrou e tirou as botas, depois o bustiê e o *short* de couro, e a calcinha de renda caiu no chão. Entrou no banheiro, pulou no chuveiro e lavou os cabelos para remover o cheiro de Ricky. Enquanto a água batia em sua cabeça, ela se permitiu imaginar como seria encontrar a irmã. Se fosse verdade, e Sadie realmente não soubesse sobre Stella, talvez as duas pudessem se conhecer. Não poderia fazer mal. A não ser...

Sadie era tão bem-sucedida. Estudara na Universidade do Texas, em Austin, e na Universidade da Califórnia, em Berkeley, e era agente imobiliária em Phoenix. Uma ótima corretora, ou pelo menos tinha sido, até a morte de seu pai. Agora, ela era proprietária do rancho JH e tinha um noivo que a amava o suficiente para contratar G. I. Joe para encontrar Stella.

Ela desligou o chuveiro e envolveu os cabelos em uma toalha azul macia. Certo, em algumas ocasiões, ela havia digitado o nome da irmã em *sites* de busca. Fazia isso de vez em quando. Na infância, lera sobre Sadie no *Amarillo Globe*, e até chegara a fantasiar sobre a reunião das irmãs. Elas cairiam nos braços uma da outra e chorariam de alegria. Talvez usassem pingentes que combinassem e pintassem as unhas de cor-de-rosa, já que vermelho era para meninas fáceis. Talvez elas trocassem cartas e telefonemas e passassem as férias juntas.

Mas este encontro nunca acontecera e ela abandonara aqueles sonhos havia muito tempo. Sonhos eram coisas tolas com um alto custo emocional.

Havia uma segunda toalha azul no aparador e ela a pegou. Secou o corpo e penteou o longo cabelo molhado. Sadie era cinco anos mais velha do que Stella. Sadie era loira e bem-sucedida, e Stella...

Não era.

Ela vestiu uma calcinha cor-de-rosa e a regata. A mãe de Sadie tinha sido uma rainha da beleza vinda de uma família respeitada. A mãe de Stella tinha sido babá de uma longa linhagem de trabalhadores ilegais. Certa vez, quando tinha cerca de dez anos, Stella achara que seria engraçado correr para dentro da casa da mãe gritando "*La Migra! La Migra! La Migra!*". Nunca vira o padrasto e tios se mexerem tão depressa. Principalmente Jorge, que escapuliu pela janela. Quando todo mundo percebeu que a polícia de imigração não estava chegando de verdade, ela teve problemas sérios. Olhando em retrospecto, ela compreendia que aquela talvez não fosse a melhor das piadas.

Stella subiu na cama e se aconchegou em seus travesseiros de pena. Mesmo na infância, ninguém a considerava tão histérica quanto ela pensava ser. G. I. Joe não a achara engraçada. Se um dia conhecesse Sadie, a irmã provavelmente também não veria graça nenhuma nela. Ou talvez, quem sabe, sua irmã tivesse o mesmo senso de humor. A comicidade tinha que vir de algum lugar.

Stella ligou a televisão. Encontrou uma reprise de um episódio de *Two and a half man*, com Charlie Sheen, anterior ao comportamento bizarro que ele desenvolveu depois. Tinha certeza de que demoraria a dormir, e ficou surpresa quando abriu os olhos mais tarde e a luz do sol invadia o quarto. Na televisão, Jerry Springer agia como se estivesse preocupado com duas mulheres que se estapeavam por um caipira. Ela desligou o aparelho e olhou para o relógio. Passava um pouco das nove. Ela havia dormido por apenas cinco horas, então se virou de costas e tentou voltar a dormir. Fechou os olhos, mas voltou a abri-los quando alguém bateu à porta.

Permaneceu deitada. Talvez não fosse em sua porta. *Bam, bam, bam*. Sim, era na porta dela, mas não poderia ser o representante do proprietário. Ela havia pago o aluguel na data. Se não atendesse, a pessoa iria embora. Fechou os olhos, mas as batidas continuaram.

— Merda.

Ela se sentou e colocou as pernas para fora da cama. Provavelmente era Malika, sua amiga do trabalho, e ela se levantou e caminhou pelo quarto até o armário. Abriu e tirou o roupão vermelho curto. Tinha certeza de que a esta altura todo mundo já sabia sobre o ocorrido com Ricky, e sabia que Malika iria querer os detalhes.

Malika deveria ter telefonado antes, mas Stella amarrou o roupão e percorreu o pequeno corredor. Quanto mais se aproximava da porta, mais percebia que Malika não bateria com tanta força. Uma das coisas de que não gostava em seu apartamento, além do carpete barato, era o fato de não haver olho mágico na porta.

— Quem é? — Ela perguntou.

— Lou Gallo.

— Quem?

— Sócio de Ricky De Luca.

Merda! Lefty Lou. O amigo de Ricky que usava os poucos cabelos pretos penteados para trás e que não tinha o polegar esquerdo.

— O que você quer?

— Só conversar — uma nova voz foi ouvida. Provavelmente do outro amigo de Ricky. O quadrado. Aquele que era tão largo quanto alto. Fat Fabian.

— Uma pergunta e vamos embora.

— Só uma?

— Sim.

Ela não acreditou neles e deixou a corrente presa à porta quando a entreabriu.

— Que pergunta?

— Onde está o seu namorado?

— Que namorado?

Pela abertura, ela viu a camisa *guayabera* de Lou e seu pescoço suado.

— O que bateu no Ricky ontem.

— Ele não é meu namorado. Nunca o vi antes.

— Sei — Fat Fabian disse. — Quem era ele? Diga um nome e iremos embora.

— Não sei o nome dele.

Stella tinha o cartão dele. Poderia entregá-lo e eles a deixariam em paz. Ficaria livre, mas não queria fazer isso. Não conhecia Joe, mas sentia um fiapo de gratidão por ele. Ainda que pudesse haver opção melhor do que nocautear Ricky.

— Ricky quer que você vá ao bar.

— Certo — ela não tinha a menor intenção de se aproximar de Ricky De Luca. — Vou me vestir e vou para lá.

— Não. Você vai com a gente agora.

Nada disso.

— Desculpem, mas não posso fazer isso, rapazes. Preciso tomar banho e me trocar.

Uma mão sem polegar passou pela abertura da porta e segurou a corrente. Stella se assustou e seus olhos se arregalaram quando o homem puxou com força uma, duas vezes. Tudo aconteceu bem depressa e um dos parafusos se soltou um pouco da parede. Adrenalina pura percorreu a pele de Stella e subiu por sua espinha e ela bateu a porta na mão dele.

— Merda!

Ela a abriu o suficiente para batê-la de novo.

— Ai! Porra!

Desta vez, quando ela abriu, ele puxou a mão a tempo. A porta bateu e ela passou a tranca antes que eles tentassem empurrar a porta. E tentaram.

— Vou chamar a polícia! — Ela gritou.

As batidas pararam.

— Você não pode ficar aí dentro para sempre.

— Vou pegar meu telefone!

Ela foi para a cozinha e desceu o zíper do bolso frontal de sua mochila. Procurou ali dentro e pegou o telefone. O cartão de G. I. Joe saiu ao mesmo tempo e ela atravessou a sala de novo e encostou a orelha na porta. Não escutou nada, mas isso não a fazia acreditar que eles tinham partido para nunca mais voltar. Principalmente depois de ela ter fechado a mão de Lou na porta. Duas vezes.

Estava em apuros. Primeiro por causa de Ricky. Depois, por causa de Joe. Agora, Lou e Fabian. Os homens eram terríveis. Nunca conhecera nenhum com quem pudesse contar. Exceto, talvez, tio Jorge, mas ele tinha os próprios dez filhos com os quais se preocupar.

O carpete barato arranhou seus pés quando ela caminhou em direção à porta de vidro de correr que levava à varanda e olhou por entre as persianas verticais. Os dois idiotas estavam no estacionamento falando ao telefone. O que ela iria fazer, agora? Por quanto tempo teria que esperar até poder sair? Os amigos de Ricky não poderiam ficar ali fora para sempre. Se eles não fossem embora logo, ela teria que ligar para a polícia.

O cartão que ela segurava pinicou sua mão e ela a abriu. No momento, tinha preocupações maiores do que um encontro com Sadie. Olhou para a parte inferior do cartão e teclou os dez números com o polegar.

"Você ligou para mim", disse a voz grossa e familiar. "Deixe um recado."

— Oi. Aqui é Stella Leon — para o caso de ele não se lembrar dela, acrescentou: — A irmã de Sadie Hollowell. Olha, só queria que você soubesse que no curto prazo não vou telefonar para marcar uma reunião com Sadie — mais uma vez, ela olhou por entre as cortinas que cobriam a porta. — Ricky De Luca, meu ex-chefe, não está muito contente com o fato de você ter batido nele e mandou seus sócios à minha casa — ela deu as costas para a cortina. — Eles estão acampados em meu estacionamento, mas, assim que forem embora, vou sair da cidade por um tempo — não sabia para onde iria. — Então, agora, não é um bom momento para um encontro de família — apertou a tecla para finalizar a ligação e colocou o telefone em cima do balcão da cozinha.

Foi para o quarto e pegou uma grande mala no armário. Precisaria esperar algumas horas. Se eles continuassem acampados lá fora quando escurecesse, teria que chamar a polícia, mas na verdade ela não queria chamar a polícia de Miami. Não queria fazer um boletim de ocorrência. Eles fariam perguntas que ela não saberia responder, e preferia não deixar Ricky e seus amigos mais irritados do que já estavam.

Jogou roupas íntimas dentro da mala. Talvez passasse uma semana longe. Certamente isso seria tempo suficiente. Ficaria em um hotel e procuraria um trabalho. Talvez em Orlando.

Em seguida, enfiou *shorts*, regatas e dois vestidos leves dentro da mala. Depois, maquiagem e produtos para os cabelos, além de chinelos de dedo e seu iPad, no qual havia cerca de mil de suas músicas preferidas. Desde Regina Spektor a Johnny Cash.

Vestiu um vestido azul de alcinhas e as Doc Martens. Se tivesse que correr, precisaria de suas sólidas e confiáveis botas. Prendeu os cabelos em um rabo de cavalo para afastá-los do rosto.

Na cozinha, seu telefone tocou, e ela atravessou o corredor em direção a ele. Não reconheceu o número que chamava, mas tinha certeza de que era de Ricky. Pensou em não atender, mas talvez pudesse acalmar as coisas e convencê-lo a deixá-la em paz.

— Sim.

— Onde você está?

Não era Ricky.

— Quem é?

— Beau Junger.

O nome de Joe era Beau? Não combinava muito com ele. Não era bruto o bastante. Ele tinha cara de Buck, Duke ou Rocky.

— Estou em meu apartamento.

— Os irmãos Gallo estão do lado de fora?

Ela espiou entre as persianas.

— Não acho que eles são irmãos.
— Um baixo e gordo? O outro alto e magricela?
— Sim.
— São irmãos. Está vendo o Lexus LS bege deles?

Como ele sabia disso?

— Sim.
— Onde está o carro em relação à porta da frente de sua casa?
— Várias fileiras para trás e à esquerda.
— Certo. Você fez a mala?
— Sim. Estou esperando que eles saiam para poder correr até o meu carro.
— Esqueça o seu carro. Estou a cerca de uma hora de distância. Então, às... — Ele fez uma pausa como se olhasse para o relógio — Duas da tarde, você vai escutar uma comoção. Pegue sua mala e saia correndo do apartamento.
— Que tipo de comoção? Como saberei que é você?

Ela não tinha certeza, mas ele parecia ter rido.

— Você vai saber. Haverá uma SUV preta estacionada perto de seu prédio. Entre nela.
— Sua SUV?
— Sim — ele disse, e a linha ficou muda.
— Espera! Volte. Você disse duas da tarde?

Três

Comoção. Stella considerava discussão acalorada uma comoção. Música alta era uma comoção. Evidentemente, Beau Junger tinha uma definição diferente. Uma definição que incluía uma explosão, fumaça preta e *flashes* caóticos de luz. Ao primeiro sinal de "comoção", Stella pegou a mala, trancou a porta e desceu a escada correndo, como ele havia mandado. Quando chegou ao nível da rua, olhou para o estacionamento e para a fumaça que saía de sob o Lexus dos irmãos Gallo. Em meio à confusão de luzes e alarmes de carro, um Escalade preto parou no meio-fio. Com a mochila em um dos ombros e a mala presa ao peito, Stella abriu a porta e pulou dentro do carro.

— Santo *frijole y guacamole*!

Do outro lado da grande SUV, Beau Junger, também conhecido como G. I. Joe, também conhecido como Capitão América, olhou para ela através das lentes espelhadas de seus óculos.

— Boa-tarde.

Todo calmo e tranquilo, ele tirou o pé do freio, e o Cadillac se afastou da calçada. Nada de pneus cantando, motor acelerado ou balas de tiro. Só ar-condicionado, couro macio e vidros escuros.

Correndo
para Você

— O que você fez? — Ela olhou para trás, por cima dos assentos, em direção à fumaça preta e aos irmãos Gallo gritando e apontando para o Lexus. — Você explodiu o carro dos Gallo?

— Claro que não. Isso seria contra a lei.

— E o que aconteceu não é?

— Foi só uma explosãozinha de pólvora — ele respirou profundamente. — Deus, como gosto do cheiro de pólvora.

Ela só conseguia sentir o cheiro de couro e de sabonete masculino. Como se ele tivesse esfregado o rosto com Axe, Irish Spring ou Lava. Ela jogou a mala no banco de trás, e resvalou a testa no ombro forte dele.

— "Zinha"?

Ele deu de ombros e saiu do condomínio.

— Já causei maiores.

Ela não duvidava e virou-se para a frente. Ele a impressionava como um cara misterioso, e ela sabia que não deveria nem pensar em perguntar como alguém conseguia obter pólvora para "explosõezinhas". Ela não se importaria de ter um pouco daquilo para si mesma.

— Aonde vamos?

— Sair da cidade — ele olhou para ela. Os óculos escondiam seus olhos, mas ela conseguia sentir o olhar dele sobre seu rosto. — Inicialmente, eu não havia coletado informações sobre seu chefe. Não havia necessidade. Porém, depois de nosso encontro no estacionamento, fiz uma pesquisa.

Ele direcionou sua atenção de volta a rua e entrou na 112. Ela passou o cinto de segurança pelo peito e pegou os óculos da mochila.

— O que você descobriu?

— Ricky De Luca tem ligação com a máfia de Newark.

Ele olhou para o lado esquerdo e entrou na frente de uma BMW. Disse o nome da família, mas Stella não reconheceu.

— Ele faz parte da máfia? Não acredito! — Ela colocou os grandes óculos escuros e deixou a mochila entre os pés. — Pensei que fosse só um boato, por ele ser italiano — ser italiano não o tornava um mafioso, assim como ter origens mexicanas não significava que ela amasse tacos. Mas amava. — Aposto que você se arrependeu de tê-lo atacado.

— Nem um pouco. Mesmo que eu tivesse essa informação, teria batido na cabeça dele. E, teoricamente, ele não é membro da família. Eles lavam dinheiro no bar dele e, em troca, Ricky tem proteção contra a máfia russa.

— Existe uma máfia russa também?

— Claro. Há italianos, mexicanos e russos mexendo com drogas, extorsão e prostituição no sul da Flórida — ele olhou para o GPS, apertou alguns botões e a tela mudou. — Os Gallo são soldados para os italianos. Eles estão no grupo.

Stella pigarreou e olhou os longos e ágeis dedos de Beau mexendo no GPS para seu rosto sério.

— Prendi a mão de um dos caras na minha porta — ela não conseguia se esquecer da imagem daquela mão sem polegar pegando e puxando a corrente, como se fosse um filme de terror. Engoliu em seco e sentiu-se enjoada. — Duas vezes.

Um músculo em movimento no canto da boca dele poderia ter sido um esboço de sorriso. Ela levou uma das mãos ao peito e respirou fundo.

— Você acha isso engraçado?

— Claro que não. Você prendeu a mão de um mafioso na porta. Se eu fosse você, pensaria em me mudar.

— Por quanto tempo?

Ele olhou para ela e depois para a estrada.

— Por tempo indeterminado.

— O quê? Como se eu estivesse em um programa de proteção a testemunhas?

Ah meu Deus!

Ele balançou a cabeça.

— O governo não está processando os Gallo nem Ricky e você não testemunhou nada — ele olhou para ela de novo, e então para a estrada. — A não ser o esmagamento da mão de Lou. Você testemunhou isso.

Se não tomasse cuidado, ela iria ter um ataque.

— Talvez os Gallo se esqueçam disso em algumas semanas.

— Duvido — ele balançou a cabeça.

— Você derrubou o Ricky! É pior.

— Eles não sabem quem eu sou.

Ela teve a sensação de que ele não sentiria muito medo, mesmo que eles soubessem. Colocou uma mão no peito e respirou profundamente. As coisas só pioravam.

— Ah meu Deus, eu prendi a mão de um gângster na minha porta.

— Duas vezes.

Como se ela precisasse do lembrete. E se Lefty Lou nunca se esquecesse disso? Não superasse? E se ele a encontrasse? Ela levou a mão à garganta. Ninguém a procuraria. Durante muitos meses, ninguém pensaria em reportar seu desaparecimento. E até lá, ela já estaria nadando com os peixes, teria virado isca. Para piorar, ela acabava de se dar conta de que havia entrado no carro de um desconhecido.

— A mão do Lou provavelmente está só com hematomas.

Ela não teve certeza, mas pensou ter notado estrelas em sua visão periférica.

— Provavelmente está quebrada — o sr. Solícito disse.

— Ah meu Deus!

— Você vai desmaiar?

— Talvez — ela engoliu em seco. — Provavelmente.

Ele parecia estar se preparando para oferecer um pouco mais de sua peculiar compaixão, e ela levantou a mão na direção dele.

— Por favor, pare. Você está piorando as coisas — ela murmurou, enquanto procurava não pensar que poderia ter pulado da frigideira direto para o fogo. — Sei que não nos conhecemos, mas você poderia *tentar* me oferecer um pouco de apoio, agora. Ser minimamente solidário.

Ele pegou a saída da esquerda em direção ao aeroporto e perguntou:

— Como?

Era sério? Era *ela* que precisava pensar em coisas positivas para *ele* dizer?

— Você poderia tentar dizer: "Veja pelo lado positivo, Stella".

— Você quebrou a mão já aleijada de um homem. Qual é o lado positivo?

Provavelmente não estava quebrada e ela queria que ele parasse de dizer aquilo.

— Bem... Eu poderia ter machucado a mão boa dele.

— E daí?

— Daí que assim ele ainda consegue enviar mensagens de texto.

Ele olhou para ela como se *ela* fosse a pedra de gelo.

— Este é o lado positivo?

Era o melhor que ela conseguia fazer enquanto tentava não enlouquecer. Para não desmaiar ou, pior, chorar. Detestava chorar em público. Era muito melhor desmaiar. No meio de seu trauma pessoal, ela percebeu, de repente, onde estava. Eles estavam na estrada a caminho do Aeroporto Internacional de Miami, e ela olhou para as placas pela janela.

— Você vai pegar alguém no aeroporto?

— Vou deixar você.

Ela olhou para ele, e seu rabo de cavalo resvalou em seu ombro nu, e seus óculos escorregaram pelo nariz.

— Para onde vou?

— Para o Texas. Enviei o itinerário para o seu celular.

Ela olhou para ele por cima dos óculos.

— Texas?

Ninguém nunca havia perguntado se ela queria ir para o Texas. Não queria. A ansiedade acelerou seu coração enquanto sua cabeça ficava leve.

— Há algum outro lugar onde você preferiria ficar por um tempo?

Correndo para Você

Onde ela preferiria ficar era impossível. Não depois da noite passada. Ou de hoje cedo. Não depois de G. I. Joe ter derrubado Ricky e ela ter piorado as coisas amassando a mão do outro. Não que tivesse tido escolha. Lou havia tentado quebrar a corrente de sua porta, mas ela não tinha gostado de machucá-lo. Diferentemente do homem a seu lado no carro. Beau Junger claramente adorava agredir os outros, manter listas negras e causar "explosõezinhas". Em meio às batidas em sua mente, ela pensou na mãe. Podia ir para a casa da mãe no Novo México. Estaria a salvo dos Gallo e de Ricky, ali. Mas a mãe nem sempre havia cuidado dela. Não a colocara antes de Carlos, e Stella não estava preparada para fingir que tudo estava maravilhoso. Não estava pronta para agir como se nada de ruim tivesse acontecido, como a mãe fazia para lidar com as coisas. Se ninguém falasse sobre o passado, ele podia ser reescrito.

— Acredito que você tenha um documento de identificação com foto, certo?

Ela empurrou os óculos para cima.

— Tenho.

Sempre levava um cartão Visa e a carteira de motorista na mochila.

— Você vai para Dallas e depois segue para Amarillo.

Para ficar com Sadie. Ela certamente não estava pronta para aquilo. Balançou a cabeça.

— Isso é meio repentino.

— Queria ter ficado para passear com o Lou?

— Não.

Mas não estava pronta para ver a irmã. Principalmente não agora. Não quando sua vida havia se transformando num monte de merda. Ela resmungou e levou os dedos à têmpora, acima da armação dos óculos. Ela havia resmungado ou era só coisa de sua cabeça?

O Escalade passou por carros particulares e táxis e parou no meio-fio do terminal norte, atrás de um estande da Lincoln Town Car.

— Seu voo parte em uma hora — ela ouviu o homem a seu lado dizer, acima do ruído em sua mente. — American Airlines, voo 484, asa D. Você vai voar de primeira classe e deve ter tempo mais que suficiente para passar pela segurança.

— Primeira classe — ela repetiu, como uma tola.

— Agradeça à sua irmã.

Ele saiu do carro e deu a volta pela frente do Cadillac. Ele deslizou sob o sol de Miami que brilhava nos curtos cabelos loiros e nas lentes de seus óculos para a sombra da cobertura de metal da entrada do aeroporto. Ele abriu a porta do passageiro e ela soltou o cinto de segurança com um clique discreto.

— Sadie sabe sobre Ricky e os Gallo?

— Não. Ela só sabe que você vai chegar.

Aparentemente, não importava se ela queria ir ou não. Ela saiu do Escalade e enfiou um dos braços pela alça da mochila. No passado, quando fantasiava muito encontrar-se com Sadie, Stella era sempre bem-sucedida em alguma coisa, fosse ser uma princesa aos cinco anos, uma treinadora de unicórnios aos dez ou uma estrela do *rock* aos quinze.

— Meu irmão, Blake, vai buscar você no aeroporto.

Um carro roncou perto dali e o barulho do escapamento de um ônibus preencheu o ar.

— Como vou saber quem é ele?

Em nenhuma dessas fantasias de encontro com a irmã ela era uma garçonete.

— Você vai saber.

Uma garçonete fugindo de mafiosos.

— Como?

— Ele é meu irmão gêmeo.

— Há dois caras como você? — Mesmo em meio às emoções embaralhadas e aos pensamentos confusos que se entrechocavam em sua mente, ela fez uma careta, horrorizada.

— Sim, o dobro da diversão — ele entregou para ela a bolsa que estava no banco de trás. — Você nem precisa despachar a bolsa.

Correndo
para Você

— Ah.

Ela não queria ir. Não queria, mesmo, mas ninguém se importava. Ele suspendeu os óculos dela até o topo da cabeça e colocou sua grande mão sob o queixo de Stella. Ergueu seu rosto, e seu toque era quente, firme e estranhamente reconfortante. Como um eixo sólido em uma vida desequilibrada. Só que ele mesmo tinha sido o responsável pelo desequilíbrio. Ao redor deles, buzinas tocavam. Rodinhas de malas batiam contra o pavimento. Ele a observava por trás de seus óculos espelhados. Ela viu o próprio reflexo e se retraiu por dentro. Estava péssima. Pálida, cansada e prestes a ter um ataque.

— Você vai ficar bem?

Ela virou o rosto e deu um passo para trás. De que importava? Ele não se importava. Claramente, ele queria largá-la ali e seguir com sua vida. Ela colocou os óculos para baixo e os cantos da boca para cima.

— Estou bem.

— Tem certeza? — Ele inclinou a cabeça para um lado e acrescentou, com sua sensibilidade toda especial: — Você não parece nada bem.

— Obrigada.

— Está com medo de encontrar sua irmã?

Medo?

— Não.

Aterrorizada.

— Ótimo. Ela obviamente quer muito conhecer você.

Ela não sabia o que a assustava mais. A perspectiva de ficar em Miami e encontrar Lou ou a de ir para o Texas e encontrar Sadie.

— Ótimo — ela ergueu a mão livre e acenou de leve. — Obrigada pela carona e por me proteger dos Gallo — ainda que o motivo pelo qual eles tivessem ido a seu apartamento fosse totalmente culpa dele.

— Sem problema — ele caminhou na frente da SUV. — Você tem meu cartão. Ligue no meu celular se precisar de alguma coisa.

Ela deu mais um passo para trás e deixou cair a mão. Ele não estava sendo sincero. Seu trabalho estava feito. Ele não se importava, e por que deveria? Ele não a conhecia e não lhe devia nada. Ele havia sido contratado por Sadie para passar uma mensagem. Só isso.

— Certo. Tchau.

Ela girou sobre o solado gasto de suas Doctor Martens e saiu andando em direção às portas automáticas. Elas se abriram e ela entrou. Filas para o *check in* serpenteavam pelos corredores isolados por cordas, cheias de viajantes. Famílias com filhos pequenos empurravam carrinhos e malas. Ele havia dito que ela possuía uma passagem de primeira classe da American Airlines. Ela olhou para trás mais uma vez enquanto a SUV se afastava do meio-fio. Ela faria aquilo? Poderia fazer aquilo? Simplesmente entrar no avião e ir encontrar a irmã pela primeira vez? As pessoas passavam por ela, ela escutava suas vozes, e o telefone tocou. Colocou a mala no chão, procurou dentro do bolso da mochila e pegou o aparelho. O número do Ricky's Rock 'N' Roll brilhou na tela. Ricky. Seu couro cabeludo se arrepiou ao pensar no homem. Ou podia ser Malika. Sua amiga e colega de trabalho nunca tinha sido responsável em relação à conta de telefone, que sempre acabava sendo cortado. Ela deveria se despedir de Malika. Tranquilizá-la dizendo que estava bem. Olhou para o telefone por mais alguns segundos e apertou o botão para atender.

— Alô.

— Onde você está?

Não era Malika e ela se controlou para não se abaixar e se encolher ao escutar a voz de seu ex-chefe. Ele estava tão irritado que parecia estar falando entredentes.

— Diga-me onde você está, Stella — da última vez que vira Ricky, ele era uma massa cor de salmão caída a seus pés. — Não vou machucar você.

Até parece.

— Só quero o nome de seu namorado — ele fez uma pausa. — Alô. Você está aí?

— Ele não é meu namorado.

— Ele faz parte dos Gorokhov? — Ele vociferou. — Parecia russo.

— Joe? — Ele parecia bem americano.

— O nome dele é Joe? Joe do quê?

— Eu o vi pela primeira vez ontem — era verdade. — Era apenas um cara que estava no estacionamento — o que era verdade, em sua maior parte.

— O vídeo do estacionamento mostrou você saindo com ele.

Ela havia se esquecido das câmeras de segurança do estacionamento.

— Então, você pode ver que eu fiquei tão surpresa ao vê-lo como você — Por um momento de otimismo, ela pensou que poderia conseguir uma solução de bom senso com o ex-chefe. Talvez tudo pudesse ficar bem. — Juro que...

— Para de mentir! — Ricky gritou no telefone, acabando com a esperança dela, fazendo com que os pelos de seu pescoço se eriçassem. — Aqueles malditos Gorokhov estão se metendo nos meus negócios. Ninguém tira dinheiro de meu bolso e sai numa boa. Ninguém se aproveita de mim... Que barulho é esse? — Ele interrompeu o que estava dizendo. — Você está no aeroporto?

Ela apertou o botão de desligar do celular e olhou ao redor meio como se esperasse ver Ricky ou os Gallo ali para agarrá-la. Ela perdeu o fôlego ao se abaixar e pegar sua bolsa. Então se dirigiu ao *check in* da primeira classe e entrou na fila. Ricky não tinha certeza de que ela estava no aeroporto, ela disse a si mesma, mas, mesmo que ele resolvesse ir até lá para conferir, precisaria de meia hora a quarenta e cinco minutos para chegar ali a partir do bar.

A bolsa pesava em seus braços enquanto ela avançava. Ele teria que saber qual era o terminal e qual era a fila, e a possibilidade de que a encontrasse era ínfima, perto de nenhuma. O pesado sistema de segurança do aeroporto acalmou seu nervosismo em relação ao ex-chefe, mas não fez nada a respeito do outro motivo pelo qual seu estômago estava se revirando de tensão.

Sadie.

Stella avançou na fila. Nos últimos anos, ela havia desistido do sonho de encontrar a irmã. Ela o havia despachado junto com outros sonhos de infância e não pensava muito nisso. Não pensava muito na família. Principalmente Sadie. Agora, Sadie queria encontrá-la, e o velho sentimento de desejo, esperança e dor tomava conta dela. A coisa que Stella queria tão desesperadamente na infância era um bilhete para uma viagem de avião. Que estava prestes a acontecer.

O nó que sentia no estômago ficou mais forte quando ela deu um passo à frente. A cada passo, ficava cada vez mais apertado, e ela achou que acabaria vomitando. Seu peito doía, a cabeça ficou leve e ela tentou respirar fundo. O calor se espalhou por seu pescoço e rosto e, a poucos passos de ser atendida, ela passou por baixo da corda à sua frente, antes que acabasse caindo. Passou pelos viajantes e pelas malas. Não conseguia respirar e trombou com um empresário que estava ao telefone. Praticamente saiu correndo pelas portas automáticas e uma vez lá fora puxou o ar com força. Respirou a fumaça úmida o mais profundamente que conseguiu.

Ataque de pânico. Ela o reconheceu porque seu rosto estava quente e sentia batidas na cabeça e no peito. Já havia sentido aquilo antes, com a diferença de que agora ela sabia que não iria morrer. Seu coração não iria explodir e, se ela se concentrasse em outra coisa, não desmaiaria.

Ao seu redor, enquanto ela andava, pessoas passavam com pressa e buzinas tocavam. Não sabia aonde estava indo. Para algum lugar antes das últimas doze horas, antes que ela desmaiasse ou pior. Uma *van* do Hilton parou no meio-fio entre outra *van* e um táxi, e ela continuou andando. Enquanto passava do terminal norte para o central, o sol atingiu seu rosto. Ela parou para pegar os óculos da cabeça e o colocou no rosto. A brisa da tarde balançava as palmeiras do outro jardim elevado do lado da rua. Em uma extremidade, bandeiras de todo o mundo pareciam sentinelas, e ondulavam ao sabor do vento leve. Ela atravessou a rua na direção daquele oásis em meio ao concreto, aço e vidro. O peso da mala em seu braço era grande, quando ela se esquivou de um caminhão preto e quase foi atropelada por um Prius. Encontrou um banco escondido em meio à vegetação e afundou nele. A bolsa e a mochila caíram a seus pés e ela ergueu o rosto. Respirou profundamente e tremendo, e fechou os olhos. Seu coração não iria explodir, ela disse a si mesma. Ela não iria morrer. Não iria desmaiar se conseguisse desacelerar a respiração e se controlar.

Por algum motivo, pensar em entrar em um avião e realizar seu sonho de infância havia causado o ataque de pânico que ela vinha conseguindo evitar desde a agressão de Ricky na noite anterior. Aquilo a assustava mais do que criminosos invadindo seu apartamento, por mais assustador que tivesse sido. E tinha sido bem assustador.

Ela soltou o ar lentamente e apoiou os braços nas coxas. Sadie havia contratado Beau Junger para encontrá-la. Sadie queria conhecer Stella. O que era tão assustador? O que a impedira de pegar aquele voo para o Texas?

Stella relaxou os ombros e olhou para a ponta das botas. Do que sentia medo?, ela perguntou a si mesma, apesar de saber a resposta. Havia muito tempo que ela percebera que algumas vezes as pessoas simplesmente não gostavam dela. Fosse por seu senso de humor ou seus pontos de vista sobre a vida. Algumas pessoas não a consideravam tão engraçada como ela pensava ser. Outras pessoas não gostavam de sua falta de foco. Ela realmente parecia pingar de emprego a emprego e de lugar em lugar. Havia até mesmo pessoas em sua família que não gostavam dela. Eles a chamavam de *guera*. "Moça branca", e não era dito como algo positivo. Acreditavam que ela era mimada por causa do dinheiro do pai, mas o dinheiro nunca tinha sido dela. A previdência estava em seu nome, mas Stella nunca tivera controle sobre ela.

Lágrimas pinicaram o fundo de seus olhos. Ela se sentia uma criança de novo, deitada na cama, sozinha em seu quarto enquanto um de seus maiores medos tomava sua mente. *E se Sadie não gostasse dela?* Ela preferiria passar a vida toda sem conhecer a irmã a saber que Sadie olhava para ela como algumas pessoas olhavam. Como o próprio pai olhava.

Quando a primeira lágrima pingou na lente de seus grandes óculos, a ponta de botas pretas apareceu à frente de sua visão borrada.

— Você vai perder seu voo.

Ela quase se sentiu aliviada ao ouvir a voz grave e familiar.

— Como você me encontrou?

— Seu celular tem GPS.

Ela olhou para cima. Percorreu as pernas compridas e a barriga lisa e subiu para o peito grande e o pescoço grosso até os lábios contraídos.

— Você chegou aqui bem depressa.

— Eu não tinha ido muito longe.

Ela chegou aos olhos cinzentos, que a observavam.

— Sadie pagou para você se certificar de que eu pegaria o voo?

— Não. Eu parei no meio do caminho para fazer uns telefonemas de trabalho.

Com o sol refletido acima de seus ombros largos, ele parecia maior do que nunca.

— E para se certificar de que eu pegaria o voo.

Ele assentiu, confirmando sua suspeita.

— O próximo só sai daqui a três horas.

— É — ela tirou os óculos e secou uma lágrima do rosto com as costas da mão. — Não posso entrar no avião.

— Por quê?

Ela deu de ombros.

— É que... — Ela ergueu a barra do vestido e limpou a lente de seus óculos. — Não gosto de altura.

— Você tem medo de voar?

Ela assentiu. Bem melhor mentir do que contar a ele que temia que a irmã não gostasse dela.

— Por que não me disse? Eu teria dado outro jeito.

— Você não perguntou — ela voltou a colocar os óculos. — Você simplesmente informou que havia comprado uma passagem.

Ele pegou o telefone e digitou alguns números.

— Sim — ele disse. — Preciso que você veja itinerários de ônibus em Miami e encontre uma passagem para Amarillo.

Stella ficou de pé. Não sabia o que fazer, mas com certeza não seria entrar em um ônibus.

— Esqueça isso. Não vou entrar em um maldito ônibus.

Ele franziu o cenho.

— Volto a ligar. — encerrou a ligação e enfiou o telefone no bolso. — O que pretende fazer, Stella?

Uau. Aquilo tinha sido frio. Ótimo. Ela gostava do frio. Meio que a chacoalhava para fora de sua confusão mental. Pegou a mochila e a jogou no ombro.

— Não sei. Talvez eu... — O quê? — Talvez eu alugue um carro e vá... — Ela pegou a mala. — Para algum lugar por um tempo — até que Ricky se esquecesse dela. Não poderia demorar muito, certo?

O sr. Pedra de Gelo olhou para ela.

— Puta que pariu, eu não acredito! Isso deveria ser fácil, porra. Eu só precisava te dar um recado e ir embora desta merda de cidade.

Nossa! Além de ser frio como pedra de gelo, ele pelo visto gostava de palavrões.

— Desculpa — ela deu de ombros. — Mas você pode ir embora, agora. Você me deu o recado de Sadie. Vou ficar bem.

E ficaria. Ela vinha cuidando de si mesma havia dez anos. Durante a maior parte de sua vida, na verdade. Ela pensaria em alguma coisa. Não precisava de ajuda. De ninguém. Muito menos de um homem tão frio que provavelmente cagava cubos de gelo.

Quatro

Ele emanava calor. O tipo de calor que nada tinha a ver com a temperatura de mais de trinta graus do lado de fora. Beau Junger direcionou as passagens de ar para o próprio rosto e olhou para o outro lado do Escalade alugado, para a moça de vinte e oito anos que estava sentada no banco de couro. Um iPad branco repousava em seu colo e um par de fones de ouvido roxos abastecia sua cabeça de música. Pelo que Beau conseguira perceber por sua irritante cantoria antes que ela adormecesse, era *indie*, um lixo de música.

Pouco antes de cair no sono, ela havia puxado o elástico do rabo de cavalo e soltado os cabelos sobre um dos ombros. As longas mechas pretas contrastavam com sua pele bronzeada e se enrolavam em cachos abaixo da curva de seu seio. Brilhantes como na noite anterior.

Droga. Beau desviou o olhar dos cabelos e da pele macia dela e prestou atenção à estrada que se estendia em direção a Naples e Tampa. Ela estava com vinte e oito anos. Mesmo que ele não estivesse determinado a se conter e esperar até que o sexo tivesse um significado, ela era jovem demais. Jovem demais para que ele ficasse imaginando seus dedos emaranhados naquele cabelo.

Ele fez uma carranca e balançou a cabeça para se livrar daquele pensamento. Como aquilo havia acontecido? Como as coisas tinham dado errado tão depressa? Ele havia concordado em fazer um simples favor a Vince. Vince era um cara bacana. Amigo de Blake. Beau só precisava dar a Stella o recado de que sua irmã queria entrar em contato. Fácil. Nada demais, e ele tinha assuntos a tratar em Miami e Tampa, mesmo. Havia prestado serviços de segurança para o casamento de um astro do *rock* em Key Biscayne algumas noites antes. À exceção dos helicópteros zunindo lá em cima, de alguns convidados embriagados e de outros fazendo sexo nas moitas, o evento tinha sido abençoadamente tranquilo. Sem falhas na segurança nem socos desferidos.

Ele não podia dizer o mesmo do favor que concordara em fazer a Vince. Soubera, minutos depois de chegar no Ricky's Rock 'N' Roll, que estava entrando em apuros. O primeiro sinal tinha sido a *drag queen* com roupa justa de couro batendo um chicote no palco. Ele deveria ter se virado e saído, mas nunca tinha sido o tipo de cara que desiste. Que diz "não aguento". Nem mesmo quando a *drag* de batom verde o chamou de G. I. Joe e quis ver sua "arma". Mas ser cantado por uma *drag* não o havia perturbado tanto quanto ver os homens se agarrando ao seu lado. Ele havia então saído rapidamente dali, escapando de todo aquele contorcionismo e esfregação. Comprara algo para comer em um café cubano e ficara esperando no estacionamento atrás do bar. Ficar ali, dando telefonemas e se inteirando das coisas no trabalho, tinha sido melhor do que ficar no meio de *drags* e de *gays* cheios de amor para dar.

Ele entendia que alguém nascesse *gay*. Não curtia homem, mas conseguia compreender a biologia da coisa. O que não entendia era por que um cara usava vestido e salto alto e, de propósito, amarrava o pau dentro do próprio rabo. Tampouco entendia a pegação em público. Homossexual ou heterossexual, ele nunca fora afeito a demonstrações públicas de carinho. Não era puritano, longe disso. Só não entendia como alguém podia se expor tanto, publicamente. Como alguém podia fazer as coisas na pista de dança ou em uma festa, sendo que provavelmente haveria um dormitório, um hotel ou um armário por perto.

Beau ajustou a passagem de ar sob da coluna do volante e olhou de soslaio para a passageira, antes de voltar a se concentrar na estrada. O rosto dela estava virado para o outro lado, a cabeça apoiada no encosto do assento. Ela estava calada, finalmente. Estava dormindo, mas deve ter pensando o que diabos faria da própria vida, agora. Agora que tinha sido demitida, que havia provocado dois valentões e não podia mais ir para casa. Ele estava se perguntando a mesma coisa. O que diabos faria com Estella Immaculada Leon-Hollowell? Ela não era responsabilidade dele. Ele havia feito o favor para Vince. Havia passado o recado. Sua tarefa estava terminada.

Por que se sentia responsável?

Talvez porque tivesse tido participação na situação atual dela. Ele trabalhava com segurança e sabia como conversar com pessoas imprevisíveis. Lidar com bêbados e resfriar situações explosivas sem o uso da força física, mas sentira vontade de bater em Ricky De Luca. No instante em que o homem havia segurado a moça e se recusado a soltá-la, Beau quisera nocauteá-lo. Inferno, acreditava ter sido bem razoável dando ao cara três segundos e duas chances, mas Ricky dissera que ele fosse se foder. Duas vezes, ainda por cima.

Beau ultrapassou uma caminhonete semicarregada e voltou para a pista da direita. Mas, se não tivesse atacado Ricky, o homem não teria convocado os irmãos Gallo para irem atrás de Stella e Beau não se sentiria responsável por ela agora.

Poderia tê-la deixado no aeroporto. Ela até dissera que ele podia ir, porque ela ficaria bem.

Então, por que ele não havia feito isso?

Talvez porque, à luz do dia, sentada em um banco com a mochila e a mala, ela parecera muito jovem. Muito mais jovem e inocente do que seus carnudos lábios vermelhos e o bustiê de leopardo haviam indicado, na noite anterior. Sem falar do *shortinho* de couro. Jesus, a bunda dela era incrível e... Ele parou com as divagações mentais. Não queria pensar na bundinha dela naquele *short*. Nem nos lábios vermelhos e no que ela podia fazer por ele com eles. Nem mesmo o antigo Beau faria isso. O velho Beau, que acordava em camas desconhecidas com mulheres sem nome. Até mesmo aquele Beau tinha algumas normas. Poucas, ele admitia, mas uma regra que não quebrava era nunca fazer sexo com uma cliente. Outra era nunca ir para a cama com a irmã de um amigo. Esta ele havia aprendido do modo mais difícil, e Stella Leon era ambas as coisas, cliente e futura cunhada de Vince. *E* era muito jovem.

Ele olhou para o sistema de navegação no centro do painel. Estava sem sexo havia oito meses. Oito meses desde que saíra com uma garçonete de um bar em Chicago. Oito meses desde que se olhara em um espelho de hotel e vira seu pai o encarando de volta.

Ele havia passado muito tempo da vida provando que não tinha nada a ver com o capitão William T. Junger. Seu pai era uma lenda nas equipes dos Seal. Um guerreiro durão que havia conquistado sua reputação no Vietnã, em Granada e diversas outras ações clandestinas. Ele era um herói. Um líder. Leal às suas equipes e ao seu país. Em um livro sobre a história dos Seal da Marinha, diversos parágrafos eram sempre dedicados à contribuição do capitão Junger às equipes. Muitas palavras dedicadas à sua coragem e seu valor. Palavras como "durão", "corajoso", "honorável" eram usadas para descrevê-lo. Ele era todas aquelas coisas, mas o que ninguém jamais escrevia, o que ninguém nunca mencionava, era que ele também era um mulherengo incansável.

Correndo para Você

Na superfície, os Junger pareciam ser a família militar perfeita. Belo capitão da Marinha, linda esposa loira e dois filhos saudáveis. Ele e Blake se destacavam em tudo: na escola, nos esportes, como escoteiros. Beau não se lembrava de ninguém dizendo a ele ou a Blake que eles precisavam ser os melhores. Simplesmente, eles sempre souberam. Não apenas o sangue do pai corria em suas veias, eles tinham que viver com as expectativas e com a fama dele. Dormiam e acordavam com elas todos os dias.

Professores, técnicos e adultos em geral esperavam que eles corressem mais depressa. Nadassem mais longe. Batessem com mais força. Naturalmente competitivos, eles sempre faziam o melhor que podiam. Cada um se esforçava e ambos se incentivavam mutuamente e, se não atingiam um resultado, tentavam de novo. Beau e Blake idolatravam o pai. Ele vinha acima de tudo e os dois o amavam tanto quanto o temiam. O capitão nunca punia com as próprias mãos. Não precisava. Um olhar de seus olhos cinzentos cortava até a alma. O olhar que ele havia aperfeiçoado para intimidar os inimigos do Tio Sam, fossem terroristas, chefes do tráfico ou valentões, intimidava ainda mais seus filhos. Se o olhar não fosse castigo suficiente, ele obrigava os filhos a fazerem flexões de braço até que seus músculos tremessem e ardessem.

Em meio a todas essas coisas duronas da vida deles, estava a mãe, Naomi Junger. A única pessoa que os amava independentemente do lugar que ocupavam nas competições. Naomi era uma moça meiga da Carolina do Norte quando conheceu e se casou com William Junger. Era bela e viçosa, com uma risada contagiante, e seu sotaque caloroso e toque delicado haviam preenchido a casa dos Junger com amor incondicional. Desde que eles se lembrassem de dizer "por favor" e "obrigado", e colocassem o guardanapo de pano no colo, os gêmeos nunca escutavam uma palavra de crítica da mãe. Ela mantinha a casa perfeitamente. Cozinhava refeições perfeitas. Tinha uma aparência perfeita, mesmo quando o marido estava no campo de batalha ou treinando distante de casa.

Perfeita, exceto nos dias em que não saía da cama. Quando chorava como se nunca fosse parar, e quando a dor tomava conta de seu belo rosto. Quando ficava sabendo, mais uma vez, que o marido a traíra com outra mulher.

Durante os primeiros dez anos de sua vida, Beau não entendia por que, em alguns dias, parecia que a vida havia sido arrancada de dentro da mãe. Só quando escutou os pais discutindo por isso, quando pela primeira vez ouviu a mãe erguer a voz, é que soube da infidelidade do pai. Soube que seu pai causava tanta dor. De novo e de novo. Naquele dia, descobriu que o pai não era um herói.

Contara a Blake a respeito do que havia escutado. O irmão respondeu que eles deveriam tentar esquecer a coisa toda. Os pais haviam discutido e o pai teria que parar. Claro que não parou, mas não houve mais brigas. Não houve mais comoção nem gritos. Não até os dezessete anos de Beau, mas então a briga não havia sido entre a mãe e o pai.

Eles viviam em uma casa branca de estuque, a alguns quilômetros da base em Coronado, Califórnia. Ele e Blake tinham se inscrito para a Academia Naval um ano antes e iriam para Annapolis dali a alguns meses. Nunca tiveram dúvida a respeito do que fariam da vida. Jamais um pensamento sobre o futuro a não ser seguir os passos do pai. Juntos. Do útero ao túmulo.

Nunca, até que ele encontrou a mãe dentro do armário, deitada sobre uma pilha de roupas que ela havia arrancado dos cabides.

— Por que você fica? — Ele perguntou a ela.

Ela ergueu um dos ombros discretamente, como se um completo dar de ombros fosse um esforço grande demais.

— Para onde eu iria?

Ele queria que ela se levantasse. Que fizesse alguma coisa, mas ela apenas olhava para as pontas dos sapatos dele.

Correndo
para Você

— Onde ele está? — Ele perguntou, tão bravo com ela quanto estava com o pai.

— Com Joyce.

— A vizinha?

Aquela que usava roupas justas e cujos cabelos tinham vários tons exagerados de loiro? A vizinha que todo mundo sabia que tinha um monte de "namorados"? Sua mãe era dez vezes mais atraente e tinha vinte vezes mais classe.

Ela assentiu, e Beau saiu da casa e estava batendo na porta ao lado antes que tivesse pensado no que faria se seu pai atendesse. Aqueles poucos minutos que passou na varanda, com o sol quente da Califórnia esquentando ainda mais seu rosto já quente, pareceram se arrastar eternamente. Ele ergueu a mão para bater de novo quando a porta se abriu e Joyce apareceu na entrada escura. Com os cabelos desgrenhados e um roupão de seda que caía de um dos ombros, ela era personificação do que se dizia a seu respeito. E enquanto Beau ficava ali, olhando para a vizinha, uma parte dele torcia desesperadamente para que o pai não estivesse dentro da casa daquela mulher.

— Onde está o meu pai?

Ela abriu a porta quando o pai dele vinha se aproximando, vestindo pela cabeça a camiseta marrom.

— Do que você precisa? — Não havia culpa nem vergonha. Ele parecia mais aborrecido do que qualquer outra coisa.

— Como pode fazer isso com a minha mãe?

— Ela não deveria ter mandado você aqui.

— Ela não me mandou — ele olhou nos olhos do pai. Cinzentos, frios e tão parecidos com os dele. — Por que você a machuca desse modo?

— Um homem precisa de mais do que uma mulher pode lhe dar. Um dia, você vai entender.

— O quê? Que é normal trair minha esposa?

— É o que os homens fazem. Você também vai fazer.

Não. Ele tinha visto a tristeza nos olhos da mãe vezes demais para causar tanta dor a alguém que amasse. Ele balançou a cabeça.

— Não vou, não.

O pai sorriu como se ele não soubesse o que estava dizendo.

— Você e seu irmão são como eu.

— Não sou como você — ele protestou, e então decidiu provar. No dia seguinte, procurou a Marinha e se alistou.

Um homem alistado.

Como fuzileiro naval.

O pai ficou puto. A mãe ficou preocupada que ele tivesse tomado uma decisão precipitada por causa da raiva. O irmão ficou chocado, mas Beau jamais se arrependera. Longe da sombra de seu pai, ele havia vencido sozinho. Foi o mentor das próprias ações e opiniões. Descobriu-se livre de seu sobrenome. Uma independência em relação às expectativas impossíveis que Blake nunca conheceria, independentemente de ser um Seal duas vezes melhor do que o pai jamais tinha sido.

Até aquela manhã, oito meses antes, ele acreditava não ser nada parecido com seu pai. Sim, ele adorava uma boa dose de adrenalina. Amava as missões clandestinas e um tiro bem dado. E, sim, já tinha feito sexo com diferentes mulheres de todas as partes do mundo. Tivera alguns relacionamentos pelo caminho, mas nunca tinha se casado. Não tinha uma família para destruir. Não tinha que olhar na cara de uma esposa ou de filhos e ver a tristeza deles porque, mais uma vez, fizera sexo sem sentido com uma mulher sem importância.

Ele só tivera a própria cara para olhar, e nunca sentira nojo do homem que olhava de volta para ele. Nunca até aquela manhã, oito meses antes. Talvez fosse a idade. Talvez fosse a adequação à vida de civil. Talvez fosse sua mãe cobrando que ele construísse uma família. Independentemente do que fosse, ele queria mais. Mais do que sexo sem sentido com mulheres sem importância.

Correndo para Você

Ele sabia que muitos homens não entendiam por que isso tudo desembocara em celibato. Seu irmão não entendia. Merda, nem mesmo Beau compreendia totalmente, mas ele não acreditava em meias medidas. Quando se comprometia com algo, ia até o fim. Da próxima vez que fizesse sexo, seria com a mulher a quem pretendia passar o resto da vida amando. Uma mulher madura. Calma. Segura consigo mesma. Estável. Não exageradamente romântica, porque ele não era um tipo romântico. Na sua idade, esperava que ela já tivesse dois filhos. Ele gostava de crianças. Esperava acrescentar mais algumas.

Uma mulher que gostasse de sexo, para que ele nunca mais precisasse ficar sem. Ele havia lido que, quanto mais tempo uma pessoa passava sem sexo, mais fácil ficava. Ele não pensava ser este o caso. Talvez não pensasse em sexo tanto quanto antes, mas, quando pensava, o desejo era urgente. Ele havia aprendido alguns truques para se esquecer da vontade. Para reescrever o roteiro. Evitava ficar sozinho com mulheres, e, se fosse inevitável, interrompia os pensamentos sexuais que pudesse ter. Independentemente de serem pensamentos de sexo em si ou só a lembrança de um belo traseiro dentro de um *short* de couro.

Ele olhou para a garota no assento ao lado. A luz do sol entrava pelas janelas escuras brilhava em seus cabelos pretos como carvão, espalhados por um dos braços. Um leve sopro de ar das passagens do painel fazia esvoaçar várias mechas, e levava os fios ao pescoço dela. Uma mão segurava frouxamente o iPad. A outra repousava no colo, aberta, com a palma virada para cima. O vento suave que soprava as mechas de cabelo erguia a barra de seu vestido azul sobre as coxas bronzeadas.

Que tipo de mulher entrava no carro de um desconhecido e dormia? Beau voltou a olhar para a estrada, que se estendia à sua frente como uma fita cinza. Ou era confiante demais, ou não tinha opção ou era maluca. Talvez as três coisas.

Independentemente de sua motivação, ele havia se sentido muito aliviado ao vê-la praticamente voar pela escada de concreto abaixo com a mochila e a mala. Ele havia criado um plano simples de seguir, mas os civis eram imprevisíveis, e a última coisa que ele queria fazer era perder tempo subindo aquelas escadas correndo e bater em uma porta trancada. A última coisa que queria fazer era encarar os Gallo porque Stella não conseguia seguir orientações simples.

Ele tirou uma das mãos do volante e olhou para o relógio em seu pulso. Passava um pouco das três e ele estava exausto. Havia dormido pouco nos últimos dias e estava perto do limite.

Houvera uma época em sua vida durante a qual ele era capaz de sobreviver por muitos dias com pouco sono. Quando perseguia o inimigo e se escondia nas sombras e nos telhados ou na cordilheira entre o Afeganistão e o Paquistão. Mas essa época era passado. Ele tinha trinta e oito anos. Estava fora da Marinha havia muitos anos. Tempo suficiente para se acostumar com o luxo de mais do que três horas de sono aqui e ali.

Acima do som do ar-condicionado, um suspiro letárgico e um *mmm* baixinho perpassaram sua pele e chamaram sua atenção para o banco do lado. Olhos sonolentos da cor do mar em Bora Bora olhavam para ele, no belo rosto de Stella.

— Eu cochilei.

A sonolência deu à sua voz uma rouquidão provocante. O tipo de voz tentadora que ele não escutava havia oito meses.

— Há cerca de uma hora.

Ela esticou as pernas nuas e olhou pelo vidro da frente.

— Onde estamos?

Oito meses desde que ele escorregara as mãos em pernas nuas e encostara os lábios em um pescoço macio.

— Sul de Tampa.

— Para onde estamos indo?

Oito meses desde que sua boca deslizara para baixo e... Jesus. Duas vezes. Duas vezes desde que ela entrara no carro dele. Ele fez uma careta e pigarreou.

— Tampa.

— Por que Tampa?

— Minha mãe e o dr. Mike vivem em Tampa.

Dois anos depois de ele e Blake terem saído de casa, a mãe chocou a todos quando finalmente criou coragem e abandonou o pai deles. Um ano antes de completar quarenta, Naomi voltou a estudar e obteve o diploma de enfermagem. Ela havia se mudado para Tampa, conhecido o famoso cardiologista dr. Mike Crandall e estavam casados havia dez anos. Felizes, na opinião de Beau.

— Você está pensando em me largar na sua mãe?

Ele olhou para ela e de novo para a estrada. Não tinha pensado nisso, mas a ideia era boa. Certamente resolveria o problema de onde deixá-la até decidir o que fazer. Afinal, ela não era responsabilidade dele. Era mais responsabilidade do Blake do que dele. Se decidisse "largá-la" na casa da mãe durante alguns dias, não seria como se a largasse em um albergue qualquer.

Cinco

Era uma mansão. Com um elevador na garagem e duas Mercedes combinando ao lado de uma fileira de carros antigos.

— Estou morto de fome — Beau disse, quando eles saíram do elevador.

O braço dele resvalou no dela, pele quente e músculos rígidos. Por algum estranho motivo, o toque daquele desconhecido acalmava seu estômago embrulhado. Um toque firme no mundo estranho e instável no qual ela havia acordado naquela manhã. Os saltos das botas de ambos batiam no chão ao mesmo tempo enquanto percorriam um curto corredor até uma cozinha enorme.

— Está com fome?

Ela havia comido um pão naquela manhã e seu estômago havia começado a roncar uma hora antes. Ela assentiu, sem saber o que dizer, algo que ocorrera poucas vezes em sua vida. Tudo era branco. Mármore branco e brilhante como em um museu. Stella só tinha visto casas assim em revistas ou na televisão. Nunca havia entrado em um condomínio fechado e se sentia deslocada. Tomou o cuidado de não marcar o piso de mármore com as solas pretas das botas.

— Minha mãe sabe nosso horário de chegada — a voz grave de Beau parecia um eco, ou talvez fosse apenas o nervosismo ricocheteando em sua mente. — Vai preparar alguma coisa para comermos.

Stella caminhou ao lado de Beau desde a parte de trás da casa até a frente. Muitos membros de sua família trabalhavam para pessoas que viviam em casas como aquela. A mãe e a avó de Stella não, mas certamente já tinham trabalhado. Antes do nascimento de Stella. Antes de Marisol dar à luz a filha bastarda de um homem rico e receber dinheiro para se manter distante.

— Ela sabe que *eu* estou com você?

— Claro.

Claro. Pronto. Nenhuma frase consoladora do tipo "Ela não acha ruim, Stella, relaxe". Anos antes, Stella havia chegado à conclusão de que levava tempo até que as pessoas gostassem dela. Era mais como Schnapps do que como conhaque. E tudo bem. Schnapps era mais divertido do que o enfadonho velho conhaque, mas aquele era um dos momentos de sua vida no qual teria sido melhor ser conhaque.

Ela olhou ao redor para a mobília branca dos cômodos, para as almofadas vermelhas e roxas, e para as mesas prateadas. Janelas enormes davam vista para a varanda de trás e para o Golfo do México mais além.

— Você cresceu aqui?

Na entrada, uma enorme escada de mármore branco, com corrimões pretos de ferro trabalhado, levava ao segundo andar. Quadros e fotografias profissionais estavam artisticamente pendurados nas paredes, e um vaso de flores recém-colhidas dominava a mesa pesada no centro. Stella olhou para o teto abobadado acima de sua cabeça.

— Não. O dr. Mike é o segundo marido de minha mãe — disse o homem de poucas palavras que não fornecia nada além da mais rasa informação.

Uma mancha amarela chamou a atenção de Stella e ela se virou para a mulher no topo da escada. Mesmo ao longe, Stella via que ela era perfeita. Cabelos loiros perfeitos, blusa cor de limão perfeita e calça branca. Uma mulher perfeita em uma casa perfeita, e Stella se tornou muito consciente de sua nada perfeita aparência. De seu vestido amassado e suas botas puídas. Ela havia encontrado um elástico no fundo da mochila e prendido o cabelo em um rabo de cavalo. Quanto mais a mulher perfeita se movia na direção deles, mais Stella se sentia imperfeita, e mais vontade sentia de se esconder atrás do paredão que era o homem que estava a seu lado. Simplesmente deslizar para trás dele e esconder o rosto no calor de suas costas. Apesar de não saber por que havia imaginado que encontraria conforto ali, ou por que estava sendo tão covarde. Normalmente, ela era muito mais forte. Aprendera a ser forte ainda jovem, e, em vez de se esconder, ajeitava os ombros e se empinava para ficar mais alta. Bem, tão alta quanto possível, dada sua baixa estatura.

— Beau!

Uma mecha loira resvalou os ombros da mulher e havia um colar de pérolas de duas voltas ao redor de seu pescoço. Ela era alta, magra e bela, e os pequenos saltos de seus sapatos bateram no chão quando ela se moveu em direção ao filho.

— Mãe.

Beau deixou a bolsa de Stella a seus pés e abriu os braços, entre os quais a mãe sumiu. Ele abaixou a cabeça e falou perto de seu ouvido. A mãe assentiu e se afastou.

— Também te amo — ela olhou para cima e colocou as mãos nas laterais do rosto quadrado dele, segurando-o. — Você está cansado, filhinho.

Correndo para Você

Filhinho? Stella mordeu o canto do lábio. Ele não tinha nada de "inho".

— Estou ficando velho.

— Não está, não — ela escorregou as mãos para os largos ombros dele. — Se você está ficando velho, quer dizer que eu estou ficando muito velha.

— Você nunca vai parecer velha, mãe — ele abriu um raro sorriso e olhou para o andar de cima. — O dr. Mike está por aqui?

— Não — ela balançou a cabeça e deu um passo para trás. — Ele está em uma conferência de doenças cardiovasculares em Cleveland.

Beau olhou para a mãe e franziu a testa.

— Você sempre viaja com ele. Não ficou por minha causa, certo?

— Claro que sim. Preferi ficar aqui com você a estar sentada no meio de um monte de médicos falando sobre fibrilação do átrio — ela desceu as mãos até as laterais da calça de linho cru. — Adoro ficar com o Mike, mas depois de algumas horas ouvindo sobre os tratamentos mais recentes e as terapias de cura, preciso me afastar e encontrar outra coisa para fazer.

Ela se virou e observou Stella com olhos castanhos intensos e um pouco curiosos. A tensão tomou conta dos ombros de Stella enquanto ela permanecia de pé, ereta, tão alta quanto possível. Então um sorriso caloroso apareceu no rosto da mulher mais velha e subiu até as linhas nos cantos de seus olhos. Olhos que eram de um castanho afetuoso e não acinzentados e frios como os de seu filho. Ela esticou o braço e segurou a mão de Stella com um aperto cheio de frescor, e Stella sentiu-se relaxar.

— Você deve ser a amiga de Beau. Sou a mãe dele, Naomi Crandall.

Amiga? Ela não o considerava um *amigo*. Ainda que não soubesse como se referir a ele. Caxias tenso, talvez.

— Prazer em conhecê-la, sra. Crandall.

— Naomi — ela apertou a mão de Stella levemente, e então abaixou os braços. — Minha nossa! Você é linda.

— Merda — Beau murmurou.

— Não prague, filho. Você sabe que não tolero xingamentos em minha casa.

Stella olhou para o ogro que estava a seu lado e então de volta para a mãe dele, muito mais simpática.

— Sua casa é adorável, Naomi.

— Oh, é um museu — ela acenou, dispensando o elogio. — Mas recebemos os colegas de hospital de Mike e realizamos eventos de caridade, aqui.

Stella nunca tinha ido a um evento beneficente, apesar de colocar dinheiro nos coletores do Exército de Salvação no Natal.

— Está com fome? — Naomi perguntou a Stella ao dar um passo para trás.

Beau pegou a bolsa de Stella.

— Estou morrendo de fome.

— Você nasceu morto de fome.

Ela se virou e eles a seguiram para dentro de um cômodo com colunas de estilo grego e uma enorme lareira de pedra.

— Pedi que preparassem para vocês uma salada deliciosa de camarão e abacate, ceviche de caranguejo e salmão frio com molho.

Aquilo pareceu apetitoso para Stella. Ela adorava ceviche. De caranguejo ou pepino, não importava.

— Peixe frio? — Beau reclamou. — Tem mais alguma coisa?

— Claro. Um belo pão e sementes de trigo.

— Comida de mulherzinha? — Ele murmurou algo que soou perigosamente perto de ser mais um xingamento. — Não sou uma de suas amigas de caridade.

— Faz bem para o coração.

— Meu coração já é bom o bastante.

— Um coração nunca é suficientemente saudável — ela abriu duas portas de vidro e foi para uma varanda que dava vista para o belo Golfo à frente. — Semana passada, um homem de trinta anos foi ao hospital St. Joseph's com sintomas de artéria coronária.

Stella respirou a brisa do Golfo. Ela não conhecia ninguém que vivesse daquele jeito. Duvidava até que Sadie, com todo o dinheiro que tinha, tivesse uma casa como aquela.

— Meu coração está bom e quero carne vermelha. — Ele deixou as bolsas do lado de fora. — Malpassada.

Naomi caminhou em direção a uma mesa arrumada com louça vermelha brilhante e cestos de pão, e fingiu não escutar o que o filho dizia.

— Li um artigo publicado no *American Heart Association Journal* do Mike que as pessoas que têm sangue tipo A, B ou AB correm mais risco de sofrer de doenças cardíacas. Você e seu irmão têm sangue tipo A. Como William.

— Da última vez em que falei com meu pai, ele parecia estar bem de saúde — Beau pegou um prato e o encheu com comida.

— O ceviche está ótimo — ela disse a Stella, que pegava um prato. Então, voltou a atenção para seu filho. — Todo mundo parece bem de saúde até ser surpreendido pelo "criador de viúvas" — ela pegou uma garrafa de vinho que estava esfriando em um balde de gelo prateado. — Pinot?

— Sim, por favor — disse Stella.

Ao colocar uma colher de salada de camarão e abacate no prato, seu cotovelo bateu no braço de Beau e ela sentiu que ele ficou tenso, como se ela tivesse feito algo errado. Ele fez uma carranca.

— Parece delicioso, Naomi.

Ela se serviu de uma boa porção de ceviche e um pedaço de peixe e decidiu que nem sequer tentaria entendê-lo. Pegou um pedaço de pão e seguiu Beau até uma pequena mesa de vidro e ferro forjado, arrumada com guardanapos de pano e peças de prata. Um guarda-sol listrado protegia a mesa, e Stella se sentou à sombra à frente do homem que havia mudado sua vida com um soco que deu na cara de Ricky. Ela conhecia Beau havia menos de vinte e quatro horas, entretanto, ali estava ela, sentada na varanda de uma mansão de milhões de dólares, fazendo uma refeição de "mulherzinha" com ele e a mãe, e se sentindo surpreendentemente à vontade. Ah, sentia-se deslocada, com certeza, mas não nervosa nem em pânico. Talvez porque Naomi fosse calma e receptiva e parecesse genuinamente agradável. Diferentemente de seu filho, que se parecia mais com uma tempestade malcontida. Ou talvez fosse porque, depois das últimas vinte e quatro horas, ela se sentisse amortecida. Como uma vítima de acidente de trem que não sentisse a dor de um enorme ferimento devido ao trauma do choque.

Naomi colocou três taças de vinho sobre a mesa e empurrou uma na direção de Stella.

— Imagino que você tenha mais de vinte e um anos, Stella.

— Sim — ela sorriu e tomou um gole. Sabia que parecia jovem, mas não *tanto*. O Pinot gelado deixou em sua língua um toque de pera. — Isso é ótimo — ela disse, referindo-se a mais do que o vinho.

— Que bom que gosta.

Beau desdobrou o guardanapo e o colocou no colo enquanto observava a mãe se sentar.

— Por que não está comendo?

— Comi mais cedo.

— Você está magra demais.

— Eu comi mais cedo! — Naomi insistiu.

Enquanto os dois discutiam os hábitos alimentares de Naomi, Stella espetou o garfo em um grande pedaço de camarão e abacate e comeu. Estava com mais fome do que tinha pensado e precisou se controlar para não comer descontroladamente como uma fera. Colocou o guardanapo no colo e lembrou que precisava ter bons modos.

Stella adorava um bom vinho e uma boa comida. Raramente cozinhava só para si, mas, enquanto estava crescendo, cozinhara muito. Além das refeições da família, duas vezes por ano, ela, a mãe e a *abuela* preparavam *tamales* para a família toda. Elas levavam do amanhecer ao anoitecer, e os *tamales* eram devorados em questão de horas. Às vezes, quando ela se permitia, sentia saudade de quando ficava ao lado da mãe e da avó dentro da cozinha esfumaçada em Las Cruces. Sentia saudade das mãos ocupadas da mãe e da voz forte da avó, que entoava *Una familia con suerte* competindo com a televisão em cima do balcão da cozinha. Porém, na maior parte do tempo, ela não se permitia sentir saudade deles. Na maior parte do tempo, empurrava esses sentimentos e lembranças para o fundo da mente, onde eles não poderiam machucá-la.

— *Mmm.*

— Você está bem?

Ela não percebeu que tinha fechado os olhos até abri-los e olhar para o outro lado da mesa, para os olhos apertados de Beau. Uma sombra do guarda-sol cobria sua testa, nariz e os ossos quadrados de seu queixo e mandíbula. Ela tentou adivinhar o que tinha feito agora. Não que se importasse muito.

— Estou bem. Por quê?

— Você gemeu — ele espetou o salmão como se ela ou o peixe tivesse cometido um crime.

— É mesmo? — Ele estava irritado por que ela havia *gemido*? Aquilo era ridículo, e ela olhou para a mãe dele. — Eu gemi?

— Eu não chamaria aquilo de gemido — Naomi tomou um gole de vinho. — Foi uma expressão de prazer.

— Pode chamar como quiser — Beau deu de ombros. — Expressão de prazer. Gemido ofegante. É o mesmo som.

Seu gemido tinha sido ofegante? Ele fazia a reação parecer sexual e ela nem sequer estava pensando em sexo. Não mesmo.

— Não coloque a nossa convidada em uma situação difícil — Naomi sorriu, divertindo-se. — Beau nunca trouxe uma mulher para eu conhecer.

Depois de tudo pelo que ela havia passado nas últimas vinte e quatro horas, sexo era a última coisa que passava por sua mente. Até aquele momento. Até ele oferecer aquela insinuação como quem dispõe sobremesa sobre a mesa. Stella olhou para o homem que franzia o cenho para a mãe enquanto mastigava. Seu pomo de adão subia pelo grosso pescoço quando ele engolia. Não conseguia imaginar-se nua com Beau. Ele simplesmente não era seu tipo. Ela gostava de caras magros e com um lado sensível que não tivessem medo de demonstrar. Gostava de caras que escreviam poemas e letras de música, e não se importava se ele usasse um pouco de esmalte ou lápis de olho de vez em quando. Não conseguia imaginar que Beau tivesse um lado sensível. Muito menos que escrevesse poemas ou usasse lápis de olho. Imaginá-lo pintando as unhas a fez sorrir.

— Não comece a fazer o enxoval nem a pensar em netos, mãe.

Ele pegou a taça de vinho, e o sol do fim da tarde refletiu na borda e em algumas mechas de seus cabelos loiros. Mas ele era bonito. Para quem gostava de caras grandes com músculos e um rosto bem desenhado. Ele continuou:

— Eu disse ao telefone, estou fazendo um favor para um dos amigos de Blake — ele tomou um gole e colocou a taça ao lado do prato. — Só estou cuidando para que Stella chegue à casa da irmã no Texas.

Aquilo era novidade para Stella e ela deixou de lado as imagens dele com unhas pretas.

— É mesmo?

— Falaremos sobre isso depois — ele disse, e continuou comendo.

Ela jogou os cabelos por cima de um dos ombros e fez uma carranca para ele.

— Não vou pegar o ônibus.

Naomi se assustou.

— Beau, você não vai largar esta moça na estação Greyhound!

— Tem razão, não vou — ele disse, sem desviar o olhar de Stella. — Acho que já falamos sobre isso no aeroporto. Você tem medo de voar e detesta andar de ônibus. Estas duas opções estão fora de cogitação.

Stella tomou um gole de vinho e fez a pergunta mais importante.

— O que está em cogitação?

— Estou pensando — ele deu uma grande mordida no salmão e tomou o vinho. — E sua família?

— O que tem eles?

— Alguém poderia levar você ao Texas?

— Minha mãe não pode deixar minha avó sozinha — ela mastigou o ceviche e engoliu. Não falava com alguns de seus tios fazia cerca de dez anos. Não via motivo para entrar em contato agora. — Não tenho mais ninguém na família.

Ele olhou para ela com o olhar frio de quem sabia que havia mais coisa ali.

— Amigos?

Ela provavelmente poderia chamar um ou dois amigos que a levassem para fora da cidade por um tempo. O Texas não era exatamente um destino de viagem, mas também não era o fim do mundo. Bem, ela nunca havia ido lá e não podia dizer ao certo.

— Não.

Ela olhou para dentro da taça e remexeu o vinho. Mas havia algo que ela sabia: nunca dissera querer ir a Lovett, Texas. Nunca dissera querer um encontro com a meia-irmã.

— Que lugar do Texas você está planejando visitar? — Naomi perguntou.

Era uma pergunta comum, que qualquer pessoa normalmente faria.

— O rancho de meu pai fica na saída de Lovett.

Ela olhou para a frente e franziu o cenho para o homem coberto pela sombra, comendo o salmão e o ceviche como se fossem seu prato preferido. Como se não tivesse acabado de reclamar do cardápio.

— Pelo menos, é onde acredito que Sadie esteja morando, no Texas.

Ele assentiu enquanto comia, mas não olhou para ela.

Durante os primeiros dezoito anos de sua vida, homens haviam tentado controlá-la, sem realmente se importar com o que ela queria ou como se sentia.

— E se eu disser que não?

Ele olhou para a frente, e seus olhos acinzentados se fixaram nela enquanto ele mastigava.

— Você quer voltar para o seu apartamento?

Não existia essa possibilidade e ele sabia.

— Tenho certeza de que Beau nunca forçaria você a ir a nenhum lugar aonde não quisesse ir. Certo?

— Certo — ele respondeu, mas nem se deu ao trabalho de parecer convincente. Ele olhou para seu prato e espetou um pedaço de abacate.

Naomi ergueu uma mão magra, e seus dedos brincaram com a gola de sua blusa amarela.

— Nunca ouvi falar de Lovett.

— É uma cidadezinha no interior, a cerca de oitenta quilômetros ao norte de Amarillo — Stella mastigou a salada de camarão e tomou um gole maior de vinho.

— Eu nasci e fui criada em uma cidade que não passava de um pontinho no mapa. Na infância, eu detestava aquele lugar — Naomi levantou-se e voltou com a garrafa de vinho. — Agora, olhando para trás, algumas de minhas melhores lembranças são de meus pais dançando na granja e nós, os filhos, apertados na parte de trás do caminhão de nosso pai — ela se serviu e acrescentou: — Adoro tudo o que as cidades grandes têm a oferecer, mas as pequenas são um ótimo lugar para passar a infância. Não acha?

Naomi acreditava que Stella havia crescido em Lovett. Era uma conclusão normal, ela acreditava.

— Eu nasci e fui criada em Las Cruces, Novo México. Nunca estive perto de Lovett — Naomi pegou a taça dela. Stella havia comido muito pouco naquele dia e sentia o vinho começando a esquentá-la por dentro. — Obrigada.

— De nada — Naomi colocou a garrafa sobre a mesa e olhou de Stella para Beau, e de novo para Stella. — Nunca?

Stella não costumava conversar sobre sua vida pessoal com pessoas que não conhecia. Uma parte de sua vida era embaraçosa, mas ela não tinha dúvida de que Beau havia pesquisado seu nome em um *software* de espionagem supersecreto que havia comprado junto com a pólvora, e já sabia tudo sobre ela. As coisas boas, as ruins, as feias. Ele provavelmente já tinha visto seu boletim da terceira série e o saldo em sua conta na Victoria's Secret. Beau saberia se ela estivesse omitindo, enrolando ou francamente mentindo, mesmo.

— Bem, teoricamente, acho que já estive no rancho — ela disse, enquanto Naomi se sentava. — Fui concebida ali — ela pegou a taça e sorriu. — Obviamente, eu era pequena demais para me lembrar. Graças a Deus.

Ninguém riu de sua piadinha, mas ela achou que tinha sido bem engraçada. Tomou um gole e olhou para os olhos calmos de Naomi por cima da borda. Suas sobrancelhas expressavam curiosidade enquanto, pacientemente, esperava Stella continuar.

— A mãe de Sadie morreu quando ela estava com cinco anos, e minha mãe foi babá dela — Stella colocou a taça na mesa e decidiu contar apenas a versão resumida. — Para encurtar uma história já bem curta, minha mãe sempre foi muito pobre — ela disse, repetindo o que já tinha ouvido muitas vezes. — A partir de quando se tornou capaz, trabalhou na Super 8 e na El Sombrero. A única maneira de deixar a casa da família seria se casar com um dos meninos da vizinhança e ter cinco filhos em cinco anos — ela reuniu os cabelos na nuca e os puxou sobre um dos ombros. — Ela queria uma vida diferente e se candidatou quando viu um anúncio de uma agência de babás. Seu primeiro trabalho foi no rancho JH, no interior do Texas.

Ela pensou na velha fotografia de sua mãe que a *abuela* tinha tirado no dia em que ela partira para o Texas. Na fotografia apagada, ela estava jovem e bela, com os olhos brilhantes de animação.

— Trabalhava no rancho havia três meses quando descobriu que estava grávida — Stella ainda não conseguia imaginar sua jovem mãe e o rabugento Clive Hollowell juntos. — Quando contou ao meu pai, ele a mandou de volta para o Novo México e pagou para ela ficar por lá.

Naomi suspirou.

— Sua mãe deve ter ficado arrasada.

— Como minha avó diz, *Fue por lana y salio trasquilado*. Foi procurar lã e voltou tosada — Santo Deus, o vinho estava fazendo mais do que esquentá-la por dentro, se estava repetindo as frases ditas pela avó. *Abuela* tinha um milhão de ditos populares e não se envergonhava de usá-los. Um milhão de mitos tolos, lendas e regras que ela não tinha pudor de compartilhar.

— Às vezes, não entendo os homens — Naomi estava claramente assustada. — Como um pai pode fazer algo assim?

Stella não sabia o que era pior. O fato de seu pai ter dormido com a empregada ou de que sua mãe tivesse dormido com o patrão; o fato de o pai ter dormido com uma garota trinta e cinco anos mais nova do que ele ou de que sua mãe tivesse olhado para o *Señor* Hollowell e visto uma casa enorme e muito dinheiro.

— Eu não o conheci, de verdade. Só o vi cerca de cinco vezes na vida.

Enquanto a mãe tinha procurado lã, não tinha sido tosada, exatamente. Não conseguira a casa grande, mas conseguira uma casa mais bonita em uma vizinhança melhor em Las Cruces. Não recebera os milhões de Clive Hallowell, mas conseguira dinheiro suficiente para criar a filha e ajudar a família. Stella não diria que a mãe havia engravidado de propósito, mas também não diria que tinha sido um acidente.

— É isso? — Naomi perguntou.

Na última vez em que vira o pai, Stella tinha onze anos. Quisera desesperadamente que ele gostasse dela, mas ele não gostava.

— Ele me deu cavalos de porcelana, certa vez. Brinquei com eles até suas patas se quebrarem.

Aquilo havia soado tão ridículo que ela teria corado, não fosse o Pinot. Ela não era mais aquela menininha que queria desesperadamente que o pai e a irmã a amassem. Tinha deixado de ser aquela menininha havia muito tempo.

— Que triste.

Ela balançou a cabeça.

— Não. Eu... Ah... Gostava de cavalos mais do que de bonecas — era verdade. Ela olhou para Beau, do outro lado da mesa, e ele parecia mais interessado no próprio prato do que nela. Ótimo. — Meu pai pode não ter desejado me conhecer, mas ele cuidou para que minha mãe tivesse dinheiro para me sustentar. Eu cresci bem. Não fui uma criança má.

Beau olhou para a frente. Seu rosto estava impassível, mas ele a encarava com os olhos acinzentados como se pudesse enxergar o cérebro dela e conhecesse todos os seus segredos. Ele dissera conhecer seu histórico de trabalho. Ou seria sua ficha criminal?

— Bom, exceto uma vez, quando pichei unicórnios na ponte da estrada I-25 — ela disse, sem conseguir se controlar.

Ele ergueu uma sobrancelha.

— Foi engraçado — ela se defendeu. — E bem mais bonitinho do que as caveiras e símbolos idiotas de gangues — pena a polícia não ter entendido o humor de uma criatura fantasiosa em meio aos símbolos mais pesados. Ela estava com quatorze anos e precisou cumprir dez horas de serviço comunitário. — Teoricamente, meu registro criminal pode dar a impressão de que eu era uma desajuizada, mas foi coisa pequena perto do que outros jovens faziam — ela pensou por um momento e então confessou, porque tinha certeza de que Beau sabia, de qualquer forma. — Bom, eu também roubei um sutiã com enchimento do Kmart. Isso foi errado. Bem errado, mas todas as meninas da sétima série tinham peitos e eu não. Os meninos costumavam me chamar de tábua — ela olhou para Naomi, que certamente compreenderia. A mulher mais velha estava com a taça parada diante do rosto, os olhos arregalados. — Eu só queria ser como as outras, e minha mãe não me dava dinheiro para comprar um sutiã com enchimento. Mas isso foi o pior que já fiz — ela olhou para Beau. — Certo?

Ele ergueu uma das sobrancelhas.

— Como vou saber?

Ela ergueu uma mão e deixou-a pousar na mesa.

— Porque você é um espião.

Dã.

Naomi riu.

— Beau, você disse a Stella que você é da CIA?

— Claro que não — uma carranca familiar tomou conta do rosto dele. — Já falamos sobre isso. Eu disse que não sou espião.

Verdade. Ele já tinha dito, mas agia como se fosse.

— Ele é fuzileiro naval.

Da Marinha. Claro que sim. Tudo se encaixava. O pescoço grosso. Os cabelos curtos. A braveza. A... Espere! Ela havia acabado de confessar para um cara da Marinha que roubara um sutiã com enchimento. Desta vez, o vinho não impediu que ela corasse no rosto e no pescoço, e sentisse as faces quentes. Stella virou a taça até esvaziá-la.

— Beau entrou para a unidade de reconhecimento dos fuzileiros navais — o orgulho brilhava nos olhos castanhos de Naomi. — É uma fera.

Stella engoliu o riso. Ele claramente comia demais, mas suas maneiras à mesa eram aceitáveis. Na noite anterior ele havia meio que devorado a torta, mas isso não o transformava em uma "fera".

— Meu outro filho, Blake, seguiu o pai como Seal. Quando os meninos eram pequenos, eles brincavam de Batman e Robin.

Beau desviou o olhar de Stella e prestou atenção à mãe.

Correndo para Você

— Nós costumávamos *brigar* para decidir quem era Batman e quem era o Robin.

— Sim — Naomi suspirou, como se sentisse saudade daquela época. — Era uma coisa tão acirrada que precisei comprar uma fantasia de Batman para um e uma de Super-Homem para o outro. Eles eram lindos.

— Então nós brigávamos para decidir quem era o mais valente, o Batman ou o Super-Homem.

— Vocês dois ainda competem — Naomi franziu o cenho, e de repente ficou bem parecida com o filho. — No Natal passado, vocês dois quase estragaram a refeição com uma bobagem.

— Você era o Super-Homem? — Stella perguntou.

— Claro.

Claro.

— O Super-Homem consegue voar e erguer prédios — ele respondeu, como se aquilo fizesse total sentido. — O Batman depende de equipamentos.

— Você tinha uma capa vermelha?

— Não dá para ser Super-Homem sem a capa — ele se recostou na cadeira.

— Calça colada?

Ele balançou a cabeça.

— Chamava macacão.

Ela não conseguia imaginá-lo com uma roupa colada, assim como não conseguia imaginá-lo usando esmalte.

— Meus meninos eram tão lindos quando eram pequenos. Loirinhos e fofos — Naomi continuou com as lembranças, a refeição natalina aparentemente esquecida.

Fofo? O filhinho era fofo? Stella ergueu uma mão e escondeu o sorriso.

Beau viu. Apertou os olhos, mas não parecia irritado.

— Você está rindo?

Ela balançou a cabeça.

— Eu costumava vesti-los com roupas de marinheiro — mais uma vez, Naomi suspirou. — Você se lembra de Michelle Alverson?

Sem desviar o olhar de Stella, Beau respondeu:

— Não.

— A menina que foi seu par no baile de formatura da Coronado High School. Ela é advogada. Divorciou-se e tem um filho pequeno — Naomi fez uma pausa, antes de completar: — Andamos conversando.

Beau olhou para a mãe e pegou sua taça.

— Ela mora aqui perto?

— Não. Em Chicago. Somos amigas de Facebook.

— Meu Deus. Mas será possível que estamos retomando a caça à namorada?

— Cuidado com o que fala. Nunca parei, filho. Todas as mulheres da minha idade que eu conheço têm três ou quatro netos. Só preciso de um — ela levantou um dedo. — Um. Não sou gananciosa.

Seis

O estreito crescente decorava o céu de Tampa enquanto o resto da Lua se escondia à sombra da Terra, misturando-se ao céu da noite.

Era a Lua perfeita. Uma Lua de franco-atirador, escura e misteriosa, sob a qual era difícil ver ou ser visto. A menos que um homem fosse treinado pela Marinha dos Estados Unidos para espreitar e esperar por um inimigo, determinado a capturar outros soldados. A menos que um homem fosse treinado para perceber seu ambiente e prestar atenção a coisas que não faziam sentido e detectar formas que não se encaixavam. E, se todo esse treinamento falhasse, óculos de visão noturna e uma mira para ser usada no escuro resolveriam.

— Não, não posso levá-la de carro ao Texas. Reunir irmãs perdidas está além do meu pagamento.

Beau caminhava ao lado da piscina enquanto falava ao telefone celular. Um vento sul soprava a vinte quilômetros por hora, provocava ondulações na superfície da água e acariciava o peito e os braços nus de Beau. A iluminação subaquática brilhava nos azulejos azuis com desenhos de Netuno, e se espalhava pelo *deck* de concreto acima. A luz brincava pelos pés descalços de Beau enquanto ele se movia entre os pontos de luz e escuridão.

— É por isso que você não está recebendo pagamento — Blake respondeu.

— Tenho um trabalho no domingo.

Não importava o fato de que seria mais uma conversa de negócios com um amigo do que um trabalho de verdade. Beau parou perto dos degraus da Jacuzzi em uma das extremidades e olhou para os pontos de luz no Golfo. Havia vestido um *short* azul de natação que lhe chegava ao meio das coxas.

— Tenho um negócio para administrar.

— É a *sua* empresa — Blake disse, um pouco alterado. — Pode tirar um tempo de folga, se quiser.

Outras pessoas poderiam não perceber a alteração na voz dele, mas Beau não era "outras pessoas". Ele vinha competindo com o irmão desde o útero. Era sempre a disputa do tipo "você ganhou a fita azul e eu, a vermelha". Era a disputa do tipo "eu deveria estar feliz por você, mas não estou". A alteração na voz de um quando o outro se saía melhor. Quando um deles estava se saindo na vida um pouco melhor do que o outro.

— O que quer dizer, marinheiro de areia?

Hoje, Beau estava se saindo melhor do que Blake. Beau segurando a fita azul enquanto Blake segurava a vermelha. Amanhã, as coisas poderiam mudar.

— Você pode mandar outra pessoa, espertão.

— Não quero mandar outra pessoa — nos últimos três anos, ele havia trabalhado com afinco. Em grande parte, porque não conhecia um modo diferente de fazer as coisas. Era um Junger. Os Junger faziam com que supervencedores parecessem preguiçosos.

— Onde é esse trabalho?

— Nova Orleans.

— Nova Orleans é no caminho para Lovett — era evidente que Blake andara bebendo. De novo.

— Da última vez que conferi, a Louisiana ficava a leste do Texas.

— O que temos aqui é uma situação fluida.

Desde que Blake se aposentara das equipes, vinha bebendo mais do que o normal. Houvera um tempo em que os dois irmãos conseguiam beber mais do que todos à mesa. Era aquela coisa da competição. Beau tentou imaginar com quem Blake estava competindo, atualmente.

— Eu poderia ir buscá-la, mas disse ao Vince que ficaria aqui para ajudá-lo com algumas reformas de última hora — no fundo, Blake tirou a tampa de uma lata de alumínio. — Como está a mamãe?

Beau deixou que o irmão mudasse de assunto por enquanto e observou as luzes de um veleiro que se afastava devagar.

— Magra demais.

Sua mãe sempre tinha sido magra, mas parecia mais magra do que o normal. Ele olhou para a varanda onde a mãe e Stella bebiam uma garrafa de vinho antes de se recolherem e, presumivelmente, desmaiarem. Sob a cortina preta de uma noite sem lua, a luz do fundo da casa banhava os arcos e colunas de estuque com um suave tom dourado e iluminava a varanda no andar de cima com tons pálidos. Enquanto conversava com o irmão a respeito da preocupação com o peso da mãe, ele olhou para cima, para as janelas do quarto de hóspedes. Bem, de um dos quartos de hóspedes. As janelas estavam escuras e refletiam a luz fraca de fora.

— Pode ser o estresse de viver com o dr. Mike.

— Pode ser — Beau concordou. Ele e seu irmão sabiam que quando a mãe sentia estresse, ela não comia. Conheciam essa atitude assim como conheciam o comportamento infiel do pai.

— Vou falar com o Mike — ele precisava encerrar este telefonema e fazer mais algumas ligações antes de dormir. Mas não antes de provocar o irmão. — Ah, mais uma coisa.

— Sim?

— O Super-Homem dá de dez no Batman.

— Porra nenhuma! O Batman só precisa enfiar *criptonita* no rabo do Super-Homem e ele fica totalmente inútil.

Beau riu ao imaginar o irmão entrando em ação em defesa de seu super-herói.

— O Super-Homem é mais rápido do que uma locomotiva em alta velocidade.

— O Batman tem o *batmóvel* e o *batpod*. Os dois são equipados com lanças e ganchos e armas de fogo.

— O Super-Homem é o homem de aço — Beau sorriu na escuridão. — Quer dizer que ele tem um pau de aço. Um pau grande de aço que não para nenhum dia da semana.

— De que adianta, se ele só fica com a Lois Lane?

— Ser homem de uma mulher só não é uma fraqueza.

— É *criptonita*, cara. *Criptonita*.

Blake estava exagerando, mas, mesmo que a monogamia fosse *criptonita*, Beau queria tentar. Tinha que ser melhor do que acordar com um monte de mulheres desconhecidas aos trinta e oito anos. Em vez de discutir, ele desligou a chamada e fez alguns telefonemas. Deixou um recado a respeito da mudança de que ele precisava em seu itinerário com sua gerente de operações, Deborah, e conversou brevemente com seu vice, Curt Hill. Ele havia estabelecido a Junger Logística e Segurança Ltda. em Nevada devido às vantagens de taxa e privacidade. Tinha um endereço comercial físico em Las Vegas e um condomínio alugado em Henderson, mas seu trabalho o levava a todas as partes do país. Passava tão pouco tempo em casa que não se sentia em casa quando estava lá. Isso, por sua vez, lhe dava pouco tempo para a vida social que ele pretendia ter.

Jogou o telefone em cima de uma cadeira estofada e mergulhou na parte mais funda da piscina. Ele poderia ter entrado para a corporação como Seal, mas havia passado a maior parte da infância nadando à espera de se tornar fuzileiro naval.

Correndo para Você

Subiu à tona para respirar, e então começou os golpes de combate que seu pai havia ensinado. Uma mistura de braçadas laterais, nado livre e de peito. Arrancada. Avanço. Giro. Respirar e deslizar. Seu corpo atravessava a água enquanto ele aliviava a tensão dos músculos. A cada esforço, giro e chute, ele relaxava no ritmo confortável.

A água fria corria sobre seu rosto e corpo, e ele pensava em seus negócios em Nova Orleans com o sargento aposentado e instrutor de tiro Kasper Pennington. Quando Kasper se aposentou dos fuzileiros, ele voltou para casa, perto de Nova Orleans. Em vez de se acalmar e viver da aposentadoria, ele havia aberto a própria empreiteira. Comprava e vendia casas para ter lucro, mas, devido ao Katrina e à economia ruim, ele havia expandido os negócios para incluir reformas e reconstruções. Empregava um monte de ex-militares, homens e mulheres, fosse apenas por alguns meses, enquanto eles se ajustavam à vida civil antes de seguirem em frente, fosse por períodos mais longos. Beau não sabia que tipo de conversa sobre negócios Kasper queria ter, mas Beau nunca deixava passar uma boa oportunidade de investimento. Talvez Kasper quisesse alguns nomes de caras que precisavam de trabalho. Independentemente de eles mesmos acharem ou não que precisavam trabalhar. Pensou em seu irmão.

Depois de várias voltas, ele pensou na viagem do dia seguinte. Originalmente, planejara dirigir a Nova Orleans, encontrar Kasper, devolver o Escalade alugado no aeroporto e voar para sua casa em Nevada por um tempo.

Na parte funda, ele virou e nadou por baixo d'água ao longo de toda a piscina. Seus negócios tinham se expandido e ele não precisava mais viajar com tanta frequência. Contratara pessoas capacitadas para posições importantes e sua vida poderia se acalmar agora. Ele poderia ficar em casa e dar início a uma nova fase. Uma que incluísse uma esposa e filhos. Não porque sua mãe o pressionasse, mas porque era o que ele queria.

Subiu à superfície e puxou o ar para dentro dos pulmões. Ele tinha muito sobre o que pensar entre agora e o momento em que deixasse uma irritante de cabelos pretos no Texas. Uma coisa em que ele *não* queria pensar era em Stella rindo com a mãe dele. Puxando os cabelos sobre um dos ombros nus enquanto ela e a mãe se embebedavam. Enquanto conversavam e dividiam uma garrafa de Pinot. Não queria pensar em seu sorriso, no formato de seus lábios e nas coisas que o toque acidental do braço dela causavam dentro dele. Não queria pensar em como ela ficava quando estava sentada do outro lado da mesa, com a luz do sol da tarde iluminando seus cabelos e banhando a pele macia. Não queria pensar na curva de seu pescoço nem na sombra que o queixo lançava em seu pescoço. Não queria pensar em seu pequeno gemido ofegante nem nos olhos azuis olhando para ele enquanto falava de unicórnios e sutiãs com enchimento.

Na parte rasa da piscina, ele se virou e nadou para o outro lado. Tinha sido mais difícil do que o normal controlar os pensamentos sobre olhos azuis, gemidos ofegantes e sutiãs com enchimento, independentemente de usar os truques habituais. Mais cedo, ele havia se sentado à mesa da mãe e calculado mentalmente a conversão da velocidade do vento em minutos de ângulo, enquanto seu corpo era tomado por um desejo intenso e profundo. Um desejo que finalmente havia se esfriado, não por causa dos truques de sua mente controlando seu corpo, mas porque a mãe começara a falar de amigos de Facebook. Ele se perguntava quantas de suas ex-namoradas a mãe havia espionado.

Não sabia por quanto tempo tinha nadado, perdido em pensamentos e prestando atenção a seus músculos, sem contar as voltas, quando percebeu um borrão branco na ponta da piscina. Parou no meio da parte funda da piscina, onde a água alcançava seus ombros, e esfregou a mão no rosto. A luz de dentro da piscina iluminou os pés e pernas nus de Stella. Ela estava vestindo branco. Uma camisa comprida, talvez. O vento levantava a barra, que se colava contra suas coxas. Beau olhou o vulto destacado contra a luz e para a sombra que cobria o rosto dela.

Havia muitas coisas que ele poderia ter dito. Que poderia ter perguntado. Mas a mais importante pareceu ser:

— O que está vestindo?

Ela se inclinou para a frente, e a camisa branca desceu por suas coxas até o joelho.

— A parte de cima de um pijama — ela disse, a voz incoerente e suave como uma carícia envolta em veludo preto. — Sua mãe me emprestou. Ela me deu a calça também, mas é comprida demais e não gosto de usar calça de pijama para dormir, mesmo — ela se endireitou. — Eu me esqueci de colocar um pijama na mala, hoje de manhã.

Ela não havia levado pijama. O que vestiria na noite seguinte?

— Por que não está dormindo?

— Seus barulhos na água me acordaram.

— Desculpa — ele passou a mão pela cabeça. — Terminei, você pode voltar para a cama.

Mas ela só se ajoelhou na beira da piscina.

— Sua mãe é uma boa mulher — a luz iluminou a parte da frente da camisa, refletiu na água e no pescoço, no queixo e nos lábios dela.

— Eu sei. Você ficou surpresa?

— Um pouco — ela esboçou um sorriso. — Você é um... Hum...

— Um o quê?

— Um fuzileiro.

Boa maneira de consertar.

— Qual é o plano para amanhã?

— Vou para Nova Orleans — ele se aproximou alguns passos para que a conversa não acordasse sua mãe. — Tenho coisas para resolver por lá.

— E depois?

— Depende de você. Pode entrar em um avião ou eu posso levar você a Lovett depois de Nova Orleans.

Ela inclinou a cabeça para o lado, pensando, e a luz iluminou sua face.

— Bem, você é meio ranzinza, mas não quero ir para o Texas de avião.

— Não sou ranzinza — ele soou ranzinza até para si mesmo.

— Acho que vou deixar você me levar de carro até Lovett — ela disse, suspirando, como se estivesse fazendo um favor a *ele*. Como se tivesse outras opções, quando era evidente para ele que ela não tinha. — Vou conhecer seu irmão?

— Se ele ainda estiver aqui.

Ela fez aquela coisa com os cabelos. Puxou para um lado as mechas, que contrastaram contra a blusa branca. Os cabelos formaram um cacho sob seu seio e causaram aquela profunda sensação na virilha dele, fazendo com que ele se esquecesse de que ela só tinha vinte e oito anos.

— Você é o gêmeo bonzinho ou o malvado?

Ela também fez aquilo que fazia com os lábios. Sorriu como se acreditasse ser engraçada.

— Sou o bonzinho.

Mas, naquele momento, suas ideias eram bem malvadas. Ele abriu os braços como se fosse inocente, provocando ondas em direção à borda.

— Ou será que é o malvado disfarçado de bonzinho?

Ele e Blake tinham fascínio por filmes de gêmeos e já tinham assistido a todos. Não que houvesse muitos.

— Como em *Gêmeos*?

Ela balançou a cabeça.

— Como *South park*. Quando Cartman tinha um gêmeo malvado que era, na verdade, o bonzinho.

— Meu Deus.

Um desenho.

— Não me diga que nunca assistiu a *South park*.

— Talvez uma vez ou outra — enquanto ela via desenhos, ele observava alvos estratégicos. Suava em telhados no Iraque ou congelava nas montanhas do Afeganistão, abatendo terroristas e tornando o mundo um lugar mais seguro. Às vezes, cometendo o erro de achar que era mesmo o Super-Homem. — Tenho andado meio ocupado.

— Fazendo espionagem?

— De novo esse assunto?

Ela segurou a beira da piscina e se inclinou para a frente, tocando a superfície da água com as pontas dos dedos da mão livre.

— Talvez você não seja um espião, mas sabe coisas sobre mim — pegou água com a palma da mão e deixou escorrer pelos dedos de volta à piscina. — Gostaria de saber quanto você sabe.

— Não sei muito — ele respondeu, com sinceridade. — Só sei que você foi pega em flagrante pichando unicórnios — uma e depois duas gotas caíram das pontas de seus dedos na água clara. — E você roubou um sutiã com enchimento.

— Eu me arrependi por ter contado isso a você e a Naomi — ela se inclinou para a frente um pouco mais e seus dedos tocaram as ondas na água. De um lado a outro, apenas tocando a superfície, perturbando-a.

Beau sentiu um arrepio na coluna que subiu até seus ombros, deixando seus músculos tensos enquanto ele se contraía.

— É — foi só o que ele conseguiu dizer. Beau Junger, franco--atirador, fuzileiro naval dos Estados Unidos, reduzido a um desejo insensato.

— Gostaria que você não soubesse coisas a meu respeito — ela continuou, enquanto seus cabelos caíam para a frente e a luz tocava as mechas pretas. — E a única coisa que sei a seu respeito é que tem um gancho de direita matador, que é tenso e tem uma mãe muito bacana. Ah, e é fuzileiro. O que não é uma surpresa, pensando bem.

Ele estava contente por ela não saber coisas sobre ele. Contente por ela não saber o que seus sorrisos, cabelos e dedos passando pela superfície da água faziam com ele. Contente por ela não saber que, dentro da água, ele estava rígido como aço.

Ela ergueu a mão e apontou para ele.

— E também sei que sua mãe quer que você comece a ter filhos — ela riu. — Melhor começar logo, soldado.

Várias gotas de água escorreram por sua mão e caíram na piscina. A risada suave dela arrepiava seus ombros, espinha e o membro rígido dentro de seu *short* e ele só conseguia pensar que gostaria de começar a fazer aquilo. Gostaria de começar com ela.

— Fuzileiro — ele disse, em um tom apenas um pouco mais alto do que um sussurro. — Um soldado é do Exército.

Ela espirrou uma gota na direção dele e riu.

— Ah, claro.

Em um segundo, ele estava olhando para sua mão pequena, para os dedos molhados e para a palma macia, e no seguinte ele segurou o punho dela e puxou. Para acabar com o riso e com as coisas que ele lhe causava. Porque não conseguiu se controlar. Porque não conseguia se impedir de desejar que ela o tocasse. Porque estava pensando nisso desde que ela o tocara por acidente, mais cedo.

A queda na piscina fez com que ela parasse de rir e uma onda molhou os lábios e o queixo de Beau. Ela subiu à superfície com os cabelos sobre o rosto.

— Socorro! — Ela gritou, com a camisa branca flutuando na altura de sua barriga.

Beau desviou o olhar da calcinha cor de rosa e das pernas nuas dentro da água. Ele nadou na direção da escada do outro lado.

— Socorro!

De jeito nenhum.

— Não sei nadar — ela disse, enquanto se debatia.

Sei.

Correndo para Você

— Beau!

Ele segurou a escada e olhou para trás, para a camisa branca e os cabelos pretos. Ela se afundou e ele franziu o cenho.

— Pare de brincar — ela não voltava à superfície. Só precisava pegar impulso no fundo e se segurar na borda da piscina. — Stella?

Sua cabeça rompeu a superfície. Ela cuspiu água e gritou, mas afundou de novo.

Jesus. Em segundos, ele mergulhou e a agarrou, enquanto ela agitava os braços em desespero. Os dois subiram à superfície, com os membros entrelaçados e os cabelos no rosto.

— Estou me afogando — ela gritou.

— Você está bem. Peguei você.

— Não sei nadar.

Ficou claro.

— Você não está tão longe da borda da piscina.

Ela afastou os cabelos dos olhos e olhou para a borda da piscina a poucos metros.

— Você está tentando me matar?

A blusa flutuava abaixo de seus seios e resvalava no peito e na barriga dele. Ele deveria soltá-la. Levá-la à beira da piscina e soltá-la. Não ficar ali, sentindo a água fria e o toque do algodão. Ele perguntou, com a voz rouca e baixa:

— Por que eu faria isso?

Ela olhou para ele e colocou as mãos em seus ombros.

— Para não ter que me levar ao Texas.

Talvez fossem a Lua e a escuridão. Os lábios dela logo abaixo dos dele. As mãos dela em sua pele. O corpo dele tão perto de conseguir o que queria como um drogado desejava sua droga preferida. Ele levou uma das mãos à nuca dela e passou o braço por sua cintura. Puxou-a para perto de si e levou os lábios ao dela. A camisa e a pele nua tocaram seu peito e barriga, e uma onda de desejo, vontade e necessidade correu por suas veias como uma chama. Ele percebeu que ela se assustou e aproveitou seus lábios entreabertos. Sabia como beijar uma mulher para conseguir o que queria, como dar apenas o suficiente para que ela o quisesse. Ele tinha trinta e oito anos. Um homem. Um homem que amava tudo no corpo de uma mulher. O toque, o cheiro e o gosto. Um homem que adorava ir devagar, mas, meu Deus, como os lábios dela eram macios. E úmidos. E tinham um gosto delicioso. E ele não conseguiu pensar em mais nada além daqueles lábios quentes e da calcinha cor-de-rosa pressionada contra seu *short*. Contra sua ereção.

Ela abriu a boca quente um pouco mais. Sua língua úmida enrolou-se na dele, fazendo com que ele se aproximasse um pouco mais. A sucção ficou um pouco mais forte, o beijo um pouco mais molhado, e o mundo ao redor deles, muito mais quente.

— *Mmm* — ela gemeu, como havia feito durante o jantar.

Um gemido ofegante de prazer que fez a pele dele se arrepiar a ponto de doer.

Ele entrelaçou os cabelos dela com os dedos e a puxou para mais perto. Ela era ótima, e ele estava fora de controle. Descontrolado. Afogando-se nela. Afogando-se no tesão que pulsava por seu corpo. Perdido no calor que aumentava entre eles. De suas barrigas se tocando e daquela maldita blusa flutuando ao redor, impedindo que os seios nus dela encostassem em seu peito. Tão perdido que queria empurrá-la para o canto da piscina e arrancar aquela calcinha que cobria o paraíso. Tão perto que ele queria tirar o pau do *short* e penetrá-la. Conseguir o que queria.

Deus, como ele queria aquilo. Queria tanto que suas mãos tremiam quando ele a levou para a borda da piscina. Quando a empurrou e virou-se.

* * *

Stella levou a mão livre aos lábios enquanto observava Beau subir a escada e sair da piscina. Quem imaginaria que ele era capaz de beijar daquele jeito? Ela não, com certeza. A luz subia por suas

Correndo para Você

pernas compridas enquanto a água espirrava no concreto, escorrendo de seu corpo alto e do *short*. Sem dizer nenhuma palavra nem olhar para trás, ele caminhou até uma das espreguiçadeiras e pegou algo em cima dela. E então se foi, engolido pela escuridão, caminhando em direção à casa.

Ela soltou um suspiro e passou a mão pela cabeça molhada. Sentia-se meio zonza. Como se sentiu depois das taças de vinho que havia tomado mais cedo. Mas, naquele momento, estava totalmente sóbria.

A porta que levava à casa se fechou e ela se segurou na borda da piscina. Tomada. Ela havia se sentido tomada, mas ele não a havia tocado de fato. Havia algo no ar. Algo que os envolvia. Algo na nuvem carregada dele que a havia atingido em ondas incansáveis. Algo que ela nunca tinha sentido antes.

Ela se soltou da borda e afundou na água. Não estava pensando em beijar Beau Junger. Não pensou que ele a beijaria, mas quando ele beijou, ela não queria que ele tivesse parado.

A blusa se encheu ao redor de seu corpo quando ela inclinou a cabeça para trás e subiu à superfície lentamente. Passou a mão pela cabeça, alisando os cabelos pretos. Beau. O beijo. A reação dela. Era tudo muito confuso. Em um momento, ela estava ajoelhada perto da piscina, seca, tentando não olhar para os grandes ombros dele e para um cordão preto ao redor de seu pescoço grosso e, no seguinte, ele a havia puxado para dentro da água. Em um momento, ela estava fingindo se afogar, pensando que daria o troco por ele tê-la puxado para dentro da água e rindo por último e, no seguinte, ele a havia afastado como se ela fosse um lixo tóxico.

Stella nadou até a escada e saiu da piscina. Puxou os cabelos sobre um dos ombros e os torceu. Stella havia beijado muitos homens na vida. Já tinha beijado homens de quem gostava e amava e homens que não significavam nada. Havia beijado homens que faziam seu coração bater forte de ansiedade e atração, e havia beijado sapos à espera de que fossem príncipes. Ela era praticamente uma especialista em beijos, mas nunca havia experimentado um como o de Beau. O beijo dele tinha sido um choque completo. Um baque para os sentidos. Uma pancada na cabeça. Uma surpresa do nada, e ela percebeu que tinha sido beijada por um homem pela primeira vez em sua vida. Era algo maluco.

Ela segurou a barra da blusa e apertou. Beau era, com certeza, o homem mais velho que ela já beijara, mas seu último namorado tinha trinta anos. Isso certamente o qualificava como homem.

Apesar de Jeremy ser bem magro, a ponto de caber no casaco da Banana Republic dela, ainda assim ele era um homem. E sim, ele adorava aquele casaco, e o vestiu mais de uma vez. Stella, normalmente, não se importava com marcas, mas adorava aquele casaco e ele havia desaparecido misteriosamente quando ela terminara com Jeremy. Talvez Jeremy fosse mais metrossexual do que hétero, mas ainda assim era um homem.

Mais ou menos.

Ela enrolou a ponta da blusa na altura do quadril e apertou. Só por curiosidade, ela não teria se importado se o beijo tivesse durado um pouco mais. Mas ele a havia empurrado e seguido em direção à casa como se não visse a hora de ir embora.

Ela esboçou um sorrisinho. Ele a havia desejado. Ela havia sentido isso no beijo e contra sua coxa. Ele estava rígido e pronto, mas em vez de conduzir as coisas para a etapa seguinte, ou pelo menos tentar, ele havia partido. Como se estivesse tentando ser nobre ou decente ou algo assim. Como se temesse que as coisas fossem longe demais.

Stella sentou-se na ponta de uma cadeira, na escuridão. Ele não precisava ter se preocupado. As coisas não teriam ido longe demais. Ela o teria impedido.

Uma brisa suave esfriou sua pele e a camisa de algodão. Ela deveria entrar, mas estava acordada demais para se deitar. Prendeu os calcanhares na beira da cadeira e abraçou os joelhos. Talvez

Correndo para Você

nunca tivesse experimentado um beijo como o de Beau. Talvez quisesse mais, mas teria parado. Sempre parava. Sempre. Como sua *abuela* dizia a todos, *Estella es una buena niña*. Talvez, devido às circunstâncias de seu nascimento, *abuela* havia cuidado para que Stella fosse uma boa garota. Ela não falava palavrão. Não usava esmalte vermelho, pelo menos não até sair de casa, e não tirava os sapatos em festas.

Stella encostou o rosto no joelho. E não fazia sexo antes do casamento. Era uma virgem de vinte e oito anos por escolha. A princípio, permanecera virgem por medo. Medo de que a avó olhasse para ela e soubesse que ela era uma "daquelas" moças. Medo de que tivesse um bebê, assim como sua mãe. Mesmo depois de ter se mudado para Vegas, os alertas e regras da avó continuavam girando em sua mente. Com vinte e poucos anos, ela havia quase desistido diversas vezes, mas sempre se contivera. Havia descoberto maneiras de ter intimidade enquanto, tecnicamente, mantinha sua virgindade. Sabia o que algumas pessoas pensavam sobre isso. Que não existia "virgindade técnica", mas ela não se importava com o que as pessoas pensavam sobre isso. Tinha vinte e oito anos. Já havia esperado bastante e, se quisesse esperar o casamento para depois fazer sexo, esperaria.

Não tinha muita coisa. Apenas a si mesma. Ela era a única coisa que tinha para dar ao homem a quem amaria para sempre.

Sete

Stella segurou em frente à boca o grande *macchiato* de caramelo para viagem. O vapor perfumado subiu da pequena abertura preta do copo descartável e embaçou seus óculos de sol, enquanto um *crunch,crunch,crunch* do outro lado do carro tomava seus ouvidos. Ela nunca tinha visto uma pessoa comer uma maçã daquele jeito. Não sabia que uma maçã fazia *tanto* barulho. Aquele não era o mesmo homem que havia comido à mesa da mãe na noite anterior. Não era o mesmo que colocava o guardanapo no colo e usava os talheres certos. Era um homem que comia como se tivesse apenas cinco minutos para ingerir o máximo de alimento que conseguisse. Era um fuzileiro naval que tinha alinhado três restos de maçã em cima do console entre os assentos de couro. *Crunch*. A mãe tinha razão. Ele era uma fera. Ainda que ouvir sua mãe, gentil e educada, se referir a ele dessa maneira tivesse sido chocante. Mas não tão chocante quanto observá-lo devorando as maçãs.

    Stella tomou um gole do café e engasgou enquanto engolia ao vê-lo abrir a janela e jogar os restos de maçã, um atrás do outro, na estrada I-10.

Correndo para Você

— Você está poluindo — ela disse, enquanto enxugava uma gota do *macchiato* de caramelo do queixo. Se ele fizesse com que ela derramasse uma gota de café na regata branca, ela o mataria.

Ele olhou para ela através dos óculos espelhados e de volta para a estrada.

— Material biodegradável.

— Mesmo assim.

Ele balançou a cabeça ao apertar um botão e fechar a janela.

— Com o calor, a umidade, e o número de vezes em que aqueles restos serão atropelados, eles vão se decompor em poucos dias. Se isso não acontecer, animais vão comê-los.

Ela entreabriu os lábios.

— Você está atraindo animais selvagens para a estrada.

A resposta dele foi um leve erguer de ombros. A camisa polo preta combinava com seu coração escuro.

— Provavelmente existe uma lei contra isso.

— Provavelmente — ele pegou o próprio café no porta-copos e tomou alguns goles. — Você vai me denunciar?

Ela se recostou e cruzou os braços.

— Claro que não. Só acho que você não deveria atrair animaizinhos selvagens para que morram na estrada.

— Você está agindo daquele jeito que age quando acha que está sendo engraçada?

Ela franziu o cenho.

— Não — certas coisas não tinham graça, como a morte de animais.

Ele riu e pousou o copo no joelho, em cima da calça cáqui.

— Que pena. Porque você está sendo engraçada agora.

Stella franziu o cenho e olhou para a estrada dividida por uma ilha de grama. Uma floresta de pinheiros se estendia de ambos os lados e no acostamento, surgiu um vulto cinzento e de formato indefinido.

— Olha — ela apontou. — Coitadinho do gambá. Está prestes a morrer por ter sido atraído por restos de maçã.

— Não é um gambá. Mais parece um travesseiro de pescoço.

— Oh — ela observou com mais atenção quando eles passaram perto e detestou perceber que ele provavelmente estava certo. Não que preferisse um animal morto, mas... — Bem, poluir é errado, e não importa se é "material biodegradável" ou um travesseiro.

— O travesseiro provavelmente caiu da traseira do caminhão de alguém e a pessoa só percebeu quando chegou em casa. Agora, a pessoa deve estar irritada porque está com torcicolo e sem travesseiro — ele fez uma pausa, e então disse: — Claro, pode ser que o travesseiro tenha visto restos irresistíveis de maçã, pulado e morrido.

Ela olhou para o Capitão Espertalhão.

— Você está bem falante, hoje.

— Você não me conhece bem o suficiente para saber se eu não sou sempre falante.

Verdade.

— Conheço você o bastante para estar com saudade de seu lado mal-humorado.

Não era verdade.

Ele olhou para ela e de novo para a estrada.

— Não sou mal-humorado — ele foi para a pista da direita e levou a mão livre à parte baixa do volante revestido de couro. — Não costumo ser. Mas você é bem irritante.

— Eu? — Ela apontou o copo para o peito. — Eu sou irritante?

— Não pode ser novidade para você — ele colocou o copo no suporte. — Alguém já deve ter dito isso antes.

— Não. Nunca conheci ninguém tão grosseiro quanto você.

— Você é garçonete. Está blefando.

Ela já tinha aturado alguns bêbados bem inconvenientes, isso era verdade.

— Não, você foi a pessoa mais grossa.

— Prefiro dizer que sou honesto — ele esboçou um leve sorriso.

— Prefiro dizer que você é grosso.

— Esta divergência é o que chamamos de momento de aprendizado.

Ela puxou os óculos para o topo da cabeça.

— Quem precisa aprender alguma coisa? Eu ou você?

— Você, Botas.

— Estou de chinelos.

— Botas é um recruta novo — ele olhou para ela e sorriu como se *ele* fosse superengraçado. — Veja o que acabou de aprender. Talvez você devesse me chamar de sargento Junger.

— Você é um sargento?

Claro que era.

— Primeiro Batalhão, Quinto Fuzileiros.

Ela retribuiu o sorriso.

— O que você estava tentando me ensinar ontem à noite na piscina, sargento Junger?

— Ontem à noite foi uma má ideia — ele parou de sorrir e olhou para a estrada de novo. — É melhor esquecermos que aconteceu.

— É melhor? — Ele provavelmente estava certo, mas dificilmente aconteceria. Pelo menos, não para ela.

— Vamos ficar dentro deste carro por pelo menos mais dois dias até eu conseguir largar você no Texas. Não precisamos de complicações.

Largar? *Largar?*

— Por exemplo, as complicações de sua língua na minha garganta?

— Você não reclamou — ele franziu o cenho ainda mais. — Estava gemendo.

— Não gemi.

— Gemeu.

Talvez um pouco.

— Você suspirou.

Ele olhou para ela e ela sentiu seu olhar sério atrás das lentes espelhadas.

— Vamos esquecer o que aconteceu. Acha que pode fazer isso?

— Não foi tão inesquecível assim — ela balançou a mão. — Já está esquecido.

Parecia que ele queria discutir a força da lembrança, mas ele voltou a olhar para a estrada e disse:

— Você não precisa se preocupar, porque não vai acontecer de novo.

Ela sabia que deveria estar se sentindo mais aliviada do que ofendida. E estava. De verdade. Se ele quisesse esquecer o que havia acontecido, ótimo. Já tinha muitas coisas nas quais pensar além dos lábios quentes de Beau Junger. Como na bagunça em que se encontrava sua vida.

Depois de se despedirem rapidamente de Naomi, eles entraram no Escalade e foram ao Starbucks mais próximo, onde ela foi confrontada com a realidade. Ela não tinha emprego e cinco dólares era muito dinheiro para um café. Beau pagara pelo café e Naomi havia entregado maçãs e *croissants* para que eles comessem, mas aquela viagem faria um rombo em sua conta bancária. E ela não tinha dinheiro.

O aluguel do mês já estava pago e ela possuía algum dinheiro no banco. Talvez, se fosse cuidadosa, ficaria bem, financeiramente falando. Teria que encontrar um trabalho, quando voltasse, sem falar de um novo lugar para morar. Stella não estava preocupada em encontrar um novo emprego. Ela era uma ótima garçonete e conseguia boas gorjetas. Seria fácil encontrar um trabalho. Um novo apartamento seria mais difícil.

Stella esticou a bainha do *short jeans* e se afundou no assento, para ficar mais confortável. Pensou que tinha cerca de cinco dias. Dois dias para chegar ao Texas, dois para visitar a irmã, antes de voar de volta para Miami e encontrar um emprego.

Sadie. Não queria pensar na irmã. Pensar em Sadie fazia com que ela sentisse o estômago embrulhado e nervoso. Pensar em

Correndo para Você

Sadie fazia com que ela se sentisse uma criança de novo, sentada na biblioteca, navegando na internet e lendo o *Amarillo Globe* para ver notícias de Clive e de sua irmã. Enquanto lia sobre os prêmios que os novilhos de Sadie ganhavam, Sadie nem sequer sabia que a irmã existia.

Stella mordeu o lábio por dentro e olhou para fora pela janela. Pensaria em Sadie mais tarde. Quando estivesse sozinha. Agora, precisava pensar nos irmãos Gallo e em Ricky. Precisaria mesmo mudar de casa? Mudar-se para outra cidade era caro e ela não havia economizado para isso. Havia escolha? Para onde iria?

Ela olhou para o homem que havia transformado sua vida em um inferno. Ele era grosseiro e ela preferia ignorá-lo, mas tinha que saber.

— Você acha mesmo que preciso sair do meu apartamento? Ou estava só sendo dramático?

Ele olhou para ela.

— Nunca sou dramático e sim, você precisa se mudar.

Ela fechou os olhos.

— Como? — Ela disse, mais para si mesma do que para ele.

— Contrate uma empresa de mudança.

Ela abriu os olhos. Ele fazia parecer tão fácil.

— Eu não tenho emprego, lembra? Não posso simplesmente contratar uma empresa de mudança.

— Você tem uma previdência privada.

Ela nem sequer ficou surpresa por ele saber. Irritada, mas não surpresa.

— Aquele dinheiro não é meu.

— O que quer dizer? É claro que é seu dinheiro.

Ela balançou a cabeça:

— O dinheiro é da minha mãe.

— Seu pai o deu para você quando você nasceu.

O dinheiro nunca tinha sido dela. Ela nem sequer sabia quanto tinha atualmente, e era melhor nem pensar.

— Minha mãe é a titular.

Ele franziu o cenho, e as sobrancelhas ficaram abaixo do aro dos óculos.

— Quando você poderia assumir a titularidade?

— Vinte e cinco ou quando me casasse.

Era por isso que, aos dezoito anos, seu padrasto a levara a Vegas e tentara forçá-la a se casar com o sobrinho dele. Carlos e sua mãe estavam divorciados havia muitos anos, mas ele nunca tinha desistido da ideia de controlar todo aquele dinheiro. Ele só não contava com a recusa de Stella.

— Você tem vinte e oito anos — ele disse, mas não precisava dizer.

Ela balançou a cabeça e afastou a lembrança daquele dias. Da viagem de carro e de ter pensado que estavam fazendo um passeio divertido, apenas para acabar trancada em um quarto de hotel com um garoto de sua idade que não falava inglês. Ele estava com mais medo ainda do que ela, e ficara observando enquanto ela escapava pela janela do banheiro enquanto Carlos dormia. Ela se lembrava de ter telefonado para a mãe e de ter ouvido a dolorosa reação dela. Parecia a Stella que Marisol estava mais irritada do que preocupada. Mais com raiva pela possível perda do dinheiro do que preocupada com o bem-estar de Stella.

— O dinheiro é da minha mãe — ela repetiu. — Ela se sustenta com ele e sustenta a minha *abuela*, e também meus outros avós no México.

— E você?

— Ela cuidou de mim até meus dezoito anos — Stella podia não ter recebido o melhor na vida, mas outras pessoas tinham menos. — Então, comecei a cuidar de mim.

— Seu pai investiu aquele dinheiro para você. Você deveria ter tomado controle dele aos vinte e cinco.

— Está em uma conta conjunta, agora.

— O quê? — Ele franziu o cenho, confuso, olhou para ela e de volta para a estrada. — Como isso aconteceu?

Correndo para Você

Stella deu de ombros.

— Culpa.

No vigésimo quinto aniversário de Stella, o dia em que o dinheiro passou a ser de Stella e o trabalho da mãe dela como titular acabou, ela havia procurado a filha com uma pasta de documentos e um monte de culpa. Como Marisol e os avós viveriam, se não pelo dinheiro? Stella queria que todos vivessem na rua? Ela seria tão egoísta a ponto de ficar olhando enquanto eles morriam de fome?

Ela terminou o *macchiato* de caramelo e colocou a embalagem no porta-copos.

— Meu pai nunca se importou comigo, e eu não quero falar sobre o dinheiro dele.

Era uma conversa inútil. Inútil pensar em todas as coisas que poderia fazer com o dinheiro e inútil dizer que seu pai havia aberto aquele plano de previdência porque se importava com ela.

— Os irmãos Gallo virão atrás de mim quando eu for para casa? Mesmo se eu me mudar?

Ele baixou a cabeça e olhou para o sinal de "área de descanso" na lateral da estrada.

— Você quer encontrá-los quando menos estiver esperando?

— Miami é uma cidade grande. Talvez eles se esqueçam de mim.

Ele ligou a seta e passou para a direita.

— Você prendeu a mão aleijada de Lefty Lou na porta. Provavelmente a quebrou. Duvido que ele se esqueça disso.

— Você derrubou o Ricky e ainda colocou uma bomba embaixo do carro dos Gallo! — Ela sentiu o couro cabeludo formigar um pouco.

— Exatamente.

— Eles provavelmente estão à sua procura também.

— Provavelmente.

Ele parou na área de descanso.

— O que vou fazer agora?

— Bem, você eu não sei, mas eu preciso desesperadamente mijar.

— Que nojento — ela enrugou o nariz. — Você fala deste jeito na frente da sua mãe?

— Desculpa — ele parou o carro e virou a chave. — Tenho que usar o *toalete* e sugiro que você faça a mesma coisa — ele tirou os óculos e os jogou no painel. — A próxima parada é só daqui a 115 quilômetros.

A vida dela estava uma bagunça aterradora e toda a ajuda que ele oferecia era informação sobre pausas sanitárias. Sem nada dizer, ela pegou a mochila e o seguiu pelo estacionamento, passando por uma série de palmeiras, até o prédio. Como não tinha certeza de que ele não a abandonaria, ela fez logo o que tinha que fazer e o esperou do lado de fora, em um banco perto de um grande mapa da Flórida atrás de uma proteção à prova de bala. Ela pegou o celular dentro da mochila e olhou para as unhas azuis dos pés e para os chinelos de borracha enquanto teclava.

— Oi, Malika — ela disse, quando a amiga atendeu.

— Stella! Onde você está?

Talvez sua vida não fosse tão ruim. Talvez Ricky tivesse deixado o assunto para lá.

— A uma hora de Tampa, ao norte.

— O que aconteceu na noite de quarta? O Ricky está procurando você.

Ela viu que estava enganada e olhou ao redor, como se seu ex-chefe pudesse pular sobre ela vindo do nada.

— Por quê? — Ela perguntou, observando uma família de turistas com camisetas iguais da Disney. — O que ele disse?

— É meio difícil entendê-lo, porque está com a mandíbula imobilizada e a cara preta e azulada.

Stella se assustou.

— Ah, não — era por isso que ele soava como quem fala entredentes. É porque estava.

— Sim, e aquele amigo mais bizarro dele está com a mão toda enfaixada. Não o baixinho e gordo; o mais aterrorizante, que não tem um polegar. Credo!

— Bosta.

— Eles estão perguntando a todo mundo no bar se nós vimos você. Ontem à noite, eles se trancaram no escritório de Ricky e quando a Tina levou uma garrafa de Patron, contou que eles estavam assistindo às fitas da câmera de segurança da noite de quarta.

Ah, não.

— Eles também querem saber sobre um cara grande em um Escalade preto que você pode ter encontrado no bar na Noite da Porta de Trás. Você foi sequestrada por uma *drag queen*? Devo telefonar à polícia?

— Não! — Ela cobriu os olhos com a mão. — Não fui sequestrada — a mão desceu ao colo e ela observou Beau caminhar em sua direção. Definitivamente, não era uma *drag queen*. Sem dúvida, era um cara grande. — O Ricky é um maluco. Fique longe dele.

— O que aconteceu?

— Quanto menos você souber, melhor. Vou sair de férias por um tempo. Telefono quando voltar. Não conte a ninguém que conversou comigo. Prometa.

— Tudo bem.

— Estou falando sério.

— Eu prometo, minha nossa!

Ela apertou a tecla de desligar e jogou o celular na mochila. Dava meio segundo para que Malika começasse a ligar para todo mundo que conhecia Stella. E ela não a culpava. Faria a mesma coisa.

— Você quebrou a mandíbula do Ricky.

— Sei — Beau riu ao olhar em direção ao sol forte da manhã. — Não bati com tanta força.

Ela ficou de pé e jogou a mochila em cima do ombro.

— Acabei de falar com a Malika. Ela disse que a mandíbula do Ricky está imobilizada e ele está fazendo perguntas sobre mim e você. Estão analisando as fitas de segurança daquela noite — sua pulsação ficou mais forte e ela engoliu em seco. — O que vamos fazer?

Linhas finas se enrugaram ao redor de seus olhos cinzentos.

— O cara deve ter uma mandíbula de vidro. Eu mal encostei nele.

Era isso que ocupava seu cérebro? Não o perigo? Não o medo? Mas com quanta força ele tinha batido em Ricky?

— Encostou, sim.

— Está com pena por eu ter derrubado aquele idiota?

No braço dela, ainda havia um hematoma onde Ricky a havia segurado.

— Não, mas obviamente não posso voltar para meu apartamento durante muito tempo — ela viu manchas diante dos olhos e sentou-se. — Minhas coisas estão lá. Minha vida *inteira* — sua mochila escorregou pelo braço e caiu perto de seus pés. — Eu tinha acabado de comprar mais pão.

— Você está bem?

Ela não tinha energia para mentir.

— Claro que não. Minha vida está péssima.

— Você vai desmaiar?

Como se ele se importasse.

— Espero que sim — com uma das mãos ela cobriu o coração, que batia forte. — Espero desmaiar e, quando acordar, quero ver que tudo não passou de um sonho horroroso.

— Não — ele se sentou ao lado dela, o corpo grande tomando todo o espaço e esquentando sua pele. — Quando acordar, sua vida vai continuar péssima.

Ela virou a cabeça e olhou para ele.

— Isso não tem graça.

— Eu sei. Você irritou três valentões.

Ela abriu a boca.

— Eu? Você quebrou a cara do Ricky e agora eles estão procurando seu Escalade preto.

— É um carro alugado. Não estou preocupado comigo — ele cutucou Stella com o cotovelo. — Mas você está ferrada.

Os olhos dela se encheram de lágrimas, e sua visão ficou turva. Não queria chorar na frente do sargento Junger, e virou o rosto. Ele era grande e durão e não tinha medo de ninguém.

— Você está chorando?

Ela balançou a cabeça. Talvez ele fosse tolo demais para sentir medo, mas não fora pela tolice que ele a havia impressionado.

— Não me venha com bobagem, Botas. A pior parte já passou.

— O quê? — Sua voz saiu meio fina. — Como pode dizer isso? — De onde ela estava, em um ponto a norte de Tampa, ao lado de um fuzileiro naval que ela conhecia havia apenas dois dias, com capangas à procura deles, aquilo parecia o "pior". E o dia seguinte não prometia ser melhor do que hoje.

— Quinta de manhã foi o pior. A manhã de ontem poderia ter se encaminhado para qualquer um dos lados, e eu não tinha um plano B. Pode acreditar, eu fiquei aliviado quando cheguei e vi você sair correndo do prédio como se jacarés estivessem tentando morder seus pés.

— Você parecia calmo.

— Eu estava calmo. Calmo e aliviado por não ter precisado arrancar você do apartamento.

Ela fungou e secou os olhos.

— Como consegue permanecer calmo?

Ela bem que gostaria de se sentir calma o tempo todo. Como Beau. Não com o coração acelerado nem sofrendo ataques de pânico.

— Tenho confiança em minhas habilidades e capacidades. Concentração sob pressão. Muita prática.

Ela não tinha habilidades e capacidades como Beau.

— Sei cantar e fazer um belo martíni. Fico calma quando estou no palco ou atendendo no bar — ela balançou a cabeça e olhou para Beau pelo canto dos olhos. — Mas essas habilidades e capacidades não me servem de nada quando estou fugindo de bandidos.

— Simplesmente respire — ele disse, como se fosse simples. — Respiração lenta e constante — ele ficou de pé e lançou uma sombra sobre ela. — Tudo ficará bem.

— Para você é fácil falar — ela caminhou ao lado dele em direção ao Escalade. — Você pode ir para casa.

— Às vezes, uma casa não é o que deveria ser.

Será que ele estava falando da casa dele ou da dela?

— Meu apartamento é pequeno, mas gosto dele.

— Você não pode fazer nada em relação ao seu apartamento hoje. Ponha a cabeça em ordem e ocupe-se com outra coisa — ele abriu a porta para ela.

Ela jogou a mochila no chão e entrou.

— Como o quê?

— Sua irmã — ele sugeriu, e fechou a porta. — Pense no seu encontro feliz com ela.

Encontro feliz? Ela vinha tentando não pensar em Sadie. Agora, o sr. Solícito colocava a irmã no centro de seus pensamentos. Era simplesmente irritante. Para piorar as coisas, o sr. Solícito colocou fones no ouvido e fez telefonemas de negócios pelas duas horas seguintes, deixando-a a sós com seus pensamentos. Pensamentos tais como ter mais tempo para se preparar para conhecer a irmã. Mais tempo para se preparar mentalmente. Mais tempo para se fortalecer. Talvez cortar os cabelos e ir à pedicure.

Ela enfiou a mão na mochila que estava no chão, perto de seus pés, e procurou o telefone celular. Apesar de gostar de sua vida, sabia que, teoricamente, podia parecer uma fracassada. Uma preguiçosa. Se ela tivesse mais tempo, talvez se matriculasse para estudar alguma coisa. Não fotografia ou cerâmica, como da última vez, mas algo inteligente, como Sociologia ou Psicologia. Ela já era garçonete. Não poderia ser tão diferente. Escutava os problemas dos outros o tempo todo e podia ser parcial, mas acreditava que seus conselhos eram muito bons.

Para parar de pensar no encontro com a irmã e do medo de parecer uma fracassada, ela pegou o telefone e enviou mensagens de texto para alguns amigos. Mentiu dizendo que tivera uma emergência em sua família e ficaria fora da cidade. Provavelmente deveria telefonar para a mãe e contar sobre Ricky, mas a mãe só iria querer que ela fosse a Las Cruces e ficasse com ela. Deveria contar à mãe que estava indo para o Texas para conhecer Sadie, mas sua mãe pensaria mil coisas. Desejaria saber todos os detalhes, e Stella não tinha detalhes. Ela telefonaria para a mãe quando soubesse de alguma coisa.

Colocou os fones e tocou *Revenge*, do Zuma, no iPad. Ao norte de Gainesville, ela se esqueceu de que não estava sozinha e começou a cantar *Pumped up kicks*. Soltou-se no refrão e se empolgou na frase sobre correr mais do que um tiro.

O fone saiu da orelha e, quando ela foi recolocá-lo, percebeu que tinha sido Beau a puxá-lo.

— Não — ele disse ao telefone, com os lábios retraídos e lançando-lhe um olhar gélido. — Não sou fã de Foster the People, e infelizmente não é o rádio — ele voltou a olhar para a estrada sem fim. — Sim, escolha uma unidade com câmeras de segurança.

Em Tallahassee, eles pararam em um Subway por tempo suficiente apenas para usar o banheiro e pedirem um lanche. Stella pediu um sanduíche de quinze centímetros com peito de frango e queijo prato, e Beau pediu um lanche enorme de trinta centímetros com um monte de carne e todos os vegetais disponíveis. Até *jalapeños*. Quem fazia isso? Os obcecados por alimentação saudável, isso sim. Homens que se cuidavam e tinham músculos de Super-Homem.

Depois de comer o lanche, eles entraram na SUV e Beau assumiu o comando da música e sintonizou uma rádio de *heavy metal*. Normalmente, Stella gostava de todos os tipos de música. Seu gosto era muito eclético, mas não suportava a maior parte do *heavy metal*. Slipknot a deixava maluca e Pantera punha sua cabeça a ponto de implodir. Enquanto observava os polegares dele batendo no volante ao som de Anthrax, ela se perguntou se ele usava esteroides. Achava que não, porque, apesar de os braços serem grandes, não eram inchados. Apesar de ser grosso, ele tinha afinal um pescoço entre a cabeça e os ombros, e, na noite anterior, ela havia sentido a ereção dele contra sua barriga, e ele não parecia sofrer de impotência. Ao pensar na ausência de impotência, ela se lembrou da blusa de algodão flutuando ao redor de seu corpo na água, resvalando em sua pele, nas pernas e nos seios enquanto ele devorava seus lábios.

Devorava. Esta era a palavra certa para o beijo dele. Devorou, e então se afastou.

Mas era melhor nem pensar na óbvia ausência de impotência e no beijo devorador. Pensar nisso aumentava a fome que ela sentia no estômago e a pergunta que devorava sua mente.

Será que o Super-Homem era super na cama? Não que importasse. Ela havia permanecido virgem por vinte e oito anos e não entregaria a virgindade ao sargento.

Para não pensar no Super-Homem e em sua supercama, Stella voltou a encaixar o fone e colocou para tocar uma música de Lady Gaga. Respondeu a algumas mensagens de texto e então enfiou o telefone na mochila, entediada de morte. Olhou para Beau, para o contorno de sua mandíbula e o perfil do nariz e lábios. Ele tinha uma bela boca. Forte. Devoradora. Ela apostava que ele era bom em mais coisas do que os beijos.

Ela cruzou os braços no peito. Obviamente entediada e descontrolada, ela olhou pela janela do passageiro. Apertou o botão e o vidro desceu alguns centímetros. Beau havia dito que ela precisava pensar em outras coisas, como em sua irmã. O vento atingiu seu rosto e ela subiu o vidro um pouco. Fazia tempo que não via uma foto de Sadie e começou a tentar imaginar se as duas eram parecidas. Provavelmente não, já que ambas se pareciam com as respectivas mães.

Sua ansiedade fluía pelos dedos enquanto ela apertava o botão da janela. *Tap. Tap.* Para cima. Para baixo. Tentou imaginar o que Sadie veria quando olhasse para Stella. A filha bastarda do pai ou uma irmã? *Tap. Tap.* Para cima. Para baixo. Ela veria os olhos azuis do pai ou a pele mais escura de Stella? Veria uma mulher branca ou uma hispânica? *Tap. Tap.* Para cima. Para baixo. Veria uma pessoa que nunca tinha se encaixado em lugar nenhum, por mais que tentasse?

Mais uma vez, o fone de ouvido foi tirado de seu ouvido e *Rolling in the deep*, de Adele, foi substituída pelo vento lá de fora, que entrou fazendo vibrar o interior da SUV e assoprando em seus ouvidos um assovio bem agudo.

Ele estava voltando a ser mal-humorado e lançou para ela um olhar frio, de soslaio. Sem nada dizer, ele tomou controle de seu lado do carro, subiu o vidro e o travou como se ela tivesse cinco anos.

Bem, ela se sentia com cinco anos de novo. Cinco anos, quando não tinha nenhum controle de sua vida.

— Quando vai parar para dormirmos? — Ela perguntou, enquanto flexionava os ombros.

— Eu estava pensando em ir direto para Nova Orleans, mas não vou aguentar muito mais tempo.

Ela sabia como ele estava se sentindo. Seu traseiro ficou adormecido logo depois de eles cruzarem Chattahoochee.

Oito

Ela era um baita pé no saco. Um pé no saco ainda maior do que ele havia pensado, e não via a hora de largá-la no Texas e sumir.

Beau levou o uísque com gelo aos lábios e tomou um gole, enquanto apontava o seis de espadas na mesa de *blackjack* à sua frente. Estava sentado a uma mesa dentro do Biloxi Hard Rock Hotel and Casino porque não conseguira aguentar mais.

A crupiê de blusa marrom virou um quatro, Beau passou as mãos pelas cartas e ficou com vinte. A crupiê passou para o jogador seguinte, com uma camisa horrorosa de estampa de flamingo e cabelos brancos penteados para trás. A esposa do cara estava ao lado dele falando sobre o lagostim recheado e o *étouffée* do restaurante do outro lado da rua. Beau pousou o copo na mesa. Stella não gostava de voar. Não gostava de andar de ônibus. Preocupava-se com coisas idiotas como restos de maçã e animais atropelados. Cantava, suspirava e jogava joguinhos de sons irritantes no celular. Para piorar, descera o vidro da SUV o suficiente para encher o veículo com um vento horroroso e um assovio de arder os ouvidos. Beau havia sido treinado em Sere[4]. Já tinha sido submetido a um campo simulado de prisioneiros de guerra. Fora privado de comida e sono e sido levado ao limite de sua capacidade mental e física, mas não se lembrava de ter se sentido tão torturado nos treinamentos como se sentira ao passar um dia confinado com Stella Leon.

A crupiê jogou um vinte e um pela mão da casa e Beau perdeu uma pilha de fichas cor de laranja e pretas. Ao redor dele, os sinos, apitos e sons dos caça-níqueis tomavam o ambiente. Ele passou mais trezentos e cinquenta para o centro das apostas. Para ele, caça-níqueis eram para amadores e velhas senhoras. Não era preciso ter habilidade nem estratégia para aqueles jogos. Apenas vontade de ficar sentado na mesma cadeira apertando um botão.

A crupiê entregou a Beau um ás de paus e uma rainha de copas. Ela pagou e ele deixou que as fichas rolassem. Perdeu a rodada seguinte e girou a cabeça de um lado a outro enquanto a crupiê tomava seus 700 em fichas e passava para o jogador seguinte. Aquela não parecia ser sua noite. Ele deslizou várias fichas pretas e cor de laranja para o centro. Inferno, aquela não parecia ser nem mesmo sua semana de sorte. Estava preso a uma mulher que chegava ao último grau da tortura e mantinha uma cara inocente e sensual enquanto continuava a massacrar de novo e de novo. Esta era a verdadeira arma secreta em sua caixa de torturas. A curva de seu pescoço, cintura e traseiro. Em um momento, ele estava pensando em como poderia fazer com que ela dormisse enquanto ele dirigia pela estrada interestadual e, no momento seguinte, ela se espreguiçava e se remexia no assento, e ele a imaginava espreguiçando-se contra seu corpo. Em um instante, ele pensava em como poderia fazê-la calar-se e, no seguinte, a virilha dele gritava por ela.

---

[4] Sere: sigla em inglês para Survival, Evasion, Resistance and Escape, é um programa militar norte-americano de técnicas de sobrevivência, evasão, resistência e fuga.

Ele havia planejado dirigir diretamente até Nova Orleans e encontrar Kasper na tarde do dia seguinte. Manteria a reunião, mas tivera que parar. Precisava se afastar de Stella. Mesmo que fosse só por um tempo. Ele a havia deixado em uma suíte de dois quartos, preocupada com o custo. Ele havia tentado explicar que certos hotéis davam cortesias para a Junger Logística e Segurança ou pelo menos ofereciam descontos empresariais, mas acreditava que ela não tinha conseguido ouvi-lo por cima das próprias reclamações.

Beau bebeu o Gentleman Jack de seu copo. O uísque com teor alcoólico de 43% esquentou sua garganta e estômago e fez com que ele se lembrasse de que não tinha comido desde o meio-dia. Os sinos, assovios e apitos dos caça-níqueis tomavam seus ouvidos enquanto a garçonete, com uma roupa preta minúscula, reabastecia seu copo. Ele entregou para ela uma ficha de vinte dólares e fez sua aposta no centro da mesa. Não bebia muito. Não como Blake e seu pai, mas gostava de tomar umas de vez em quando. Aquela parecia uma noite dessas.

Ele tomou um gole e sentiu a queimação. Pensou em Stella e no dinheiro, ou na falta de dinheiro. Ela possuía um plano de previdência que obviamente não considerava dela, e ele tentou imaginar se o pai sabia que o dinheiro não tinha sido direcionado a ela. E se o pai se importava com isso. Ela havia dito que ele nunca se importara com ela, e parecia que estava certa. Ainda que não conseguisse imaginar como seria ter uma filha e não se envolver na vida dela. Não se preocupar com o que acontecesse com ela. Ele sentiu uma leve onda de raiva dividir com o uísque o espaço do estômago. Beau já tinha visto um monte de coisas horríveis na vida. Algumas, ele havia testemunhado pessoalmente e de perto; outras, vira através das linhas em cruz de uma mira. Muitos adultos mereciam as coisas terríveis que aconteciam com eles. Pessoas que mereciam o que lhes acontecia porque eram assassinas violentas, mas as crianças eram diferentes. As crianças não pediam para nascer em uma zona de guerra nem para ter pais de merda. Não mereciam ser largadas nem esquecidas.

Beau apontou o dez de ouro e o três de copas à sua frente. Recebeu um cinco e ficou com dezoito. Tomou um gole de seu Gentleman Jack enquanto a crupiê passava para o cara de camisa de flamingo. Stella dissera que o pai não se importava com ela, e, uma vez que Sadie não tinha conhecimento da existência de Stella, ele tinha que concordar. Sim, Stella podia ser irritante e chata, mas isso não desculpava Clive Hollowell por amar uma filha e ignorar a outra.

A crupiê pegou vinte e recolheu as fichas de Beau. Droga. O uísque estava ajudando a tornar tudo alegre. O que não era um bom sinal. Era um sinal de que sua capacidade de julgamento estava prejudicada. Um sinal de que ele deveria pegar as fichas restantes e cair fora. Mas é claro que ele não foi. Não até haver perdido seus últimos dois mil em fichas.

Tomou o último gole de uísque e deu de gorjeta à crupiê sua última ficha. Ficou de pé enquanto sirenes e luzes fortes preenchiam o ar. A princípio, Beau pensou que os policiais estivessem invadindo o local e se virou, esperando encontrar uma comoção. Um grupo de senhoras de cabelos grisalhos se reunia ao redor dos caça-níqueis e era uma das máquinas que estava causando todo o barulho. Beau passou pelo grupo a caminho da mesa da recepção. Precisava encontrar um bom bife com batata assada. Quanto mais se aproximava, mais irritantes se tornavam as luzes. Uma senhorinha havia tirado a sorte grande e provavelmente ganhado mais do que o necessário para que ela e as amigas comemorassem no bufê. Grande coisa.

— Santo *frijole y guacamole!*

Beau parou e olhou através da pequena multidão, e viu uma regata branca familiar e cabelos pretos lustrosos. Seus punhos socavam o ar e ela dançava como uma maluca.

— Nunca ganho nada!

Beau abriu um sorriso ao ver as pessoas ao redor de Stella. Algumas sorriam e a cumprimentavam, enquanto outras faziam cara feia e lançavam olhares maldosos. Ele riu e caminhou na direção dela. Aquela era a Stella. Fazia amigos e alguns inimigos.

— Beau! — Ela viu o rosto dele no meio da multidão.

Talvez fosse a bebida, ou o fato de ele estar envelhecendo e se tornando mais lento, mas o fato é que, antes de compreender exatamente o que estava acontecendo, ela o abraçava pelo pescoço e ele a abraçava pela cintura. Ela ficou na ponta dos pés e encostava o peito no dele:

— Ganhei o grande prêmio!

Ele sentiu um calor no estômago e ficou zonzo. E mais uma vez, sem pensar, lascou um beijo nos lábios macios e sorridentes dela. Um beijo que durou um pouco mais do que o aceitável.

— Parabéns, Botas — Era efeito da bebida. Sem dúvida.

Ela sorriu para ele e ele sentiu o efeito no frio do estômago, na cabeça girando e na ereção sob a calça. E, como no outro dia na piscina, tudo se estreitou e se concentrou nela. Em seus olhos azuis e lábios macios. O peso das mãos dela em seus ombros e o toque de seus seios pressionados contra o peito dele. Tudo ao redor estava borrado, menos Stella, e ele lutou contra as exigências de seu desejo. A exigência de que baixasse o rosto em direção ao dela de novo. A exigência de sentir os lábios dela contra os seus e o toque de sua língua na dela.

— Nunca fui tão sortuda.

Ele endireitou Stella e deixou cair os braços ao lado do corpo, o corpo que exigia que ele a agarrasse e mostrasse o que era sorte.

* * *

Dezessete mil dólares. Depois dos impostos federais e estaduais e dos três por cento da taxa sobre o jogo que foram deduzidos de Stella, ela ficou com um prêmio de apenas pouco mais de dezessete mil dólares.

— Nunca ganho nada — ela disse, enquanto preenchia os formulários dos impostos.

Repetiu sua surpresa enquanto tiravam sua foto com um cheque gigante para ser publicada no *site* do cassino. Ela continuava em choque uma hora mais tarde, quando se sentou no banco estofado de couro do Ruth's Chris Steak House, dentro do Hard Rock Casino. As mesas estavam cobertas com toalhas de linho branco e louça de porcelana. Um guardanapo de linho branco estava no colo de Stella e ela se sentia totalmente malvestida, de regata e *short*. Mas um de seus vestidos estava sujo, e o outro, amassado.

Uma bela garçonete loira colocou uma baixela com rabo de lagosta e aspargos diante dela, que se recostou no assento.

— Obrigada — ela disse, enquanto observava a mulher colocar um filé e uma enorme batata assada na frente de Beau.

— Vocês querem algo mais? — A garçonete perguntou aos dois, mas sua atenção estava voltada para Beau.

Ele olhou para a frente e sorriu para a mulher, um sorriso que Stella definitivamente nunca tinha visto antes. Enrugava o canto de seus olhos, e, se ela não o conhecesse, pensaria que talvez o sorriso dele fosse charmoso.

— Está tudo bem. Obrigado, Sarah.

— Certo, querido, me diga se precisar de qualquer coisa.

Querido? Stella observou a mulher se afastar e pensou no que ela teria enxergado ao olhar para eles. Um cara bonito de sorriso charmoso, e uma mulher de regata branca cujos cabelos certamente teriam muito a ganhar com uma escova. Ela olhou para Beau do outro lado da mesa.

— Você a conhece?

Ele balançou a cabeça e pegou o garfo e uma grande faca de carne.

— Ela está usando crachá.

Não que ela se importasse com o que uma mulher que ela não conhecia podia pensar sobre ela, mas ela poderia comprar roupas novas, agora. Sorriu ao se lembrar do dinheiro que havia ganhado.

— Nunca ganho nada.

Ela pegou o garfo e a faca, mas não estava com fome nenhuma, devido à animação e ao sanduíche enorme que eles tinham comido no almoço.

Beau engoliu um pedaço grande de batata e tomou um segundo copo de água gelada.

— Você já disse isso umas cinquenta vezes.

— Eu sei.

Ela não conseguia parar de rir. Tinha estado preocupadíssima pensando em como pagaria por um quarto de hotel que era maior do que seu apartamento em Miami. Bem mais chique também, com janelas enormes dando vista para o Golfo, dois quartos confortáveis, banheiras com hidromassagem e seis saídas nos chuveiros para três pessoas. Antes de colocar cinco dólares no caça-níqueis, estava preocupada em como pagaria pela Coca-Cola Zero que havia pegado do frigobar.

— Agora, posso pagar minha parte do quarto e ajudar com a gasolina — e não teria que contar com a caridade da irmã nem de mais ninguém.

— Eu disse que você não deve se preocupar com isso.

Ele colocou o copo na mesa e cortou um pedaço grande de carne. Andara bebendo, e não só água. Não que estivesse transparecendo, mas ela era garçonete e percebia no comportamento. Ele estava mais relaxado. Menos sério. Solto, e claro que ela havia sentido o cheiro de uísque em seu hálito quando ele a beijara no andar de baixo.

— Você faz parte da minha missão, Botas.

Ele havia explicado isso, sim. Mas ela ainda queria pagar sua parte. Queria comprar uma roupa de banho e cera de depilação, se precisasse, e não ter que se preocupar com sua volta para casa. Ou onde moraria.

— Posso contratar alguém para levar minhas coisas do meu apartamento, agora.

Ele olhou para ela enquanto mastigava.

— Cuidei disso. Vou precisar da sua chave, para que meus rapazes não tenham que arrebentar a tranca.

Um concerto para piano tocava baixinho no sistema de som do restaurante, e pratos tiniram quando foram reunidos, na mesa ao lado, o que aumentou o barulho.

— Quando?

— Vai ser enviado por FedEx amanhã.

Ela balançou a cabeça e passou a lagosta na manteiga.

— Quando você "cuidou disso"?

— Hoje — ele deu uma mordida e engoliu, antes de continuar. — Enquanto você me incomodava cantando *Pumped up kicks*.

Nenhum homem havia jamais cuidado das coisas dela em sua vida.

— Obrigada.

Era estranho, ela pensou enquanto comia a lagosta amanteigada. Novo. Diferente, e ela não sabia se gostava daquilo ou não.

— Vou pagar tudo, claro.

Ele deu de ombros.

— Não é grande coisa. Tinha alguns caras que me deviam favores.

Ele enfiou o garfo na batata. Normalmente, a quantidade de comida que ele pedira causaria intoxicação em outras pessoas, mas para Beau era só mais uma refeição.

Ela comeu e tentou não gemer. Beau não gostava quando ela gemia, mas a lagosta estava deliciosa. Tecnicamente, ela pensou, aquela era a terceira vez que ele a ajudava. A primeira tinha sido na noite em que batera em Ricky. A segunda, quando a resgatou de seu apartamento em meio ao barulho de explosão. Ela sentia medo de se acostumar a sempre ter um homem por perto para salvá-la.

— Você não gosta de *Pumped up kicks*? — Ela perguntou, para não ter que pensar que era muito bom ter um homem ajudando-a.

Ele engoliu e pegou a água.

— Da última vez em que estive na rua Fremont, estava tocando em todos os cassinos.

— Rua Fremont em Las Vegas?

Ele olhou para ela por cima do copo, que logo pousou na mesa de novo.

— É.

— Quando esteve lá pela última vez?

— Na Fremont? — Ele deu de ombros, e então voltou a atenção para seu jantar. — Há cerca de um ano, quando me mudei para Henderson.

— Você mora em Henderson, Nevada?

— É.

— Eu morava em North Vegas. Em um apartamento bem ruim com outras duas garotas — ela riu e pegou a própria água. — Começamos uma banda de meninas. A primeira de muitas das quais fiz parte — ela balançou a cabeça. — Deus, mas já cantei em verdadeiras espeluncas.

Ele olhou para a frente e não se deu ao trabalho de parecer surpreso.

— Mas você sabe disso. Não sabe?

— Conheço seu histórico profissional — ele balançou a faca de carne na direção dela. — E, antes que se irrite com isso de novo, você também conhece o meu.

Ela puxou os cabelos para um dos ombros e garfou um pouco de espargos.

— Só sei que você era militar e que agora é espião — ela mordeu e sorriu.

Previsivelmente, ele franziu o cenho.

— Eu fui fuzileiro e não sou espião, mas acho que você sabe disso.

Sim, ela sabia.

Correndo
para Você

— Você dirigia um tanque? — Ela conseguia vê-lo dirigindo um tanque em meio a nuvens de fumaça, fogo e luzes.

Ele mastigou lentamente enquanto comia, como se pensasse exatamente no que queria lhe dizer.

— Eu era um atirador de elite.

Atirador?

— Ah, isso soa um pouco como coisa de espião.

— Não se atribui este tipo de trabalho de inteligência a um atirador.

Ela pensou que não precisava perguntar o que significava a "atribuição" do trabalho. Olhou para ele do outro lado da mesa. Para a luz fraca da vela contornando o rosto bonito dele, brilhando em seus cabelos loiros como a auréola de um santo. Santo. Super-herói. Atirador. Especialista em segurança.

— Por quanto tempo você foi fuzileiro naval?

— Dezessete anos. Entrei para a corporação aos dezoito. Assim que saí do ensino médio.

Quanto mais ela aprendia sobre Beau, mais percebia que não sabia nada.

— Quando eu era pequena, queria ser bailarina em um ano e enfermeira no ano seguinte.

Depois do ensino médio, ela ainda não sabia bem o que queria fazer quando crescesse. E ainda não sabia. Dois casais vestidos para jantar foram conduzidos para a mesa ao lado. Stella esperou que eles passassem, e então perguntou:

— Você sempre quis ser fuzileiro?

— Não. Sempre pensei que eu seria Seal, como meu pai — ele tomou um gole da bebida, e uma gota de água caiu da parte inferior do copo em sua camisa preta. Ele pousou o copo e disse:

— Virei fuzileiro para irritá-lo.

— E funcionou?

— E como. Ele queria que os filhos fossem Seal, como ele. Ele odeia os fuzileiros e ainda está puto comigo por causa disso.

— Você conversa com ele?

— Quando preciso — ele balançou a cabeça e cortou a carne. — Nunca nos demos bem.

Enquanto eles comiam, ela olhou para os ombros largos, para o pescoço grosso e a mandíbula forte. Havia uma cicatriz nas costas de uma de suas enormes mãos.

— Talvez você devesse ter sido contador.

Ele riu da piadinha dela. Certo, não foi uma risada de fato. Mais como um "Ah!" divertido.

— Quando Blake e eu tínhamos quatorze anos, já éramos ótimos atiradores e exímios nadadores. Fazia sentido que eu entrasse para a unidade de reconhecimento dos fuzileiros da Marinha e me candidatasse à escola dos atiradores de elite.

É claro que sim.

— Então, o Batman é um Seal?

— Blake? — Ele assentiu e comeu mais um pedaço. — Ele era um franco-atirador Seal. Serviu durante vinte anos.

Dois atiradores? Só restava a pergunta:

— Quem atira melhor?

Beau apontou para o próprio peito.

— Eu sou uma fera.

Naomi havia se referido a ele assim na noite anterior, mas, apesar de ele comer como se cada refeição fosse a última, ela não diria que ele era uma fera à mesa.

— Você come com modos.

Ela olhou para um ponto acima da cabeça dele, na parede, e pensou por um momento. Se ele se preocupasse com isso, um comentário gentil ajudaria. Ela olhou de volta para ele e disse, do modo mais diplomático que conseguiu:

— Você come meio depressa, e eu detestaria estar no meio do caminho quando você está morrendo de fome, mas não diria que é uma fera. Afinal, você não faz sujeira e não mastiga de boca aberta nem nada nojento assim.

Ele olhou para ela enquanto mastigava.

Correndo para Você

— Fera porque sou um bom atirador.
— Oh.
Ele enfiou a mão pela gola da camiseta.
— Esta é minha medalha.
Ele puxou uma bala no cordão preto que ela vira na noite anterior.
— Parece uma bala de cobre.
— É uma ponta jaquetada com alma de aço. Uma bala sete--meia-dois de base cônica.
Aquilo não significava nada para ela, que fez a pergunta que considerava óbvia:
— Por que usa essa bala?
Ele terminou de mastigar e engoliu, e de novo a observou como se medisse as palavras.
— Eu a consegui quando me formei na escola de tiro — ele disse, depois de engolir. — Representa a bala que está destinada a mim. Enquanto estiver comigo, nenhum atirador inimigo terá uma bala com meu nome nela.
— Como se você fosse invencível?
— Não invencível. Não — ele cortou um pedaço de carne. — Mas estou aqui. Neste restaurante chique, com você, e não morto, no Cemitério Nacional de Arlington.
Pensar nele em Arlington a deixou perturbada. Muito. E isso a deixou confusa. Mais do que deveria.
— Sua sorte deve ter vindo para mim, hoje à noite — disse ela, mudando de assunto de propósito. Ainda não conseguia acreditar que tinha ganhado dezessete mil dólares.
— Está se sentindo sortuda, Botas?
Ela sorriu.
— E já estava na hora de eu ter sorte.
Ele ergueu uma sobrancelha e esboçou um sorriso enquanto mastigava.
— Não é bem esse tipo de sorte — ela riu e prendeu os cabelos atrás das orelhas. — E isso me faz lembrar: pensei que você nunca mais me beijaria.

Ele começou a mastigar mais devagar e, então, engoliu.
— Está falando sobre o que aconteceu no cassino?
— Sim.
— Não foi bem um beijo.
Tinha parecido um beijo, na opinião dela. Não como o da noite anterior, mas, por um breve momento, o barulho do cassino deixara de existir. Ela o havia visto. Apenas ele e seus olhos acinzentados virados para ela. E então, ele a colocara de pé e tudo havia voltado ao normal.
— Do que chamaria aquilo?
— Chamaria de um momento de falta de noção graças à bebida.
O fato de ele ter colocado a culpa na bebida a deixou irritada.
— Você colocou os lábios nos meus. Eu chamo isso de beijo.
Ele olhou para os lábios dela:
— Foi só um selinho.
— Como o que você daria em uma irmã?
— Não tenho irmã.
— Em sua mãe?
Ele olhou para ela.
— Não beijo minha mãe na boca.
— Qualquer mulher do cassino?
— Depende da mulher — ele deu de ombros e olhou para o jantar. — Você vai distorcer tudo e ficar achando que significou alguma coisa?
Agora, ele conseguira irritá-la ainda mais.
— Eu não distorço coisas e não acho que tenha significado algo além do fato de você não conseguir resistir a mim.
Pronto. Aguenta essa agora, sargento.
Ele franziu o cenho para o prato.
— Consigo resistir a você.
— Claro que consegue.
— Jesus — ele olhou para ela. — Não é como se eu tivesse posto a boca em algum lugar interessante, deitado você no chão e mandado ver no meio do cassino.

Correndo para Você

Ela ergueu uma sobrancelha, inclinou-se para a frente e disse, quase sussurrando:

— "Mandado ver"?

— Ir até o fim. Molhar o biscoito. Afogar o ganso — ele balançou o garfo na frente dela. — Sei lá.

— Não haveria o menor perigo de isso acontecer no chão do cassino ou em qualquer outro lugar — ela se recostou, mas continuou falando baixo. — Não vou fazer sexo, afogar o ganso ou molhar o que for com você ou com qualquer homem.

Ele olhou para os lábios e para o pescoço dela.

— Você é lésbica, Botas?

— Não. É que só vou fazer sexo quando me casar.

— Você está de brincadeira.

— Não.

A garçonete loira se aproximou e perguntou se eles precisavam de alguma coisa. Beau esperou que ela se afastasse e disse:

— Você nunca teve um namorado?

— Claro que já tive namorados. Mas não quer dizer que tenha feito sexo com eles.

Ele semicerrou os olhos.

— Essa é uma daquelas piadas que você acha bem engraçadas, mas que não são?

— Não.

Ele abaixou o queixo e olhou nos olhos dela.

— Você está dizendo que é virgem.

Ela olhou ao redor para ver se alguém havia escutado.

— É isso o que quer dizer "só vou fazer sexo quando me casar".

Ele parecia desconfiado.

— Talvez.

Ela soltou o garfo e ergueu as mãos, com as palmas para cima.

— O que mais poderia significar?

Ele mastigou algumas vezes, e então respondeu:

— Poderia significar que você já fez sexo demais.

O quê? Ela soltou as mãos em cima da mesa.

— Tenho vinte e oito anos.

— Poderia significar que você já fez tanto sexo que ele agora não tem mais sentido. Pode ser que tenha feito sexo em todos continentes, e os rostos e nomes não passem de uma vaga lembrança.

Ela nunca tinha saído da América do Norte e tinha certeza de que ele não estava mais falando sobre ela.

— Isso faria de mim uma vagabunda.

— Não diria "vagabunda" — ele olhou para a frente, e então de novo para o bife. — Não mesmo.

— Diria o quê?

— Que você precisa ficar no banco de reservas até que o sexo volte a ter sentido.

Agora era a vez dela de duvidar, e deixou de lado o jantar comido apenas até a metade.

— Está dizendo que você está dando um tempo?

Ele não respondeu.

— Acho difícil acreditar nisso.

— E eu acho difícil de acreditar que você teve namorados e ainda é virgem.

Mais uma vez, ela olhou ao redor para ver se alguém havia escutado.

— É verdade.

— Então, você só provoca?

Ela balançou a cabeça.

— Quando começo um relacionamento, é uma das primeiras coisas que conto.

Ele continuou a comer e entre as mastigadas, perguntou:

— Quantos relacionamentos você teve?

— Três — ela pensou por um momento. — Bem, tive um horrível, então três e meio.

Ele era muito mentiroso e um completo idiota. Usava botas e óculos de neve no verão e, por algum motivo, ela havia considerado isso bacana.

— Não ficamos juntos por muito tempo.

Ele bebeu um pouco de água e sugou uma gota do lábio inferior.

— Provavelmente ele não gostava de ficar na mão o tempo todo.

— Há coisas que as pessoas podem fazer que não envolvem a penetração.

— Sim, eu sei. Muitas coisas — ele inclinou a cabeça para o lado e colocou o copo na mesa. — Sobre qual, especificamente, você está falando?

Nunca antes ela havia falado sobre sexo com um homem com quem não tinha intenção de transar.

— Toques e beijos — mas que inferno. Ela olhou para ter certeza de que a garçonete estava longe e disse alto o suficiente para que só ele escutasse: — Em tudo.

Lentamente, ele levantou a cabeça.

— Sexo oral?

— Sim.

Ele ficou parado por muitos segundos antes de voltar a comer.

— Sexo oral é sexo.

Ela deu de ombros.

— Mas não envolve penetração.

— Alguém poderia dizer que a boca de um homem entre suas pernas é algo mais íntimo.

Ela arregalou os olhos e sentiu um nó na boca do estômago.

— Talvez — ela resistiu à vontade de olhar ao redor de novo. — Não sei. Só sei que é meu para entregar a um homem, e quero que esse homem seja alguém que eu ame e que também me ame.

Ele esboçou um sorriso.

— Amor e casamento?

— Sim.

— Por quanto tempo você namorou esses três namorados e meio?

— Não foi por muito tempo — se ele não estava acanhado com o rumo da conversa, ela também não ficaria. Claro, ele poderia dizer que estava bêbado e ela, não. — Homens gostam de receber, mas não gostam de retribuir. Se é que entende o que quero dizer.

Ele parou de comer por um momento e perguntou:

— Quem disse?

— Eu — ela pegou o copo de água e deu um gole. — Os homens gostam mais de receber do que dar — pousou o copo de novo na mesa e passou a mão na marca de batom da borda.

— Você, com certeza, andou com os homens errados — Beau disse, enquanto a observava limpar o copo com o polegar.

— Um dos meus namorados era bom nisso.

— "Bom"? — Ele olhou para ela e os olhos estavam um pouco mais escuros do que antes. — Um homem pode ser "bom" em basquete ou na hora de combinar suas roupas. Mas não pode ser apenas "bom" no sexo oral. O sexo é nosso trabalho mais importante. É a coisa na qual devemos ser excelentes para sermos convidados a voltar. Basicamente, é por ele que tomamos banho e penteamos os cabelos.

Ela se controlou para não se remexer no assento, mas o nó em seu estômago deslizou mais para baixo. Enquanto ela estava quente e com formigamentos, e ele não parecia nem um pouco alterado com a conversa. Na verdade, até retomou o ritmo e começou a falar e a comer mais depressa. Meu Deus, ele fazia sexo como fazia uma refeição? De modo tão intenso e voraz?

— Bem, ah... — E por que ela achava isso tão sensual, e por que estava pensando em sexo com Beau? Certamente não era uma boa ideia. — Não foi essa a minha experiência.

— Então, você andou com garotos, não homens. Gosto de tudo nas mulheres. O cheiro do pescoço e dos cabelos de uma mulher e o ponto onde vocês passam perfume nos punhos. Gosto de sentir o peso dos seios em minhas mãos e a maciez da pele contra a minha. Gosto de escutar o gemido de uma mulher em meus ouvidos — ele enfiou o último pedaço de carne na boca e ergueu um lado do quadril para pegar a carteira do bolso de trás. — Adoro um par de coxas quentes e o gosto de uma mulher em minha boca. Principalmente se a mulher está tão a fim quanto eu — ele ficou de pé e jogou uma nota de cem dólares sobre a mesa. — Agora, se me dá licença, tenho um encontro com um banho frio ou com o canal pornô. Ainda não decidi com qual. Talvez os dois.

Nove

Beau tirou o boné bege e pegou a camiseta que havia deixado no cipreste caído. A temperatura de Nova Orleans caíra para 30 °C, e a umidade havia saído dos noventa por cento para toleráveis sessenta e quatro. Beau limpou o suor e a poeira do rosto e do pescoço.

— Eu deveria ter sabido que essa seria a sua oferta de trabalho — ele disse ao homem com a serra elétrica.

O sargento Kasper riu e desligou a máquina. Ele apoiou a serra elétrica no tronco de cipreste e abriu o refrigerador.

— Você provavelmente não teria vindo — ele pegou duas garrafas de água gelada e jogou uma para Beau.

Beau a pegou no meio do ar e tirou a tampa. Seu amigo e companheiro da Marinha provavelmente estava certo. Nos últimos anos, ele estivera muito ocupado construindo o próprio negócio para reservar tempo para passar com os amigos. Estar com Kasper fazia com que se lembrasse de que precisava arranjar este tempo. Mesmo que fosse só para cortar árvores.

— Finalmente pude ver sua casa — ele disse, antes de levar a garrafa aos lábios e beber metade.

Beau havia passado muitas horas bebendo uísque ou hibernando dentro de um prédio vazio esperando pelo momento de agir, sem nada a fazer além de escutar Kasper falar sobre sua casa. A casa de 200 anos que era da família de Kasper desde antes de Guerra Civil. O local tinha sido um dos principais produtores de açúcar do Sul, mas, agora, a grande casa repousava sobre 20 mil metros quadrados de terra, em sua maior parte coberta por ciprestes e *kudzu* sem poda. Kasper falava sobre isso mais do que sobre suas esposas ou várias namoradas.

— Esterbrook não é a minha casa. É o meu lar.

Kasper tomou um gole e olhou para Beau por cima da garrafa. Seus olhos castanhos se apertaram contra o sol forte da tarde, e poeira e pedaços de casca de árvores cobriam sua camiseta da Cooter Brown's Tavern.

— Você não entende — ele continuou, depois de hesitar —, porque era filho de um cara da Marinha e estava sempre se mudando.

Os Junger haviam se mudado com frequência, mas, mesmo que Beau tivesse sido criado em um só lugar durante toda a vida, ele duvidava de que olharia para a antiga casa de pilares enormes e galerias espaçosas com qualquer sentimento diferente do que tinha: como um dinossauro pendurado ao pescoço.

— Só estou dizendo que você tem sorte por ser dono da própria empresa de construção e ter dinheiro para manter este elefante branco.

Kasper ergueu os dedos da garrafa de água.

— Três — ele disse. — Três empresas de construção. Comercial, casas novas, e reforma e restauração — ele espantou um inseto que voava ao redor de sua cabeça. — Você tem razão quando fala sobre o dinheiro para manter isto aqui — mais cedo, Kasper havia mostrado a ele a casa de mil metros quadrados, com partes que já tinham sido reformadas e outras que precisavam de atenção. — Mas vale cada centavo. Crescer em Esterbrook foi incrível. Eu engatinhei por quilômetros junto aos *kudzu* e já atirei em muitos esquilos — anos depois, ele vestiria um traje de folhas e, camuflado, atiraria em combatentes inimigos. Kasper apontou para um campo de mato alto atrás da casa. — Alguns dos aposentos dos escravos ficam ali. São apenas pilhas instáveis de madeira agora, mas eu as escalava quando era criança — ele continuou, indicando montes e pilhas de tijolos aqui e ali que já tinham feito parte da propriedade. Ele parecia todo nostálgico, o que poderia ter sido embaraçoso para o cara, se ele não fosse um muro sólido de 2,10m de músculos arduamente trabalhados na Marinha. — Esterbrook sobreviveu a guerras e furacões, apesar de termos sofrido inundações com o Katrina.

Os raios de sol atravessavam a umidade e tostavam o rosto e os ombros nus de Beau, e ele ergueu a garrafa acima da cabeça enquanto Kasper falava sobre outros projetos de restauração que ele havia assumido depois da tempestade. A água fria escorreu pelo rosto e os ombros de Beau antes de molhar suas costas e o peito. A água gelada fez os pelos de seus braços se eriçarem. Como havia acontecido durante o banho da noite anterior. Depois do filme pornô que assistiu.

Como se estivesse lendo sua mente, Kasper disse:

— Conte mais sobre essa moça com quem você está viajando.

Ela era virgem. Beau levantou a mão no nível do ombro.

— Tem esta altura. Cabelos pretos. Olhos azuis.

Ele contou a Kasper sobre a Noite da Porta de Trás, Ricky De Luca e a fuga de Stella em meio ao caos da explosão. Eles riram quando Beau contou que Stella havia esmagado a mão do bandido na porta, porque era de fato engraçado, e eles tinham um bom senso de humor. Diferentemente de Stella.

— Quantos anos essa moça tem?

Correndo para Você

— Vinte e oito.

Kasper ergueu uma sobrancelha:

— Nova.

— Nova demais.

— Nem tanto.

Ela era virgem. Como era possível? Não era feia nem burra. Ainda que feiura e burrice não afastasse alguns homens. O cara na frente dele era um exemplo perfeito.

— Bonita?

Beau pegou a camiseta e vestiu.

— É.

Bonita. Bonita e jovem. E virgem. Tecnicamente. Ainda que fosse possível argumentar que sexo oral ainda era sexo. O pênis de um homem dentro da boca de uma mulher era tão íntimo quanto dentro da vagina. Os lábios vermelhos dela ao redor do órgão... Beau interrompeu os pensamentos e o rumo que eles estavam tomando, não sem antes sentir uma pontada de desejo. Olhou para longe, para um barquinho a remo que se afastava lentamente no rio Mississippi. Turistas enchiam o cais, e ele viu um ponto vermelho em um canto do porto. Provavelmente era o chapéu de um homem. Se estivesse com sua arma, poderia focá-lo com precisão e decidir onde posicionar as linhas em cruz da mira para acertá-lo na parte superior.

— Você já tirou a roupa dela?

Beau franziu o cenho e colocou a garrafa vazia ao lado do refrigerador.

— Não. Ela é a futura cunhada de um amigo — ele tentara *não* tirar a roupa dela. O esforço tinha sido grande. Falhara apenas duas vezes, quando a beijara. — Não é bem assim.

— Você é um homem. Ela é uma mulher. É sempre assim — Kasper pegou a serra elétrica. — O French Quarter é muito romântico. *Laissez les bon temps rouler* — disse ele com sotaque *cajun* antes de acionar o pequeno motor.

Não, não haveria "bons tempos rolando" com Stella. Nem no bairro francês nem em outro lugar. Mais cedo, ele havia feito o *check in* deles no Bourbon Orleans e seguido para a casa de Kasper. Ele a havia deixado no meio da recepção com sua bolsa aos pés e a chave do quarto na mão. Depois da conversa da noite anterior, ele teria que se afastar dela.

Não, não haveria diversão. Nem rala nem rola nem em pé. Nem na piscina nem no chão do cassino. Nem diversão com sua boca nela nem a dela nele. Nada disso iria acontecer, mas ele ficou pensando que tipo de idiota ela havia namorado no passado. Que tipo de idiota teria fracassado em realizar seu trabalho? Fazer uma mulher gemer e chamar Jesus não era tão difícil.

Beau enfiou as luvas e fez um sinal para que Kasper entregasse a serra. Era a vez dele de cortar ciprestes da Louisiana e manter a mente focada em outra coisa que não fosse certa virgem de cabelos pretos. Focado no primeiro corte para que a árvore caísse precisamente para a frente. Focado no perigo imediato à sua frente e não no perigo hipotético no qual ela poderia estar se metendo enquanto ele serrava árvores com Kasper. Provavelmente tentando dobrar o prêmio da noite anterior no cassino Harrah, na rua do Canal. Provavelmente passando batom vermelho e puxando o cabelo sobre um dos ombros, formando cachos abaixo do seio.

Beau puxou a corda da motosserra e a segurou com força contra a árvore. Meu Deus, ele precisava largar Stella no Texas o mais rápido possível. Antes que morresse de tesão.

* * *

Compras. Stella foi às compras. Roupas e um chinelo decorado com bijuterias. Por alguns momentos de insanidade, ela pensou em comprar coisas de *cowgirl*: calça *jeans* com franja, botas e um cinto com uma enorme fivela brilhante. Mas nada daquilo combinava com ela, então adotou um visual misto de boêmia e *hippie*.

Correndo para Você

Ainda era meio *cowgirl*. Certo, mais *country* do que *cowgirl*, e ela de fato comprou uma camisa xadrez azul para usar com uma saia *jeans*, mas sua compra preferida do dia tinha sido um vestido com estampa de cachemire que ela encontrou na Saks da rua do Canal. Era feito de um tecido fino como gaze com um forro branco por baixo. Era delicado e fez com que ela se sentisse linda.

Comprou calcinhas e dois sutiãs, e pegou-se analisando as *lingeries*. Colantes, *sexy*, transparentes, com renda. O tipo de roupa que ninguém vestia realmente para dormir, e, enquanto olhava para as pequenas calcinhas e as ligas provocantes, ela pensou em Beau. Em seus lábios e nas coisas que ele havia dito na noite anterior. A respeito das coisas que ele gostava nas mulheres. Ela vinha pensando nas coisas que gostaria que ele fizesse com ela.

O que, claro, era ridículo e embaraçoso. Conhecia o cara fazia apenas cinco dias, contando a noite em que ele havia derrubado Ricky.

Stella abriu a porta da suíte do terceiro andar e entrou. Um carregador de malas a seguiu e colocou suas sacolas em cima do sofá. Ela lhe deu uma gorjeta de dez dólares e deixou a mochila sobre uma cadeira com listras douradas e pretas. À exceção das portas duplas que levavam a uma varanda com intrincadas grades de ferro trabalhado, a suíte era surpreendentemente moderna. Principalmente levando em conta a idade e a arquitetura franco--*creole* do resto hotel.

Assim que a porta se fechou, ela andou até o meio do piso no andar principal do quarto e olhou para cima.

— Oi? — Ela chamou. — Beau?

Ela prestou atenção, mas não ouviu nada. Ela não o via desde que ele a havia deixado com o carregador de malas naquela manhã, e agora já passava das seis da tarde. Ele havia dito que visitaria um amigo fuzileiro e, pelo visto, ainda não tinha voltado.

Ela passou pelo frigobar para ir até o sofá e pegou as seis sacolas. Subiu a escada com três pares de alças em cada braço.

O andar de cima tinha um banheiro estreito com granito preto, azulejo e um *boxe* de vidro, e um quarto com duas camas *queen size*. Colocou as sacolas na cama onde já estava a mala e olhou para a outra. Tentou imaginar se Beau conhecia a disposição das camas no quarto. Pensou em espiá-lo durante a noite e sentiu um certo frio na barriga. Era íntimo demais, e alguém teria que dormir no sofá. Como Beau era grande e o sofá não, ela imaginou que esse alguém seria ela.

Stella tirou os chinelos e pegou a mala. Pegou uma calcinha branca limpa e um vestido cor-de-rosa amassado e os colocou sobre a cama. Certamente já tinha dormido em lugares piores do que um sofá dentro de um luxuoso hotel cinco estrelas. Um saco de dormir dentro de uma *van* e um motel de última categoria lhe vieram à mente.

Stella checou seu telefone. Havia chamadas perdidas da mãe, de Ricky e do consultório do dentista, lembrando-a da consulta no dia seguinte. Deixou uma mensagem de voz no dentista para cancelar a consulta e ligou para a mãe.

— Oi, mãe. Como estão as coisas? — Ela perguntou, e se sentou na ponta da cama.

— A *abuela* está com o olho esquerdo tremendo.

Stella sentiu uma pontada na testa. Não conseguia acompanhar todas as superstições de sua avó.

— Talvez seja a idade avançada.

— Ela disse que você está em apuros. É verdade?

— Bem, não exatamente... Mas... Vou encontrar Sadie — ainda era estranho dizer aquilo em voz alta.

— Sua irmã? Quando? Como isso aconteceu? Por que não me contou?

— Vou encontrá-la amanhã ou depois de amanhã.

Ela se pôs mais à vontade na cama e começou do começo. Bem, mais ou menos do começo. Não falou sobre Ricky e sobre os irmãos Gallo. Não queria que a mãe se preocupasse nem que o olho da *abuela* pulasse para fora da órbita.

— Então, estou me divertindo em Nova Orleans hoje à noite e vou para o Texas amanhã cedo. São mais de mil e cem quilômetros, então não sei se vamos chegar amanhã.

— Quem é este homem com quem você está? Não gosto de saber que você está viajando com um homem que não conhece.

— Já disse. O nome dele é Beau e é amigo do noivo da Sadie. Ficamos em quartos separados quando paramos para descansar — menos hoje à noite. — Ele é bacana, mãe — sob vários aspectos.

— Você não o conhece para dizer isso. São só cinco dias.

Parecia mais. Talvez porque eles tivessem passado muito tempo juntos, mas parecia que ela o conhecia havia semanas, meses, talvez mais. Quanto tempo levava para conhecer um homem o suficiente para saber como ele caminhava, falava ou permanecia em um silêncio de pedra. Quanto tempo até saber que os raros sorrisos dele enrugavam os cantos dos olhos. Quanto, para saber como ele comia, como se tivesse pouco tempo e coisas demais a mastigar. Quanto, até conhecer o toque de sua mão e o como era ter o ombro dele sob a palma. Quanto tempo até saber que seus olhos ficavam mais acinzentados quando ele olhava para os lábios dela. Quanto tempo até saber que o beijo dele a derretia por dentro.

— Ele é um sargento aposentado da Marinha, mãe. É seguro — quanto tempo até saber que você quer sentir mais?

— Me dê o número de telefone dele para o caso de alguma coisa acontecer e eu não conseguir falar com você.

Certo.

— Ele não está aqui agora. Não o vi o dia todo — ela não disse que tinha o cartão de visita dele e o número salvo no celular.

— Ele largou você sozinha em Nova Orleans?

— Não — ele não a havia deixado sozinha em seu apartamento nem no aeroporto nem na casa da mãe dele nem no Hard

Rock. — Ele está ajudando um amigo. Vai voltar — ela olhou para o relógio. Já eram quase sete horas. — Telefono quando chegar no Texas.

— Está preocupada?

Por mais defeitos que a mãe tivesse e que irritavam Stella, ela a conhecia.

— Com a Sadie?

— Sim. Ela vai adorar você, Estella.

Ela hesitou e disse em meio a um riso forçado.

— Claro que ela vai. Quem me conhece, me ama.

— Não brinque. Sei que isso é um sinal.

A dor na testa de Stella se espalhou.

— Que sinal?

— Teremos que esperar para ver. É dia dos pais.

Era dia dos pais? Enquanto fazia compras hoje, ela havia visto as placas do dia dos pais, mas não prestara atenção para fazer a relação.

— Talvez seja um sinal de Clive de que ele quer que suas meninas finalmente se conheçam.

Difícil de acreditar.

— Volto a ligar.

— Em breve.

— Certo — o dia dos pais era apenas outro dia para ela. — Amo você, mãe.

— *Te quiero, Estella.*

Stella desligou o telefone e o jogou na cama. Ela pegou o xampu e o condicionador e tomou o curto corredor em direção ao banheiro. Aquele era só mais um domingo. Como todos os outros dias dos pais em seus vinte e oito anos. Não significava nada para ela.

Ela arrancou a roupa e entrou no *boxe*. A água morna escorreu pelas laterais de sua cabeça e pelas costas e ela fechou os olhos. Ao receber a notícia da morte do pai, sua reação tinha sido contida. Um homem que não queria conhecê-la não merecia mais.

Correndo para Você

Por trás das pálpebras, ela sentiu os olhos ardendo como se fosse chorar. Chorar por um homem que nunca chorou por ela? Por um pai que nunca quis ser seu pai?

Por que agora? Por que estava, de repente, se sentindo toda chorosa e emotiva? Por que hoje e não no dia em que soubera da morte dele? Talvez porque receber notícias de Sadie tivesse reaberto uma velha ferida em sua alma. A ferida que ela havia mantido coberta por muito tempo mas que, depois de cinco dias pensando sem parar, tinha recomeçado a doer com dúvidas e arrependimentos. Com esperanças infantis e medos esquecidos. Esperanças e sonhos de um futuro acolhedor e intenso que nunca aconteceria. Principalmente agora. Agora que seu pai estava morto.

Stella colocou xampu na mão e passou pelos cabelos. Dois meses. Ele estava morto havia dois meses, e ela não havia chorado nenhuma lágrima. Colocou-se embaixo da água quente e deixou que ela escorresse por sua cabeça e seu rosto. Estava trabalhando quando um dos advogados do pai telefonara. Sua mãe havia passado o número dela para o homem, e Stella se sentira mais aborrecida com isso do que com a morte do pai. Dissera ao advogado que não se importava. E não se importava mesmo.

Então, por que, de repente, ela se sentia tão solitária e vazia? Era mais do que ridículo. Seu pai nunca a desejara em sua vida. Nunca sequer contara a Sadie sobre sua existência. Se Clive tivesse vivido até os 110 anos, ele ainda assim não teria desejado contato com Stella. Então, por que, de repente, sentia que faltava uma parte de si? Que um pedaço havia desaparecido? Sumido para sempre. Um pedaço que ela nunca tivera, para começo de conversa?

Stella terminou o banho e secou os cabelos com uma toalha. Vestiu uma calcinha cor-de-rosa e se enrolou um roupão branco atoalhado do hotel. O roupão parecia um abraço quente, e ela passou a mão pelo espelho do banheiro. Através do vapor e da mancha que sua mão deixou, ela olhou para o próprio rosto. Era mais parecida com a mãe do que com o pai, mas tinha os olhos dele. Azuis, como o céu do Texas sob o qual ele havia passado a vida toda.

Havia uma escova de cabelos no balcão e ela a pegou quando saiu. O ar frio soprava da fresta da porta e atingia suas pernas nuas enquanto ela caminhava pelo quarto e descia a escada. Passou a escova pelos cabelos e abriu as portas duplas da varanda. A noite abafada da Louisiana a envolveu em sombras avermelhadas e douradas, enquanto os últimos raios do sol poente iluminavam as pesadas nuvens. Abaixo, a rua Bourbon estava cheia de luzes de néon e vitrines de lojas que vendiam de tudo, desde máscaras de porcelanas a contato com dançarinas.

Stella sentou-se numa cadeira de ferro trabalhado enquanto desembaraçava os cabelos. Três andares abaixo, turistas lotavam a cidade velha, e seus risos e conversas se misturavam ao *jazz* e ao *zydeco* e aos cheiros de comida e de esgoto antigo. A duas varandas dali, um casal dividia uma garrafa de vinho sob as luzes vermelhas e douradas do céu encoberto, o tilintar das taças e as vozes quase inaudíveis. Stella recolheu as pernas embaixo do corpo e amarrou o roupão quando a porta do hotel se abriu e fechou. Ela não sabia se era a porta de seu quarto ou não, até sentir um calor subir por sua espinha quando uma sombra escura se aproximou.

— Está com fome? — Ele perguntou.

— Um pouco — por cima do ombro, ela olhou para Beau. Para sua grande figura iluminada por trás como se ele fosse um santo. Só faltava um sagrado coração vermelho. — Você está?

— Kasper me alimentou, mas eu sempre posso comer — ela não conseguia ver o rosto dele, mas sentia seu olhar. Um olhar intenso demais, mundano demais para um santo. — Preciso de dez minutos para tomar um banho. Conheço um lugarzinho a alguns quarteirões que serve uma linguiça de jacaré e arroz selvagem.

Correndo para Você

— Parece bom — Stella disse, apesar de pensar que não comeria jacaré de jeito nenhum.

Ele se virou, levando seu olhar intenso e mundano para longe.

Stella se levantou e passou os dedos pelos cabelos úmidos. Caminhou até a grade e olhou para a rua cheia. Não podia subir e se vestir antes de Beau terminar. Ela supôs que poderia correr para o andar de cima, pegar umas roupas e se vestir no andar de baixo, mas preferiria esperar para poder passar um pouco de maquiagem também. Olhou para a rua lotada. Para amigos, famílias e namorados. A solidão que ela havia sentido antes oprimiu seu coração. Por que agora? De um jeito ou de outro, ela sempre estivera sozinha. Se não exatamente sozinha, diferente. Seu pai havia pagado para que ela ficasse longe da família dele, ela nunca havia se ajustado de verdade à família da mãe. Isso, provavelmente, era sua culpa. Ela nunca havia se dado ao trabalho de aprender o idioma e entender a cultura hispânica. Ela havia crescido naquela cultura, mas nunca se importara em entender por que uma mulher não podia usar esmalte vermelho. Achava que era uma tolice. Ao completar quinze anos, ela havia tido uma festa de *quinceañera*, com vestido longo branco e banda de *mariachi*, sendo que o que queria, de verdade, era uma festa de dezesseis anos com um minivestido vermelho e músicas da Britney Spears. Queria ganhar maquiagem e joias em vez de uma Bíblia e um terço.

— Me desculpe por ter conseguido só um quarto.

Ela se virou e pressionou o corpo contra a grade. Ele estava na porta, vestindo jeans e uma camisa social, desabotoada e aberta como se estivesse quente demais para fechá-la. A luz que vinha de dentro iluminava o ombro esquerdo dele e os contornos de seu peito definido. Ela apostava que a pele dele estava quente e ainda viscosa por causa do banho. Ela sabia que pensar daquele modo era perigoso. Envolver-se com Beau seria um erro. Do qual ela se arrependeria.

— Você foi rápido.

Ele deu de ombros nas sombras, e então saiu na varanda.

— Não demora muito para tirar o fedor.

Ela enrugou o nariz.

— Isso acabou com o romance.

Mais alto do que o barulho da rua Bourbon, ela escutou a risada dele quando ele se aproximou da grade.

— Está se sentindo toda romântica, Botas?

Ela cruzou os braços sob os seios e olhou para ele por cima do ombro. Era mais desejo do que romance.

— É uma cidade romântica.

Ele encostou o quadril na grade ao lado dela, tão perto que a barra de sua camisa resvalou na manga do roupão dela.

— Algumas partes — ele se virou para olhar para a cidade. — Outras são muito pouco românticas.

Ela se virou na direção dele e olhou seu rosto tomado pela luz de néon.

— Como você.

Ele levantou a cabeça e olhou para ela.

— Como eu?

— Sim. Quando você salva donzelas em apuros, é meio romântico. Mas quando você diz coisas como tirar o fedor ou mijar... — Mais uma vez, ela enrugou o nariz. — Não tanto.

Os lábios dele estavam apenas um pouco acima dos dela, e ela tentou imaginar se ele a beijaria. De novo. Se ele faria aquela coisa que a fazia sentir-se consumida e depois empurrá-la. De novo. Ela não queria ser deixada de lado. Facilmente abandonada. De novo. Envolver-se com Beau poderia ser um erro, mas ela não se importava, naquele momento. Naquele momento, ele estava preenchendo os espaços vazios dela com seu calor, seu desejo, sua paixão. Ele consumia a solidão que a tomava e a preenchia com luxúria. Sempre haveria tempo para arrependimentos. Mais tarde.

— Não costumo salvar donzelas em apuros. — Beau olhou para a luz de néon que vibrava nos cabelos escuros de Stella, e seu olhar desceu para os lábios dela e para o queixo apontado para ele. Ela vestia um roupão de hotel, e ele tentou imaginar o que ela estava usando por baixo. — E nunca fui um tipo romântico — principalmente agora, que estava celibatário. Um fato do qual ele tinha que se lembrar enquanto olhava para os lábios dela virados para ele.

— Nunca?

Ela levou a ponta da língua ao canto da boca e ele sentiu o movimento entre as pernas.

— Talvez por uma hora, aqui e ali.

— Aqui?

Ele balançou a cabeça enquanto a dor em sua virilha lhe dava vontade de atirá-la sobre o ombro e levá-la para a cama.

— Não.

Ela levantou a mão e apoiou no peito dele. A pele quente da palma da mão dela o deixava sem fôlego, imaginando aquele toque em seus testículos.

— Seu coração está acelerado.

— O ar está pesado — o que era verdade, mas não o motivo pelo qual o sangue pulsava forte em suas veias. No mínimo, o coração dele deveria estar mais fraco naquela altitude.

Ela desafivelou o cinto, e a voz dela o desafiou a olhar para ela.

— Mentiroso.

E ele olhou. Meu Deus, não havia assunto militar no qual pensar ou cálculos complexos que ele pudesse fazer para impedir que seu olhar deslizasse mais ao sul da garganta dela. O roupão se entreabria apenas o suficiente para provocá-lo com as sombras de seu pequeno seio arredondado, escondendo a melhor parte. A parte que ele queria tocar, saborear e sentir contra si.

— Stella, estou tentando fazer a coisa certa com você.

— Não sou criança — ela tocou a barriga dele, e seus músculos ficaram tensos sob as pequenas mãos dela. — Sou uma mulher adulta, e sei qual é a coisa certa para mim.

A mulher que estava diante dele, praticamente nua, certamente não era uma criança, e ele não conseguia se lembrar de ter desejado uma mulher mais do que desejava Stella. Ele levou as mãos à parte da frente do roupão dela. Segurou as lapelas e pretendia fechá-las, mas não conseguiu. Não conseguiu se afastar desta vez. Ele ia se afastar. Em um minuto, mas primeiro... Ele envolveu as mãos no tecido atoalhado e a puxou para a frente. Os mamilos enrijecidos dela resvalaram por seu peito acima, e ele precisou firmar os joelhos para não cair. A pele quente dela encostou na pele quente dele e seus seios macios encostaram em seu peito quando ele direcionou os lábios para os dela. Macios. Ela era tão macia e tinha um gosto tão bom. Ela encostou a língua na dele e ele a beijou com fome e desejo. Ele a queria. Ele queria aquilo. De pé numa varanda na rua Bourbon, ele sentiu seu desejo se transformar em uma necessidade que queimava. Os sons do French Quarter sumiram, e todos os nervos e células de seu corpo se concentraram nela. Em seus lábios e língua molhados. Em seus seios quentes contra a pele dele e os mamilos espetando seu peito de leve. A pele quente dela se grudava à dele enquanto a virilha dela pressionava sua ereção.

— Stella — ele gemeu, e levantou a cabeça, afastando-se da tentação dos lábios dela. — Você disse que estava com fome.

— Eu estou — ela colocou as mãos nas laterais da cabeça dele e virou o rosto dele para que ele olhasse para ela. — Quero fazer o que você falou ontem à noite — ele abriu os lábios, mas ela o impediu de falar, encostando um dedo em sua boca. — Quero chupar você, Beau. Quero começar aqui — ela encostou a boca quente no pescoço dele. — E ir descendo.

— Meu Deus.

— Depois, você vai fazer o mesmo — ela deslizou as mãos por baixo da camisa aberta dele, abriu as duas partes e curvou os

Correndo para Você

dedos no cós da calça. — Vai descer pela minha barriga, passar pelo umbigo até o lado de dentro das minhas coxas. Quero isso, Beau. Tenho pensado muito nisso. Pensado muito em você.

Ele também estava pensando naquilo. Por mais que tentasse não pensar nela nua à sua frente, oferecendo-lhe seu petisco favorito.

— Você disse que é o seu trabalho mais importante.

Ele estava submergindo, afundando no tesão, e sua voz saiu como um sussurro rouco.

— Eu também disse que estou no banco de reservas.

— Você pode fazer sexo oral e ainda assim estar no banco.

Ele sabia que não era assim. Talvez ela não fosse criança, mas estava apenas se enganando, se achava que sexo oral não era sexo.

— Nunca precisei convencer um cara a tirar a roupa — ela sussurrou, antes de tomar o lóbulo dele entre os dentes e mordiscar delicadamente. — Não acredito que estou insistindo com você.

Ele também não conseguia acreditar, e, ao sentir o toque da língua quente dela, não conseguia se lembrar nem mesmo do motivo pelo qual havia se colocado no banco, para começo de conversa. Tinha alguma coisa que ver com esperar que o sexo voltasse a fazer sentido. Bom, com certeza fazia muito sentido naquele momento. O sentido era que se ele não possuísse Stella naquele momento, acabaria explodindo. Ele segurou a mão dela.

— Vamos.

— Aonde? Eu não quero sair — ela segurou o roupão com a mão livre quando ele a puxou para dentro do quarto.

— Você não tem mais escolha.

— O que vamos fazer?

— Você vai ficar nua — ele não se deu ao trabalho de fechar as portas. — E eu vou chupar você inteira.

Dez

Pele contra pele, Stella pressionou o corpo ainda mais no de Beau. Em um rodamoinho de calças e roupas íntimas voadoras, ele havia arrancado as roupas dos dois até que ambos ficassem nus e de joelhos no meio de uma cama vazia.

— Stella, Stella.

Ele sussurrou, enquanto seus lábios desciam pelo pescoço dela até a cavidade da garganta. Sua pele estava tão quente que ele parecia ter uma febre subcutânea. Uma febre que tomava a pele dela também. Ele havia passado um braço ao redor da cintura dela como uma cinta de aço, mantendo a virilha dela pressionada contra toda a extensão de sua ereção incandescente.

— Não queria que isso acontecesse.

— Você quer parar? — Ela perguntou, apesar de saber muito bem qual seria a resposta dele.

Ele apertou as mãos na cintura dela.

— Tarde demais.

Ela jogou a cabeça para trás e os cabelos resvalaram em suas costas nuas. Stella ansiava por mais, estava excitada pelo que viria a seguir e se concentrou totalmente no que ele estava fazendo com ela. Uma de suas grandes mãos envolveu o seio direito dela e ele passou o polegar pelo mamilo.

— Beau — ela gemeu, e se esfregou no pênis pressionado contra sua barriga.

Ela podia ser uma virgem técnica, mas seu corpo sabia bem o que ela queria: senti-lo entre suas pernas. Quanto mais ela se contorcia, mais o desejava. Os lábios úmidos dele uniram-se a um seio dela e a mão livre escorregou entre suas coxas. Ele contornou seu mamilo dolorido com a língua e esse toque provocativo atingiu-a em cheio, então sua língua partiu, deslizando, deixando um rastro úmido até seu quadril e barriga. Ele a torturou com os dedos e lábios até que ela segurasse as laterais da cabeça dele gemendo por mais.

Ele olhou para ela. Seus olhos acinzentados queimavam e devoravam e sua voz saiu rouca, quando ele mandou:

— Deita, Stella.

Ele não precisaria dizer duas vezes. Ele se ajoelhou entre as pernas dela enquanto seu olhar deslizava do rosto para os seios e continuava descendo até a barriga e a virilha. Passou as mãos pela parte externa das pernas dela até os joelhos. Então flexionou-os até que os pés dela quase tocassem seu traseiro.

— Você é linda, Botas.

Ela tentou fechar as pernas para impedir o escrutínio dele, mas as palmas da mão de Beau na parte interna de suas coxas a impediram. Ele desceu as mãos lentamente, até que seus polegares a abriram e ele tocou seu clitóris. Ela respirou fundo e ele sorriu.

— Gosta disso?

Ela lambeu os lábios secos e assentiu.

— Já foi chupada por um homem que gosta muito de fazer isso?

Ela primeiro assentiu, mas então balançou a cabeça, negando. Meu Deus, ela não sabia dizer. O que aquilo significava? Ele segurou o traseiro dela com as grandes mãos e mostrou o que significava. Ele afastou suas partes lisas e escorregadias e a beijou. Ela se soergueu, arqueando as costas da cama. Ele arrastou ambos até a beirada e se ajoelhou no chão, com as pernas dela sobre os ombros.

— Ai, meu Deus — ela gemeu, enquanto ele a acariciava com a boca. O prazer cresceu por dentro, esquentou-a e subiu à superfície de sua pele.

— Faz assim! Isso. Não pare!

Ele riu e mordiscou o lado interno da coxa dela. Por entre suas pernas, ele a olhou.

— Eu sei o que estou fazendo, Stella.

Sim. Sim, ele sabia, e voltou a fazer. Ele a sugou, lambeu e deu batidinhas com a língua, várias vezes, mais e de novo, até que os olhos dela se reviraram.

— Santo *frijole y guacamole*!

Um orgasmo forte lhe tomou as veias, queimando sua pele da cabeça aos dedos retorcidos dos pés. Ela arqueou as costas, sem fôlego.

— Ah, meu Deus!

Os lábios quentes dele sugaram o prazer do corpo dela em ondas pulsantes. O prazer consumia sua mente, seu corpo e sua alma. Stella gemeu algo. Algo que, em um estado de euforia delirante, poderia ter soado como "Beau... Isso... Gah... Eu te amo!". Então, seu cérebro sofreu um apagão e tudo que ela podia fazer era sentir. Um prazer deliciosamente quente que a deixava ofegante e com o coração aos pulos quando finalmente gozou. Ela sentiu um beijo delicado no joelho e abriu os olhos.

— Você está bem?

Ela se apoiou nos cotovelos e olhou para ele; o rosto dele estava virado para a perna dela, mas os profundos olhos cinzentos estavam voltados em sua direção. *Bem?* Ela provavelmente ficaria bem, mas nunca mais seria a mesma.

— Eu acabei de dizer "eu te amo"?

— Acontece.

Ela se sentou com o máximo de dignidade que conseguiu e tirou as pernas do ombro dele.

— Nunca aconteceu comigo.

— Eu tenho o dom.

O cabelo dela caiu sobre o rosto e ela o puxou para um dos ombros.

— E que dom!

Ela saiu da cama e se inclinou para beijar o ombro dele. Ela se ajoelhou na frente dele e passou as mãos sobre os braços e o peito dele. Ela também tinha lá seus dons e estava ansiosa para testá-los nele, para ver se conseguiria fazer com que ele gemesse e murmurasse e perdesse o controle de seu cérebro.

— Sente-se na cama, Beau. Trabalho melhor quando minhas mãos ficam livres para tocar o que quiserem.

Ele ficou de pé, e ela enterrou o rosto em sua barriga rija. Esticou os braços e agarrou as duas nádegas firmes. Uma estreita faixa de pelos loiros dava a volta pela barriga dele e descia. Ele era todo músculos duros e pele bronzeada. Ele era belo. Como o soldado de um calendário militar. O cara de setembro. Bronzeado, quente e esculpido.

Os lábios entreabertos dela desceram pela barriga dele, e suas palmas deslizaram pela parte de trás das pernas dele e voltaram a subir. Tocando aqui. Resvalando ali. Toques leves que tinham a intenção de deixá-lo maluco. Ela se afastou para olhar para ele. Para seus olhos sonolentos e a respiração ofegante. Ele estava totalmente controlado quando ela envolveu a grossa ereção dele e lentamente moveu a palma para cima e para baixo. Ela se perguntou se ele perdia o controle. Se ficava maluco. Ela correu a língua pela extensão do pênis dele e lambeu a cabeça molhada. O olhar dele ficou um pouco mais escuro. De um cinza um pouco mais tempestuoso. Ela perguntou:

— Está pronto?

Ele entrelaçou os dedos atrás da cabeça e abriu as pernas.

— Manda ver.

Ela sorriu e correu a língua para cima e para baixo. Ela também tinha certos dons. Alguns, havia aprendido; outros, havia lido nas revistas *Cosmo* e *Redbook* e estava curiosa para tentar. Usou a parte de baixo da língua no ponto crítico logo abaixo da cabeça. Ele respirou fundo e ela enfiou o pênis na boca. Olhou para ele, que a observava. Usou as mãos, a língua e os lábios para arrancar dele um rouco gemido, profundo, torturado. Quanto mais trabalhava nele, mais gostava. Quanto mais gostava, mais queria. Ele desceu as mãos até a lateral da cabeça dela e enrolou os dedos em seus cabelos. Disse algo sobre a sensação boa que sentia, mas não perdeu o controle. Nem mesmo quando ela fez o tornado com a língua. Gemeu e pediu que ela não parasse, mas não se descontrolou. Não como ela. Nem mesmo quando ela segurou os testículos dele na palma da mão e sugou dele um orgasmo que pareceu sair do fundo de sua alma. Os músculos dele ficaram tensos e ele xingou como um verdadeiro marinheiro, mas não se descontrolou. Nem mesmo quando ela ficou ali até o fim, até que seus músculos relaxassem e ele soltasse o ar. Nem mesmo quando ela ficou de pé e se esfregou no corpo dele, com o pênis ereto ainda entre os dois.

— Você está bem? — Ela perguntou, quando envolveu o pescoço dele com os braços.

— Você é boa nisso, Botas.

Ela sorriu.

— Eu também tenho o dom.

Ele beijou a testa dela.

— Está pronta para pedir comida?

Ela franziu o cenho e pressionou o corpo contra o pênis dele.

— Você quer comida?

— Não para mim. Mas você vai passar a noite toda acordada e precisa se fortalecer.

Correndo para Você

Ela riu.

— E se eu estiver cansada? — Não estava nem um pouco.

— Se você queria dormir, não deveria ter despertado a fera.

* * *

A fera.

Stella mordeu o lado de dentro da bochecha e virou o rosto para olhar para fora pela janela do passageiro da SUV. Observou os pinheiros altos e finos da Louisiana central enquanto em sua mente piscavam lembranças de sua experiência da noite anterior com a *fera*.

Depois daquele primeiro momento, Beau pedira *gumbo* e *jambalaya* e uma torta de noz pecã de um restaurante no Quarter. A comida chegou com um Sancerre branco, e eles se esbaldaram com boa comida *cajun* e vinho francês. Então, esbaldaram-se um com o outro e adormeceram nas primeiras horas da manhã.

Lembranças das mãos quentes, boca fogosa e língua molhada dele, sugando o vinho desde os seios até a barriga, fizeram-na sorrir, mas, ao se lembrar das coisas que ele havia aprendido em uma casa de massagem em Hong Kong, sentiu o rosto arder. Coisas que davam um novo sentido a "final feliz".

Ela sentiu que ele a observava do outro lado da SUV e se virou para olhar para ele. Estava banhado, barbeado, vestido e no comando; mais uma vez, ele havia voltado a ser o Capitão América. O sol do fim da manhã iluminava seu cabelo e a camiseta branca como se ele fosse um super-herói. Não o sacana gostoso que sabia das coisas. Coisas sobre as quais ela nunca tinha nem mesmo lido. Coisas que faziam com que ela dissesse "eu te amo", apesar de claramente não o amar.

— O que foi? — Ele perguntou.

— O quê?

— Seu rosto está ficando corado.

— Está quente lá fora — ela disse.

Era uma mentira óbvia, já que eles estavam dentro de um veículo com o ar-condicionado no máximo. Ela tomou um gole do segundo café do dia e trouxe à tona o assunto constrangedor antes que fosse ele a fazê-lo:

— Me desculpa por ter dito "eu te amo" ontem à noite.

Ele deu de ombros, e um sorriso arrogante apareceu em seu rosto.

— Como eu disse, acontece.

— Bom, nunca tinha acontecido comigo. Já aconteceu com você? — Ela perguntou, apesar de acreditar que sabia a resposta.

— O quê? Gritar "eu te amo" no ápice de um orgasmo? — Ele balançou a cabeça. — Não. Já disse que não sou romântico.

Sim, ela já tinha percebido.

— Acho que não gritei — ele era contido demais, mesmo no ápice do êxtase.

— Você gritou.

Ela escondeu o sorriso atrás do copo.

— Talvez eu tenha levantado um pouco a voz. Não consegui me controlar, porque estava com *a fera*.

Ele riu. Uma risada sensual e masculina.

— Você deve estar aprendendo comigo. Está engraçada.

— Obrigada.

— De nada, Botas.

E fez a pergunta que pretendia fazer desde Biloxi.

— Você está mesmo dando um tempo no banco de reservas?

Ele olhou para a estrada.

— Claro que agora não.

— Por causa de ontem à noite?

— Sim. Sei que você vai dizer que o que fizemos ontem à noite não foi sexo. Pode acreditar nisso, se quiser. Não julgo você, mas não penso igual.

Eles não tinham feito sexo. Eles tinham brincado. Havia uma diferença, mas ela não discutiria com ele. Não com o corpo ainda dando pequenos choques de excitação.

— Por que você está, ou estava, dando um tempo? Obviamente você não é virgem, para se segurar. É um homem atraente e saudável e... — Ela engasgou. — Você tem algum problema?

— Não, mas se estiver preocupada com isso — ele disse, franzindo o cenho —, não acha que deveria ter perguntado antes?

Sim! Mas ele era Beau. Capitão América, e ela se sentia tão segura e protegida perto dele.

— Você não acha que deveria ter perguntado ontem à noite? — Ele olhou para ela, e então, de volta para a estrada. — Só para constar, sou limpo como um monge.

— Eu também.

— Eu sei.

— Como? — Ele era tão irritante! — Você é um superespião secreto *e* ginecologista à paisana?

— Eu fiquei mais perto do seu *muffin* do que o seu ginecologista — mais uma vez, ele olhou para ela. — Eu teria notado.

— Você me examinou?

— Claro, um homem precisa ser cuidadoso com o que coloca na boca.

Ele tinha razão. Ele não era romântico e estava na hora de mudar o rumo da conversa.

— Uma mulher magoou você? É por isso que está dando um tempo?

— Não.

Era só aquilo? Apenas um "não"? O que faria um homem evitar mulheres? Um homem bonito como o sargento Beau Junger.

— Você está tendo uma crise da meia-idade?

— Não — ele fez uma careta e pegou uma garrafa de água no porta-copos. Ele virou a SUV com um braço enquanto abria a garrafa. — Tenho mais alguns anos até atingir a *meia-idade*.

Ela pensou no ex-namorado que havia roubado seu casaco da Banana Boat.

— Está tendo uma crise bissexual?

Ele engasgou com a água.

— O quê? — Ele olhou para ela e secou as gotas do queixo. — Não, não estou tendo nenhum tipo de crise, meu Deus! — Ele olhou para a estrada e devolveu a garrafa ao porta-copos. Dessa vez, ele acrescentou: — Será que um cara não pode dar um tempo sem que isso seja uma crise? Será que não posso querer ficar sem fazer sexo até encontrar uma mulher por quem eu tenha sentimentos *primeiro*, para variar?

— Oh — ela sentiu uma punhalada no peito e virou o rosto. — Nossa. Puxa.

— Merda. Eu falei tudo errado.

Ela não achava, e não sabia o que machucava mais: ele não se preocupar com ela ou o fato de que o que eles tinham feito na noite anterior não tivesse significado nada. Não que realmente significasse alguma coisa. Ou que devesse significar. Ou... Que poderia. Mas de certa forma, tinha significado. Pelo menos para ela.

— Desculpa por eu ter forçado você.

— Você não é grande o bastante para me forçar a fazer coisa nenhuma — em um movimento surpreendente, ele estendeu o braço e segurou a mão dela. O calor da palma de sua mão esquentou o punho dela, um calor que subiu até o cotovelo. — Não fiz nada ontem à noite que não estivesse pensando em fazer desde que a vi pela primeira vez com aquele *shortinho* de couro semana passada.

Ela olhou para ele e tentou não permitir que aquele simples toque a afetasse e a levasse a lembrar de onde ele a havia tocado na noite anterior.

— Pensei que você não tivesse gostado de mim quando nos conhecemos.

Correndo para Você

— Eu achei você irritante. Não conhecia você o bastante para não gostar de você — ele apertou a mão dela. — Mas eu gostei do seu traseiro naquele *short*. Tentei não ficar olhando para ele enquanto estávamos saindo do estacionamento do Ricky.

— Você ficou olhando para o meu traseiro enquanto eu estava nervosa por causa do Ricky?

— Claro.

— Apesar de eu ser irritante?

— Claro. Uma coisa não tem nada a ver com a outra.

Sim, tinha. Aquilo era idiotice. Ela não conseguia se imaginar olhando para um homem que considerasse superirritante e vendo qualquer atrativo em uma parte que fosse... Espera. Sim, conseguia. Ela estava olhando para ele naquele momento.

— Você é linda, Stella Leon, e eu quebrei minhas próprias regras com você.

— Regras? Há mais de uma?

Ele soltou a mão dela e ergueu um dedo.

— Não fazer sexo até me casar ou pelo menos estar a caminho disso — ele ergueu mais um dedo. — Nunca me envolver com a irmã, a esposa ou a namorada de um amigo — e mais um. — Não misturar negócios com prazer. Eu quebrei as três com você.

— Não sou irmã de um amigo, esposa nem namorada — ela disse.

— Quando o Vince casar com a Sadie, você será a irmã dele.

Tecnicamente sim, ela supôs.

— Então devo me sentir mal por ter "acordado a fera"?

— Você está se sentindo mal?

— Você está?

Ele olhou para ela.

— Não.

Ela tentou não sorrir, mas não conseguiu.

— Não.

— Então, eu sou negócios *e* prazer? — Ela colocou o copo vazio no porta-copos perto dele. — *Negózer*? — Ela meio que gostava da palavra. — *Pracios?* — Gostava desta ainda mais; soava mais romântica.

Ele olhou para ela.

— Botas, você é a cabra principal em um clássico rodeio de cabras.

Ela se assustou e apontou para si.

— Eu? Uma cabra?

— Você é a cabra principal — ele riu como se aquilo fosse engraçado. — A estrela. A cabra principal e mais bonita. Que tal?

— Não quero ser cabra coisa nenhuma — seu primo tinha criado cabras. Elas chifravam as pessoas e faziam muito cocô. E também não eram muito bonitas. — Que tipo de bode é você?

— Eu sou o pastor.

Ela abriu a boca para dizer algo, mas o telefone tocou e encerrou a conversa. Ele não disse alô, apenas atendeu e disse: "Oi, verme". E então, riu. Stella pensou que, comparando, ela preferiria ser uma cabra a ser um verme.

— A cerca de duas horas da fronteira do Texas — Beau continuou.

Duas horas. Duas horas mais perto de encontrar Sadie. Stella procurou na mochila e pegou seu batom vermelho. Ela o passou porque precisava fazer alguma coisa com suas mãos.

— Não. A partir de Dallas, serão mais seis. Vou diminuir para cinco.

Cinco horas. Eles tinham falado sobre parar para dormir em Dallas antes de continuarem, na manhã seguinte. Por algumas horas, ela havia se esquecido do motivo pelo qual estava dentro de um Escalade em direção a Lovett, Texas.

— Ainda estou na estrada, então, telefone para o escritório e deixe o rádio com a Deb.

A esta hora, amanhã, ela estaria no JH, o rancho de seu pai. Agora, o rancho de sua irmã. O único lugar no planeta onde sempre soubera que não era bem-vinda.

Duas horas mais perto. Ela não sabia se deveria sentir medo ou alegria. Provavelmente, as duas coisas. Ela tamborilou os dedos no console e respirou profundamente. De qualquer modo, sentiu um enjoo, como se fosse vomitar.

Beau desligou o telefone e o jogou no painel.

— Tudo que estava em seu apartamento está, agora, em um depósito na região Nordeste de Miami.

— Oh.

Beau olhou para a nuca de Stella quando ela se virou e olhou pela janela do passageiro. Mechas de cabelos escuros caíam sobre seu ombro e no braço nu. Na noite anterior, ele havia agarrado aqueles cabelos enquanto ela usava a boca macia nele. Ele não sabia se era porque não tinha contato sexual havia oito meses ou se era ela, mas não conseguia se lembrar de ter sentido algo tão bom.

— Acho que meu carro ficará bem durante alguns dias até que eu possa pegá-lo.

Ele olhou para os seios dela em um vestidinho azul antes de voltar a olhar para a estrada. Era melhor não pensar nos seios dela. Que não eram muito pequenos. Nem grandes demais. Cabiam perfeitamente em suas mãos. Jesus.

— Em Miami as coisas ainda estão muito quentes. Os irmãos Gallo apareceram e tentaram intimidar meus rapazes — ele teria adorado testemunhar os dois idiotas tentando vencer três fuzileiros.

— Eles não desistiram?

— Acho que Lou Gallo está bem irritado por causa da mão dele — ele disse, brincando.

Ela olhou para ele com os olhos azuis e os lábios carnudos vermelhos.

— Eles sabem onde estou?

Na realidade, eles estavam mais interessados em Beau.

— Não, eles aprenderam a não mexer com fuzileiros fortões e com alguns sérios problemas de comportamento.

Os olhos dela ficaram grandes e pareceram estar marejando um pouco.

— Não se preocupe.

Ele se surpreendeu de novo ao segurar a mão dela. Ele não costumava ser *assim*. Na verdade, nunca tinha sido o tipo de cara que faz carinho nas costas ou ombro de uma mulher ou que segura a mão dela como se fossem amigos ou algo igualmente estranho assim. Mas com Stella não era estranho. Era mais como se fosse uma chance de tocá-la. Uma chance de tocá-la que ele deveria evitar, mas que não conseguia.

— Eles não encontrarão você.

Ela engoliu em seco e recordou a ele de quando ele a encontrara escondida do lado de fora do aeroporto. Jovem. Assustada. Vulnerável. Tão sensual que ele sentiu vontade de fazer coisas realmente sacanas com ela. Algumas das quais ele havia feito na noite anterior. Seus lábios vermelhos, macios e úmidos em seu...

— Encoste. Vou vomitar!

— O quê?

Ela desceu o vidro e abanou o rosto.

— Vou vomitar!

Beau não precisou ouvir o pedido mais do que duas vezes. Ele virou o volante para a esquerda e saiu da estrada interestadual. A SUV parou no meio de um campo gramado, a porta do passageiro se escancarou e Stella saiu. Um Ford vermelho e branco todo enferrujado se encaminhava para a saída quando Beau saiu do Cadillac. Ele pegou uma garrafa de água e deu a volta pela frente. Stella estava de pé com as mãos nos joelhos nus, os cabelos soltos caindo como uma cortina preta brilhante.

— Você precisa de água? — Ele perguntou, ao caminhar na direção dela.

Ela assentiu e puxou o ar.

— Respire, Botas.

— Estou com medo.

— Você vai desmaiar.

Ela puxou o ar e soltou.

— Você vai vomitar?

Ela se endireitou e afastou os cabelos do rosto pálido.

— Não. Mas estou tendo um ataque de pânico.

— Ricky e os caras dele nunca vão encontrá-la. — Ele desrosqueou a tampa e entregou a água a ela.

— Não quero ir para o Texas — ela tomou um gole e a água escorreu por seu queixo.

Texas?

— Não posso ir — ela tomou mais um gole pequeno e secou o queixo com as costas da mão. — E se ela não gostar de mim?

Stella não estava sendo coerente.

— Quem?

— Sadie.

— Sadie? — Ele ficou de frente para ela e olhou fundo em seus olhos azuis. Ainda estavam arregalados e meio sem foco. — Você está assim por causa da Sadie?

Ela assentiu e respirou fundo de novo.

— Por que ela não gostaria de você?

— Eu irrito as pessoas, de vez em quando — ela disse, soltando o ar. — Irritei você.

— Porque eu queria tocar seu traseiro e não podia.

— É mesmo? — Ela passou a língua pelos lábios vermelhos e tomou um gole. — Você está dizendo isso só para ser legal?

— Não. Não estou tentando ser legal. E, sim, você tem um baita traseiro bacana — ele sorriu para ela e disse: — Me fale sobre o Texas.

Uma *minivan* branca passou pela saída enquanto os veículos da estrada enchiam o ar com barulho de pneus. Ela levou a mão livre ao pescoço e confessou:

— Estou com medo de ir para o Texas, e não contei para você porque você não tem medo de nada.

Ela estava errada. Ele estava olhando para seu maior medo. Para os olhos azuis e o belo rosto de uma tentação tão forte que ele havia se rendido em vez de lutado. Ele havia quebrado as regras com ela. Comportara-se de um modo menos do que honrado.

— Você é uma das mulheres mais fortes que conheço — ele nunca havia quebrado as próprias regras, pelo menos não três de uma vez.

— Não sou — ela deslizou a mão pelo pescoço bronzeado até pouco acima do coração e Beau acompanhou com os olhos. — E se eu chegar lá e a Sadie vir que eu não sou boa o bastante?

Ele olhou para ela.

— Não é boa o bastante? Que bobagem. Ela nem sequer conhece você!

Ela fechou os olhos com força e apertou a mão sobre o peito.

— Eu falei errado. Queria dizer... É que... — Ela abriu os olhos e olhou para ele. — Nosso pai não gostava de mim. Ele nunca quis ter nada a ver comigo. E se eu a encontrar e ela for como ele? E se ela for como Clive? E se ela olhar para mim e não quiser me conhecer?

— Ela quer ver você — ele segurou o rosto dela com a palma das mãos. — Ela me mandou para encontrar você. Está lembrada?

Ela engoliu em seco.

— Certa vez, meu pai foi para o Novo México. Pensei que ele quisesse me ver. Pensei... Não sei. Que ele se importasse comigo. Ele me trouxe cavalos de porcelana e botas de caubói. Eu acho que tinha cinco anos, talvez um pouco mais. Não sei. Ele ficou durante cerca de uma hora e eu fiquei muito feliz. Tão, tão feliz — sua voz estava embargada, mas ela não chorou. — Pensei que ele, finalmente, se importasse comigo — ela balançou a cabeça. — Isso é tão ridículo. Pior, até me lembro do que ele estava vestindo. Eu me lembro de como ele era alto quando saiu pela porta, e me lembro que eu acenei, mas ele não olhou para trás. Vê-lo partir destruiu meu pequeno coração. Não sabia que seria a última vez que o veria.

Beau não sabia o que dizer. Não sabia o que fazer para tirar a dor dos olhos de Stella. A raiva subiu por sua coluna. Ele se sentiu de novo como uma criança, quando encontrava a mãe chorando na cama ou no chão do armário. Sentiu-se impotente.

— Então, descobri que ele não tinha vindo naquele dia para me ver porque se importava ou gostava de mim. Veio porque estava em um leilão de cavalos na região e se sentiu obrigado a dar uma passadinha. Por acaso estava em Las Cruces e sentiu que seria sua obrigação ver como minha mãe estava. Apenas uma obrigação sem sentido, como a previdência privada.

Beau sabia sobreviver no deserto ou no Polo Norte. Sabia o que fazer se estivesse encalhado no meio do mar ou se fosse capturado por insurgentes. Com Stella, ele não sabia o que fazer desde a noite em que a vira no Ricky's, de *shortinho* e com a peruca de Amy Winehouse.

— E se a Sadie simplesmente se sentir obrigada, como Clive? E se ela sair da minha vida com a mesma facilidade com que o pai dela saiu?

Beau passou as mãos pelos cabelos dela até a nuca e ergueu o belo rosto dela para si. Ele havia quebrado as regras com ela. Desde o dia em que ela correra para dentro do carro dele com a mochila e a mala, as linhas tinham se embaralhado. A missão perdera a clareza.

— Eu não vou permitir que isso aconteça.

— Como?

Ele não sabia e, em vez de responder, baixou o rosto e a beijou. No acostamento da estrada interestadual no Nordeste de Louisiana. Onde as regras e a honra se misturavam e nada fazia sentido. Nada além daqueles lábios vermelhos pressionados contra os dele.

Onze

Stella ficou de pé na entrada suja de uma casa branca de madeira e olhou para as grandes portas duplas com um H entalhado, como se tivesse sido marcado a ferro quente. Os cães latiam em algum lugar ao longe, e o sol projetava a sombra de Stella sobre o canto do gramado e na escada de pedra.

A casa de seu pai. A casa de sua irmã. A casa onde havia sido concebida, mas onde nunca fora bem-vinda. Seus dedos formigaram e ela balançou as mãos.

A palma da mão de Beau, firme, pressionou as costas dela e sua sombra se uniu à dela.

— Respire, Botas.

— Não consigo.

— Claro que consegue — ele passou o polegar sobre a pele dela, através de seu vestido verde novo, causando um arrepio em suas costas. — Você já enfrentou situações mais difíceis.

— Tipo?

— Ricky. Fat Fabian e Lefty Lou.

Aquilo parecia ter ocorrido séculos atrás. Ela lambeu os lábios secos e engoliu com dificuldade.

— Eu estou bem?

Eles tinham dirigido por seis horas, e ela havia se esforçado para melhorar sua aparência, mas suas mãos haviam tremido demais quando ela tentara reaplicar a maquiagem na estrada, entre Lovett e o JH.

— Você está linda, Stella.

Ela provavelmente estava com cara de galinha assustada. Com certeza sentia-se como uma galinha assustada. Ainda que não soubesse se galinhas se assustavam. Talvez ela as estivesse confundindo com gatos. Ela não sabia. Seu cérebro estava amortecido. Sentia o peito apertado. Não conseguia respirar.

— Estou nervosa.

— Eu sei, mas estou aqui. Do seu lado.

Ela olhou para o próprio reflexo nos óculos escuros dele. Não sabia se estava mais parecida com uma galinha ou com um gato, mas com certeza parecia muito assustada.

— É mesmo?

— Sim. Se quiser ir embora agora, nós vamos. Não é tarde demais — ele apontou para trás, por cima do ombro, para o Escalade preto. — Se quiser sair daqui a dez minutos, tiro você daqui.

Em poucos dias, ele havia se tornado sua âncora. Sua rocha. A força tranquila a seu lado. E, em poucos dias, ele iria embora. Pensar nisso a deixou ainda mais assustada.

— Com explosão?

— Se você quiser, sim. Damos um jeito. É só dizer.

Um lado da grande porta se abriu e o pânico empurrou o pensamento sobre Beau para o fundo de sua mente. Uma loira alta estava parada na sombra da porta e Stella sussurrou "Sadie". Ou talvez tenha sussurrado apenas mentalmente. Um homem alto apareceu na porta atrás de Sadie e colocou as mãos sobre os ombros dela.

— Este é o Vince — Beau disse a ela, e empurrou Stella alguns passos à frente. — Ele é um cara bacana.

Os pés de Stella estavam pesados enquanto ela colocava um pé na frente do outro e tentava absorver tudo aquilo. A casa grande. Sua irmã ali, observando-a. A mão de Beau em suas costas. Seu coração batendo forte na garganta. Era demais. Demais para aguentar, e ela parou no meio da entrada. Tudo ficou lento, até parado. Tão imóvel quanto Stella. Um segundo. Dois. Três. Tudo parecia congelado, então ela piscou e a irmã estava avançando em sua direção. Depressa.

— Estella Immaculada Leon-Hollowell?

Sadie parou na frente dela. Perto o suficiente para tocá-la. Pela primeira vez em vinte e oito anos.

— Sim — Ela esperou. Sua respiração estava ofegante.

Os olhos de Sadie percorreram-na de cima a baixo. Procurando alguma coisa. Observando.

— Meu Deus, seu nome é difícil!

— Todo mundo me chama de Stella.

Olhando em sua alma. Esperando.

— Você tem os olhos do papai.

Ela engoliu em seco. Sadie era maravilhosa. Como a mãe, a rainha da beleza do Texas. Ela era pelo menos quinze centímetros mais alta do que Stella, e era magra como o pai delas.

— Não sabia se você viria.

— Eu vim — ela afirmou o óbvio e, no mesmo instante, sentiu-se tola. Sadie fez faculdade. Era inteligente. Ela...

— Estou muito contente — Sadie colocou a mão na altura do estômago, por cima da blusa cor de pêssego que usava, e sorriu. — Eu estava tão nervosa.

— Eu disse que o Beau a traria aqui.

Stella olhou para o homem grande que passava o braço pela cintura de Sadie. Ele tinha cabelos escuros, olhos verdes e ombros grandes como os de Beau.

Correndo
para Você

— Sou Vince Haven — ele estendeu a mão na direção de Stella. — Sadie está nervosa há dias. Fico feliz por você finalmente estar aqui, e ela poder relaxar.

Stella apertou a mão dele e seu peito já não estava tão oprimido. Sadie também tinha estado nervosa.

— É um prazer, Vince.

Vince olhou para o homem ao lado dela.

— Beau. Bom ver você.

Os dois homens trocaram um aperto de mãos e Stella lamentou a partida da mão de Beau de suas costas.

— Como você está, cara?

— Bem — ele apresentou a noiva a Beau e os olhos de Sadie se arregalaram.

— Agora são *dois* — ela disse. — Que Deus nos ajude.

— Eu sou o gêmeo bonzinho — Beau riu. — O Blake está por aqui?

Vince balançou a cabeça.

— Ele está aprontando por aí. Está hospedado no meu apartamento e eu estou com medo de ir lá.

Os dois homens se entreolharam de um modo cheio de sentido, e Sadie fez um gesto para que Stella a seguisse.

— Vamos entrar enquanto estes dois conversam sobre os bons e velhos tempos, quando eles dormiam em pântanos e comiam insetos.

Stella olhou para Beau.

— Você comia insetos?

Ele sorriu.

— Um ou outro.

Ela seguiu Sadie, e seu olhar desceu para a saia cáqui da irmã, suas pernas longas e botas de caubói. Elas passaram pelas portas duplas para dentro da casa do pai. Havia um lustre feito de chifres de veado na entrada, e antigos tapetes navajos cobriam o piso de madeira. Ela olhou para trás, através da porta, até o outro lado do jardim. Beau estava rindo de algo que Vince dissera, mas olhava para ela. Tocando-a de longe e fazendo com que ela se lembrasse de outros lugares onde ele a havia tocado ontem à noite. Ensinando coisas sobre as quais ela não sabia. Coisas que só não chegavam à penetração e que a fizeram perder o controle. Algo que ela percebia que nunca acontecia com ele. Não como acontecia com ela.

— Um vinho me cairia bem — Sadie disse, e fechou a porta. — E para você?

Stella cerrou e soltou os punhos para liberar um pouco da tensão.

— Seria ótimo. Obrigada.

— Vamos ficar na sala. Não se assuste com o sofá — Sadie apontou para uma sala no lado oposto à entrada. — Volto já.

Os chinelos decorados de Stella batiam em seus calcanhares enquanto ela caminhava para a sala. Mais um lustre de chifres iluminava a sala dominada por móveis com estampa de vaca e uma enorme lareira de pedra. Acima da lareira, estava pendurado um quadro de cavalo, e fotos da família se espalhavam pela sala em grandes porta-retratos. A sala cheirava a óleo de limão e couro, e Stella pegou a foto que estava em uma mesa de canto.

Clive Hollowell com Sadie, criança, em seus ombros. Ele estava como Stella se lembrava. Firme, magro e intimidante. Um grande sorriso iluminava os jovens olhos de Sadie, e Clive estava sério.

— É minha foto preferida — Sadie disse, quando entrou na sala. — O papai está quase sorrindo.

Stella colocou a foto na mesa e se virou.

— Obrigada — ela disse, e pegou uma taça de vinho branco da mão da irmã.

— Tenho um milhão de perguntas a fazer. Um milhão de coisas a dizer — o olhar de Sadie percorreu o rosto de Stella como se tentasse apreender tudo de uma vez. — Mas não consigo pensar em nenhuma, agora.

Correndo para Você

Stella sentia-se do mesmo modo e sentou ao lado de Sadie no sofá.

— Nunca pensei que viria aqui. Simplesmente nunca pensei... — Ela ergueu a mão livre e deixou que ela caísse em seu colo. — Que conheceria você.

— Você sempre soube que eu existia? — Sadie tomou um gole da bebida, seu olhar preso a Stella como se não conseguisse se desviar.

Stella balançou a cabeça. Ela também não conseguia desviar o olhar. Da irmã que só tinha visto em antigas matérias de jornal. — Minha mãe me contou sobre você. Ela era sua babá.

— Eu me lembro de Marisol. Minha mãe havia acabado de morrer e meu pai não suportava meu choro — finalmente, Sadie olhou para a barra da saia e a alisou com os dedos. — Então, ele contratou sua mãe para cuidar de mim. Eu tinha só cinco anos, mas lembro que ela era gentil, e que escovava meu cabelo todos os dias. Quando ela foi embora, meu cabelo sempre ficava despenteado, a não ser que a Clara Anne, nossa governanta, o ajeitasse para mim.

Aquilo era uma coisa que ela podia dizer sobre sua mãe. Stella nunca teve roupas caras, mas sempre estava limpa e apresentável.

— Minha mãe fazia trança no meu cabelo todas as manhãs até eu completar sete anos. Eu detestava.

— Eu acho que eu teria gostado disso — Sadie olhou para ela. — Mas as coisas são sempre assim. Nós achamos que queremos o que nunca tivemos.

O que ela queria dizer? Seria um alerta para não querer demais?

— Não quero nada de você.

— Deus, eu nunca pensei isso. Se você quisesse alguma coisa de mim, eu não teria precisado contratar um fuzileiro grandalhão para encontrar você — Sadie tomou um gole e colocou a taça sobre a mesa. — Conhecendo o Blake como conheço, fiquei com medo de que o irmão dele assustasse você.

Stella sorriu, tomou um gole de vinho, que molhou sua garganta seca, e disse:

— Ele é meio assustador, mas eu não tive medo dele — por mais estranho que fosse.

— Vince me contou que houve um problema no bar onde você trabalha.

— Trabalhava — ela olhou para o lustre de chifre. — Meio que me demiti, mas vou conseguir um emprego novo. Boas garçonetes sempre conseguem encontrar trabalho, e eu ganho boas gorjetas — não queria parecer uma fracassada, então disse: — Provavelmente vou trabalhar em meio período enquanto estiver estudando — ela se levantou, porque estava agitada demais para permanecer sentada enquanto mentia tão descaradamente. — Belo cavalo — ela disse, e apontou para o quadro acima da lareira.

— É o Almirante. Era o cavalo malhado do papai. O dia em que o Almirante morreu foi a única vez em que vi o papai quase chorando — ela caminhou e se colocou ao lado de Stella. — O papai se importava com cavalos mais do que com as pessoas.

Stella olhou para a irmã. Sua irmã. Ainda não conseguia acreditar que estava na casa do pai olhando para o cavalo malhado dele. Stella na verdade sabia uma ou duas coisas sobre cavalos. Já havia feito um texto sobre eles no ensino médio, porque ela os considerava belos.

— Eu me sinto estranha por estar aqui. O Clive nunca me quis aqui.

— Meu pai... Nosso pai era um homem difícil — Sadie olhou para o quadro. — Eu nunca o entendi. Passei muito tempo tentando. Passei muito tempo tentando agradá-lo, também. Nunca consegui.

— Mas ele *amava* você — a acusação pairou no ar, como se Stella se importasse, e ela não se importava.

— Do jeito dele, creio eu — Sadie deu de ombros e virou-se para olhar para Stella. — Mas se ele me amava de verdade, por

Correndo para Você

que não me contou que eu tinha uma irmã menor? Eu tinha o direito de saber. Tinha o direito de conhecer você — os olhos dela ficaram um pouco marejados. — Eu teria procurado você, Stella. Teria me certificado de que você fizesse parte da minha vida.

— Provavelmente foi por isso ele nunca contou — Stella bebeu seu vinho até o fim. Ela sentia pena de Sadie? Sua irmã, que tinha tudo? Não que ela se importasse com coisas e posses, mas, pelo menos, o pai a havia amado. Mesmo que tivesse sido *do jeito dele*. — Ele nunca me quis na vida dele.

— Isso é simplesmente perverso. Eu sempre soube que ele sabia ser frio, mas isso é pura crueldade — a raiva fez seus lábios se contraírem. — Como ele foi capaz de abandonar uma filha?

— Ele cuidou para que minha mãe tivesse dinheiro para me criar — ela estava mesmo defendendo Clive?

— Bem, pois espero mesmo que sim! Era o mínimo que ele podia fazer — ela olhou para o quadro do cavalo. — Alguns dias antes de ele morrer, pensei que estávamos próximos. Não nos debruçamos nos ombros um do outro e não houve nenhum momento *hollywoodiano* de ternura, mas pensei que estávamos, finalmente, agindo como adultos — ela riu de modo irônico. — Ele me disse que nunca tinha gostado de gado e sempre quisera ser motorista de caminhão.

Stella não conseguia imaginar o homem alto e magro que conhecera dirigindo caminhões.

— Como se me contar que queria ter sido caminhoneiro fosse mais importante do que me contar que eu tinha uma irmã. Ele estava doente. Sabia que estava morrendo. Tinha quase oitenta anos e ainda assim não pôde me contar? Não podia dizer: "Sempre detestei gado e queria ser o rei da estrada"? — Sadie fez uma pausa e ergueu um dedo. — "Oh, e, a propósito, Sadie Jo, você tem uma irmã"? Eu tive que descobrir sozinha quando li o testamento dele. — Ela olhou para Stella e mais uma vez levou a mão à barriga. — E aqui estou eu, brava mais uma vez, sendo que você tem direito de estar mais brava do que qualquer pessoa — ela respirou fundo, e a luz do candelabro iluminou seus cabelos. — Quer mais vinho?

— O papa é católico?

Sadie sorriu.

— Nossa, espero que sim. Se não for, ele é só uma pessoa de idade que gosta de chapéus esquisitos, como minha falecida tia Ginger.

Stella riu.

— Meu tio Jorge tem um *sombrero* com copinhos de tequila pendurados como se fossem franja. Algumas estão rachadas e quebradas, mas ele o usa em todo Cinco de Maio. É lindo.

— Eu adoraria tomar uma dose de Patron — Sadie olhou para Stella pelo canto dos olhos enquanto elas caminhavam em direção a um salão depois da elegante sala de jantar com cortinas pesadas. — Talvez duas, mas não quero que você pense que eu sou uma beberrona.

— Então, eu sirvo.

* * *

Vince Haven sempre tivera afinidade com os fuzileiros. Admirava a coragem deles. Geralmente, as primeiras unidades de infantaria a chegar e atacar. Eles eram fortes e durões e confiantes de sua superioridade. Vince gostava de tudo isso a respeito dos fuzileiros, apesar de todo mundo saber que os Seal da Marinha eram a elite dentro da comunidade de operações especiais. Mas ele detestaria ter que provar, fisicamente, esse fato ao sargento Junger. Ele havia participado de algumas brigas com os irmãos Junger, e então observado, totalmente surpreso, os dois se voltarem um contra o outro. Esmurrando-se até acabarem no chão. Cansados demais para se mexer, mas ainda discutindo sobre quem era o mais durão, Batman ou o Super-Homem.

Correndo para Você

— Por quanto tempo você vai ficar na cidade? — Vince perguntou, ao se recostar no Escalade preto. Ele notou que Beau conferia o relógio pela vigésima vez na última meia hora.

— Por alguns dias — ele olhou para a porta da frente do rancho JH. — Depende do Blake.

Blake? Vince não sabia se Beau ficaria apenas por causa do irmão, ou talvez fosse por causa de uma morena baixinha de lábios vermelhos.

— Stella lhe contou sobre seus planos? — Blake havia mencionado o fiasco no trabalho de Stella, e Beau havia contado o resto.

— Não sei se ela tem planos — ele elevou os óculos para o topo da cabeça e era assustadora a semelhança que ele tinha com o irmão. Vince havia passado bastante tempo com Blake, nas equipes e depois, para detectar as leves diferenças na forma da mandíbula e dos olhos. E, claro, Blake tinha uma cicatriz no queixo. — Até onde eu sei, ela é meio como uma semente de dente-de-leão. Vai para onde o vento a leva e cria raízes.

— É isso que me preocupa — quando Sadie soube da existência de Stella, sentiu-se magoada e confusa. Ele detestara ver aquela dor nos olhos dela. — Uma semente de dente-de-leão avoada.

— Eu não a chamaria de avoada. Ela é responsável demais para ser avoada — ele balançou a cabeça ao enfiar a mão no bolso da calça e tirar o telefone celular. — Mais impulsiva.

Impulsiva?

— Quão bem você chegou a conhecê-la?

— Passei os últimos seis dias com ela, a maioria parte do tempo dentro de um Escalade — ele apertou alguns botões no celular e franziu o cenho. — Um Escalade é grande, mas nem tanto. O que, exatamente, você quer saber, Vince?

Algumas coisas. Ele havia notado a mão de Beau nas costas de Stella enquanto eles caminhavam em direção à casa. Havia certos pontos nos quais um homem pousava a mão quando se sentia realmente à vontade com uma mulher. Quando ela pertencia a ele. Ele tentou imaginar se Beau ainda estava no banco de reservas do sexo ou se havia se jogado para cima da irmã mais nova de Sadie.

— A Sadie ficou magoada e aborrecida de verdade ao descobrir que o pai nunca havia dito que tinha uma irmã — ele decidiu não perguntar sobre os últimos seis dias e as últimas seis noites. Pelo menos não naquele momento. — Acho que só não quero que Stella a magoe também.

— Entendi, mas é mais provável que seja a Stella a sair disso magoada — ele disse, com uma certa alteração na voz enquanto escrevia uma mensagem de texto. — Eu realmente detestaria que isso acontecesse — ele enfiou o telefone de novo no bolso da calça. — Ela já foi rejeitada pelos Hollowell o suficiente.

Vince olhou nos olhos acinzentados de Beau. O cara não revelava nada. Bem frio.

— Sadie não vai rejeitar Stella. É mais fácil que ela compre uma daquelas camisetas, "Sou a irmã mais velha" e colares com pingentes de coração — e era tarefa dele protegê-la de uma irmã desconhecida que pudesse ver uma oportunidade de se aproveitar do otimismo e da esperança de Sadie. Era sua missão garantir que a moça quisesse um relacionamento com a irmã, e não outras coisas. — Mas a cidade ficará em polvorosa.

— Por quê?

Beau conservava o tipo de calma que vinha com os anos de sobrevivência na panela de pressão que uma guerra era.

— Poucas coisas acontecem em Lovett. Então, quando a cidade souber que Clive Hollowell tem uma filha bastarda de vinte e oito anos, as pessoas vão matar e morrer para tentar dar uma espiada nela — a tia dele, Luraleen, provavelmente lideraria o grupo.

Beau conferiu o relógio de novo.

— Vou encontrar Blake em um local chamado Road Kill Bar.

Vince riu.

— Não destrua o lugar.

Correndo para Você

Beau finalmente sorriu e caminhou em direção ao porta-malas da SUV.

— Não bebo mais daquele jeito — ele abriu as portas e pegou uma mochila e uma mala. — Demoro demais para me recuperar, hoje em dia.

— Pode crer — Vince também não bebia muito, atualmente. Não como Blake. Blake bebia como se estivesse de licença, e Vince pensou se deveria alertar Beau antes que ele entrasse no Road Kill. — Essas malas são de Stella? — Ele descobriria em breve.

— São.

— Vá encontrar seu irmão. Eu cuido disso.

Beau hesitou, mas entregou a bagagem.

— Diz para a Stella me ligar, se precisar de qualquer coisa.

— Pode deixar — ele apertou a mão livre de Beau e pegou as malas. — Fica no meu apartamento com o Blake e pede para ele te levar ao Gas and Go amanhã — ele disse, referindo-se à loja de conveniência que havia passado os últimos meses reformando. Ele se virou na direção da casa e acenou. Durante as últimas oito semanas, aproximadamente, ele estava morando no rancho JH com Sadie. Parecia algo natural, correto e melhor do que jamais poderia ter imaginado.

Infelizmente, isso também dava à cidade um assunto de fofoca para além da explosão misteriosa do tanque dos Henderson. Sua mudança para o JH tinha acontecido ao mesmo tempo que a descoberta escandalosa de que o novo delegado havia tido um caso com Lily Darlington. A chegada de Stella daria à cidade um prato cheio. As fofocas a respeito dos Hollowell eram sempre as mais cabeludas, e ele entrou à procura das irmãs.

Encontrou-as na cozinha. Rindo. Colocou a bagagem no chão enquanto observava a noiva tomar uma dose de bebida de uma só vez.

— Você está bebendo? — Ele olhou para a garrafa sobre o balcão. — Tequila?

Sadie nunca bebia tequila, pois a bebida a deixava louca e selvagem. Da última vez em que havia tomado muitas *margaritas*, cantara *I'm too sexy* na noite do caraoquê no Slim Clem, e então desmaiara sobre a mesa de bilhar.

Sadie sorriu.

— Tudo bem, Vince. A Stella é uma profissional.

Ele se virou para a pequena mulher que espremia limões em um *shaker* de martíni. Meus Deus, ela era pequena mesmo.

— Profissional em quê?

— *Mixologista* — Stella respondeu, com os grandes olhos inocentes, enquanto acrescentava um pouco de açúcar. — É uma das carreiras de maior habilidade e mais procuradas na indústria. É preciso ser rápida no raciocínio, ter a mão firme e saber usar uma faca.

Que indústria?

Sadie assentiu como se soubesse do que a irmã estava falando.

— Como todas as artes de empalação.

— Exatamente. É como engolir espadas ou atirar facas — ela colocou a tampa no misturador. — Ou cirurgia cardíaca.

Sadie riu como se sua irmã fosse hilária. Vince não entendeu a piada, mas tudo bem. A risada de Sadie era mais do que suficiente. Ele caminhou em direção à mulher que amava e segurou seu rosto na palma das mãos.

— Você está bem?

Ela assentiu.

— Obrigada, Vin — ela beijou a lateral da mão dele. — Te devo uma.

— Oba.

— Talvez dois obas.

Ele riu e baixou as mãos.

— Estamos prontos para a segunda rodada? — Stella perguntou, enquanto enchia três copos.

Vince preferia uma cerveja gelada, mas tudo bem.

Correndo para Você

Stella entregou os copos.

— O que é isto?

— Uma *margarita* com limão, mas sem a baunilha.

— *La familia* — Sadie disse, erguendo o copo.

Stella levantou o seu.

— À família.

— Família — Vince tomou sua bebida. Era um pouco doce e feminino demais para seu gosto.

Sadie fez um bico ao beber.

Stella soltou o ar e sorriu.

— Onde está o Beau?

Vince pegou uma cerveja Lone Star.

— Ele saiu para encontrar o Blake no Road Kill.

— Oh — O sorriso dela sumiu e ela olhou para além de Vince como se Beau pudesse estar escondido atrás dele. — Ele volta ainda hoje?

Beau podia ser um cara bem discreto, mas Stella era um livro aberto.

— Ele disse para você telefonar se precisasse de alguma coisa.

— Ah — ela se virou e colocou o copo em cima do balcão, mas Vince notou que ela estava confusa. — Então, acho que isso significa que ele não volta hoje.

Vince olhou para Sadie, que ergueu uma sobrancelha em resposta.

— Vou levar sua bagagem para cima — ele se ofereceu.

Ela parecia muito jovem quando olhou de Sadie para Vince e então de novo para a irmã.

— Vou dormir aqui?

— Claro! — Sadie caminhou em direção à irmã e colocou a mão em seu ombro. — Onde mais ficaria?

— Bem, pensei que ficaria em um hotel.

— Por quê? Por que você sequer pensaria em ficar em um hotel?

— Bem, e se você me visse e não gostasse de mim? Ou... Se eu não gostasse de você? — Ela deu de ombros. — É estranho estar aqui.

Vince sentiu-se mal. Mal por ela não se sentir à vontade na casa do pai. Mal por ela não ter tido certeza de que a irmã gostaria dela.

— Vou levar as suas coisas — ele disse, pegando as malas. Sim, ele se sentia mal, ainda assim ficaria de olhos bem atentos na moça.

Doze

Beau acordou com o barulho de alguém vomitando. *Blake.* Colocou o travesseiro sob a cabeça e olhou para o ventilador de teto. O apartamento de Vince era o típico dois quartos e dois banheiros. O condomínio era novo e ainda cheirava a carpete novo.

A torneira do banheiro do corredor foi aberta, e Beau se sentou jogando as pernas para a lateral da cama. Preferiria ter acordado em um quarto de hotel com Stella encolhida a seu lado. Como nas duas manhãs anteriores. Seu traseiro quente e macio pressionado contra seu pau duro e uma das mãos dele sobre seu seio. Tinha sido apenas ontem que ele havia acordado e beijado o ombro nu dela? Vinte e quatro horas atrás, ela havia se arqueado contra ele e gemido. Que ele havia entendido aquilo como um convite para escorregar o pênis ereto entre as coxas dela, até a altura de sua virilha molhada, e ensinado a ela como cavalgá-lo até que ela gozasse. Ela não havia gritado que o amava. Não como na primeira vez, e ele ficara aliviado.

Stella não o amava, assim como ele não amava. O amor levava tempo. Mais tempo do que seis dias em uma SUV e duas noites de sexo. Sexo do bom. Sem penetração. Sexo criativo que desafiara as habilidades e o controle dele, mas Beau sempre se dera bem em desafios.

Ele se levantou da cama e entrou no banheiro principal. Com a cabeça de seu pênis pressionando o vértice de suas coxas quentes e úmidas, teria sido fácil fazer com que ela quisesse tudo. Fazer com que ela o desejasse com tanta intensidade que pedisse para ele entrar fundo, até o fim. Senti-la úmida e apertada ao redor de si. Fazer tão gostoso que ela não se importasse. Deixá-la tão excitada que ela quisesse de novo.

Teria sido muito fácil, mas, apesar de o desejo quente e urgente moê-lo por dentro, ele não havia cedido. Não diria que seu controle tinha sido admirável. Não. Admirável teria sido se ele tivesse tido a força de vontade de afastar-se dela em Nova Orleans, mas ele não havia se afastado. Ele havia aceitado o que ela oferecera. Não se arrependia, mas não desonraria Stella ou a si próprio tirando a virgindade dela. Ela queria guardar o ato final para um homem que amasse e com quem quisesse passar o resto da vida.

Um homem que não era ele.

Várias vezes na noite anterior, ele havia pensado em sair do bar e telefonar para ela. Não fez isso porque seu trabalho estava encerrado. Sua responsabilidade, acabada. Livre da presença constante dele e fora do Escalade, ele tinha certeza de que ela se sentia da mesma maneira. Eles tinham se divertido por alguns dias, mas agora terminara.

Ele tomou um banho, escovou os dentes e se perguntou em que estado o irmão estaria, naquela manhã. Considerando que tivera que ajudá-lo a entrar no apartamento, imaginou que ele estaria péssimo e querendo se matar. Beau também queria matá-lo.

O Road Kill era um típico bar de caubóis, com pista de dança, animais empalhados e longos chifres pendurados na parede. Para uma noite de terça, estava bem movimentado, mas Beau reconheceu a risada do irmão assim que entrou no estabelecimento. Blake estava numa mesa cercado por homens com chapéus e mulheres com cabelos armados.

Era sempre bom reencontrar Blake, mas ele preferiria não passar a noite em um bar lotado enquanto o irmão bebia com desconhecidos.

Blake era parte dele de uma forma como as pessoas sem irmãos gêmeos não conseguiam compreender. Eles falavam, caminhavam e mastigavam do mesmo jeito. Eram iguais e pensavam as mesmas coisas porque eram um só. Ele conhecia Blake como conhecia a si mesmo. Ele via a si mesmo quando olhava para o irmão, apesar de serem duas pessoas diferentes. Talvez fossem mais parecidos do que diferentes, mas diferentes em muitos aspectos.

Beau gostava de feijão verde. Blake, de ervilha. Beau gostava de *rock* pesado. Blake preferia *country*. Em seu tempo livre, Beau gostava de atirar e pegar bolas. Blake gostava de se atirar contra mulheres e pegá-las.

Como o pai deles.

Beau estava vestindo uma calça *cargo* e camiseta preta e não ficou surpreso ao ver o irmão de pé na cozinha vestindo a mesma coisa. Eles tinham o mesmo gosto e essas coincidências eram constantes. Ficou mais surpreso ao ver a barriga de Blake. O irmão não estava gordo. Longe disso, mas com certeza estava desenvolvendo uma pança de cerveja.

— Como você está se sentindo? — Beau perguntou, abrindo um armário à procura de uma caneca.

— Minha cabeça está bombando como uma puta — Blake abriu um armário e tirou uma caneca na qual se lia "*cowgirl* maluca". — Nada que alguns Advil e café não curem — ele serviu e passou o café a Beau.

Beau notou que a caneca do irmão tinha um tridente dos Seal.

— Isto é seu? — Ele ergueu a caneca cor-de-rosa e tomou um gole.

Blake riu.

— Imagino que seja da Sadie, mas achei que combinava com sua personalidade, seu maricas.

— Combina com a cor dos seus olhos, seu merda.

Blake abriu a geladeira e tirou meio litro de leite.

— Você conheceu a Sadie? — Blake perguntou com os olhos vermelhos fechados.

Beau não queria falar sobre a bebedeira do irmão. Ficaria na cidade por pouco tempo, e brigar com Blake não estava no topo de sua lista de coisas divertidas.

— Brevemente.

— Ela é uma moça bacana — ele acrescentou um pouco de leite ao próprio café, e passou o leite para Beau. — O Vince é um cara de sorte.

— Ele parece feliz — Beau misturou o leite com o café. — Disse que eu devia pedir para você passar pela loja que vocês reformaram.

— A Gas and Go. Não fica longe daqui — Ele enfiou a mão no bolso e pegou as chaves. — Vamos tomar café da manhã no Wild Coyote primeiro.

— Eu dirijo — Beau disse, ao pegar suas chaves. — Sua caminhonete está estacionada no bar.

* * *

O Wild Coyote anunciava seu "Empadão de café da manhã mundialmente famoso" na fachada do estabelecimento e nos menus. Beau não sabia o que o tornava "mundialmente famoso", mas deu uma olhada na foto dentro do cardápio e pediu um café da manhã Coyote. Blake pediu a mesma coisa, e eles comeram biscoitos com molho, presunto e *bacon*, ovos mexidos, duas torradas, bolinhos de carne moída e até o enfeite de morango e melão.

— Meu Deus, mas que apetite! — A garçonete disse, enquanto lhes servia café. — Precisam de mais alguma coisa?

— Não. Obrigado — Beau ergueu o olhar do prato e percebeu os vários olhos voltados para ele e o irmão. Ele e Blake estavam acostumados a ser observados, como se as pessoas sempre tentassem detectar as pequenas diferenças entre seus rostos. Olhou ao redor enquanto mastigava. Ainda era irritante. Principalmente porque eles estavam sentados numa mesa no meio do restaurante e podiam ser vistos por todos. — Eu tinha me esquecido de como as pessoas ficam olhando.

Blake enfiou uma torrada na boca e olhou para a frente. Mastigou e engoliu o alimento com a ajuda de café.

— Acho que não é tanto para nós dois que olham e sim a curiosidade sobre sua passageira dos últimos dias. Certeza que as pessoas estão muito curiosas para perguntar sobre a irmã de Sadie.

Beau voltou a atenção para seus biscoitos.

— Eu a deixei lá ontem à noite.

— Cidade pequena, e o JH emprega muita gente — Blake colocou o café na mesa.

— Bem, este deve ser o seu irmão.— disse uma voz que rangia como um tanque de guerra, vinda do corredor.

Beau olhou para a frente e viu uma senhora com cabelos grisalhos e várias rugas. Ela usava brincos em formato de botas de caubói e uma camiseta branca com um rifle na frente na qual se lia "Vem pegar".

— Oi, Luraleen — Blake ficou de pé e estendeu a mão.

— Oh, você — ela abraçou Blake com os braços magros. — Você sabe que sou do tipo que abraça.

Blake riu.

— Sei, sim — ele ergueu uma mão em direção a Beau, que pousou o garfo no prato e se levantou. — Beau, esta é a tia de Vince, Luraleen Jinks.

— Prazer, sra. Jinks — ele estendeu a mão, mas ela o abraçou, como um polvo.

— Pode me chamar de Luraleen — ela disse, e baixou os braços. — Vocês podem se sentar. Não quero atrapalhar seu café da manhã. O Wild Coyote prepara bons biscoitos às quartas, graças ao Ralf, o cozinheiro russo — ela olhou ao redor e disse, discretamente. — Nunca venham nos fins de semana. De sexta a domingo, Sarah Louise Barnard-Conseco está na cozinha. Os biscoitos dela são duros como o solo do Texas. Provavelmente porque o marido dela está preso em San Quentin e ela não tem um homem em casa para quem cozinhar — e então ela completou, como se eles tivessem perguntado: — Assassinato.

Beau lançou um olhar para o irmão, que só deu de ombros.

— Vou me lembrar disso, sra. Jinks. Foi um prazer conhecê-la — ele colocou uma mão sobre a mesa para se sentar, mas ela ainda não tinha terminado, e ele teve que ficar de pé.

— E, claro, você acabou de trazer a filha bastarda de Clive Hollowell para a cidade para finalmente conhecer Sadie Jo — os olhos azuis dela se fixaram nos de Beau como se ela esperasse que ele falasse. Ele ficou em silêncio, mas ela não fez o mesmo.

— Não é um escândalo? Quem poderia imaginar? — Ela balançou a cabeça. — Você a conheceu bem? Em todos estes dias a sós? Só vocês dois? Eu me esqueci do nome dela. Como você disse que era?

— Eu não disse, sra. Jinks — Beau suavizou a resposta com um sorriso. — Não posso lhe contar nada. Se quiser saber sobre a irmã de Sadie, terá que perguntar à Sadie.

Luraleen estreitou os olhos.

— Aquela moça nunca diz nada a ninguém. Ela deve se achar boa demais para se misturar — finalmente, ela se preparou para partir. — Abandonou o pobre pai por todos esses anos — ela murmurou.

Os irmãos se sentaram e Blake pegou o café.

— Aquela Luraleen é uma arma.

Beau pegou o garfo.

— Uma arma desregulada com gatilho solto.

— Ela é bacana. Eu a conheci um pouco enquanto ajudava o Vince — ele pegou seu garfo e espetou uns pedaços de ovo e enfiou na boca. Aquela era a aparência de Beau quando comia? O que Stella havia dito? Que ele *comia bem*? — O que você e a irmã mais nova de Sadie fizeram? — Blake perguntou, e soltou uma risadinha. — Todos esses dias sozinhos no carro. Só você e ela?

No carro?

— Nada demais. Eu resolvi assuntos do trabalho e ela escutou música.

— Que tipo de assunto? Você ainda está dando um tempo na reserva?

Blake era assim. Beau tinha que tomar cuidado. O que ele e Stella tinham feito não era da conta de *ninguém*.

— Por que você se importa?

— Não é natural — ele fez uma pausa para que a garçonete servisse o café e se afastasse, e então disse: — Isso deixa um cara louco e malvado.

— Qual é a sua desculpa?

— Eu esqueci meu balde de crânio uma ou duas vezes, no Afeganistão — ele olhou para a frente e estava apenas meio de brincadeira. — Não conte à mamãe.

Beau duvidava seriamente de que o irmão tivesse esquecido o balde de crânio. Ele não iria para o combate sem capacete, assim como não iria sem água.

— A mamãe está se tornando amiga de Facebook de minhas ex-namoradas — Beau tomou um gole de café, aliviado por ver que Blake havia deixado de lado o assunto sobre Stella. — Isso quer dizer que ela também está entrando em contato com as suas ex-namoradas.

Blake assentiu.

— Mimi Van Hinkle deu o número de telefone dela para a mamãe e queria que eu telefonasse.

— Não me lembro de Mimi Van Hinkle.

— Primeiro ano do ensino médio. Cabelos loiros compridos e seios enormes para uma garota de dezesseis anos.

— Ah, sim. O irmão dela tinha aquela Kawasaki que você roubou...

— Peguei emprestada.

— .... Pegou emprestada e pôs fogo.

Blake sorriu.

— O escapamento ficou quente demais e queimou o equipamento de controle — ele riu de novo. — Saltei um pouco antes de ela pegar fogo. Kawasaki derrubada.

— Pulou fora.

Eles trocaram um olhar e riram como se tivessem dezesseis anos de novo. Como se fosse uma piada particular que ninguém mais pudesse entender. Como se fossem melhores amigos.

E foi bom.

* * *

O sol da manhã cobria o piso de madeira e os tapetes, e banhou Stella de luz branca. Ela estava de pé em frente à janela, embrulhada em um roupão e com óculos escuros protegendo-a da claridade intensa. Ela segurava um telefone celular, passando as mensagens com o polegar, checando as mensagens de voz e as chamadas perdidas. Nenhuma era de Beau.

Por que ele não tinha telefonado? Ele havia dito que estaria por perto. Onde estava, agora? Ela olhou na lista de contato, procurou o número dele e parou com o polegar em cima de seu nome. Talvez ele tivesse ficado muito ocupado com o irmão. Ou talvez tivesse pensado que ela estaria muito ocupada com Sadie, e estivesse esperando que ela telefonasse para ele. Ela queria falar com ele sobre a noite dela e a dele. Queria telefonar, mesmo que fosse só para ouvir a voz dele.

Correndo para Você

Apertou a tecla de fim. Não queria ir atrás dele. Ela já o havia coagido a manter uma relação física com ela. Certo, ele a havia beijado duas vezes, mas não teria ido além se ela não o tivesse convencido. Se não tivesse precisado praticamente ficar nua na frente dele na varanda na rua Bourbon, eles não teriam acabado na cama naquela noite. Nem na noite seguinte. Ela nunca havia precisado convencer um homem a brincar. Precisado seduzir ninguém. Por que precisara com Beau?

Além da óbvia boa aparência dele e de seu tanquinho, ela não sabia. Não havia gostado muito dele, no princípio. Não sabia bem quando isso tinha mudado. Talvez em algum momento entre Tampa e Biloxi. Não importava, agora. Porque *agora* ela gostava muito dele.

Ela encostou o telefone nos lábios e afastou para o lado uma das metades das cortinas diáfanas. Vários cavalos andavam ali no curral e no celeiro do outro lado do campo, enquanto as vacas ao longe... Bem, faziam o que quer que fosse que vacas faziam.

Agora que ela havia conhecido Sadie, o que aconteceria em seguida? Não tinha emprego nem apartamento. Sentia-se como se tivesse acabado de transpor o último obstáculo de uma corrida iniciada uma semana antes. O que faria agora? Texas sempre tinha sido o objetivo, a linha de chegada. Para onde ela iria em seguida? Ela pensou em Beau, mas é claro que ele não era a resposta para seus problemas. Para uma mulher que havia se virado sozinha nos últimos dez anos, era surpreendente ver a rapidez com que ela havia começado a contar com ele.

Ela escutou passos atrás de si, virou-se e viu a irmã, um pouco descabelada, vestindo um *short* azul e uma camiseta na qual se lia "Lovett, ame-a ou deixe-a".

Sadie viu os óculos de Stella e riu.

— Como está a sua cabeça?

— Doendo, como se eu tivesse bebido tequila demais.

— A minha também — Sadie sentou-se na ponta da cama e passou a mão pelo ferro decorado. — Desculpa.

— Não peça desculpas. Tenho vinte e oito anos.

— Seu primeiro dia aqui, e eu levo você para o mau caminho — ela olhou para Stella, que ainda não conseguia acreditar que estava no JH. — Sinto que fracassei em meu trabalho como irmã mais velha.

— Bom, você não está nessa função há muito tempo.

— Eu havia planejado levar você para almoçar e depois para fazer uma massagem em meu *spa* preferido em Amarillo. Queria impressionar você, mas estou me arrastando. Você se importa se ficarmos em casa hoje?

— De jeito nenhum — Stella sentou-se na cama ao lado da irmã. — Você pode me mostrar a propriedade, se quiser.

Sadie assentiu.

— Este costumava ser o meu quarto — ela passou a mão pela estrutura de ferro. — Esta era a cama da tataravó, e eu passei muito tempo aqui, quando era criança. Muito tempo sozinha.

— Você não tinha amigos? — Stella perguntou, em tom de brincadeira.

Sadie assentiu.

— Claro, mas todos viviam no centro — ela engatinhou pela cama, deitou a cabeça no travesseiro e estendeu as pernas compridas e bronzeadas. — O centro da cidade é muito longe quando se tem dez anos e apenas uma bicicleta.

Stella ajeitou a colcha e colocou os óculos escuros sobre o criado-mudo.

— O que você fazia para se divertir?

— Carneiros — Sadie bocejou. — Criava carneiros e vacas para concursos. Mal podia esperar para sair de Lovett. Quando fiz dezoito anos, fui embora e nunca voltei de vez.

Stella se deitou ao lado de Sadie. Ela estava mesmo deitada ao lado da irmã? Sentiu-se confortável o bastante para confessar:

— Eu sempre achei que você deveria ser perfeita, porque nosso pai amava você. Acreditava que, por ter vivido aqui com ele, você levava uma vida perfeita.

Correndo para Você

Acreditamos que queremos o que nunca tivemos, Sadie dissera.

— Não. Eu amava o papai, mas ele não soube o que fazer comigo quando minha mãe morreu. Eu ficava largada até ele se lembrar de que tinha uma filha, uma *menina*, e então ele me mandava para a escola ou arrastava um professor de piano até aqui ou pedia para as irmãs Parton me ensinarem a cozinhar e a lavar roupa — ela rolou a cabeça no travesseiro e olhou para Stella. — Eu sabia atirar e cuspir direitinho. Limpava o celeiro de manhã e à tarde servia sanduíches caseiros e chá, no conjunto Wedgwood da mamãe — ela sorriu. — Eu me sentia bem confusa a respeito do que queria ser quando crescesse. Precisei de muito tempo para decidir.

Stella sempre pensou que a irmã tivesse tudo decidido. Que havia nascido sabendo qual o seu lugar no mundo.

— Quanto tempo?

Sadie sorriu.

— Trinta anos.

Elas tinham isso em comum e Stella sentiu-se à vontade para dizer:

— Sempre tive a impressão de que todo mundo tem um plano, menos eu — mas não à vontade o bastante para contar sobre Carlos e Vegas. Talvez contasse um dia. — Mas sempre trabalhei. Se não gosto do trabalho, procuro outro. Tenho vinte e oito anos. Preciso de um rumo. Um objetivo — sim, ela precisava pensar nisso.

— Gastei muito tempo e dinheiro do papai estudando. Fiz quatro faculdades em quatro estados diferentes, e só aos trinta anos descobri que queria vender casas. Isso me custou cerca de mil dólares e cento e sessenta e quatro horas. Amei. Adorei ser a melhor corretora a passar na frente de pessoas que achavam que eram melhores só porque vendiam há mais tempo. Ou porque eram mais velhas — ela olhou para o teto e sorriu. — Homens.

Stella riu.

— Os garçons acham que são muito melhores do que as garçonetes. Eles só são melhores levantando barris de cerveja ou engradados de bebidas.

— Você vai desabrochar tarde como eu — Sadie disse, bocejando de novo. — Ainda tem alguns anos para decidir o que quer da vida.

Como eu. Ela havia passado vinte e oito anos pensando que a irmã era mais esperta, mais decidida e mais alta. Bem, certamente ela era mais alta, mas não mais decidida. Será que elas realmente eram parecidas? Era a velha questão do ambiente *versus* a genética. Stella havia passado vinte e oito anos acreditando que a irmã era de um jeito quando, na verdade, ela... Havia dormido?

— Sadie? — Stella sussurrou.

Em vez de responder, Sadie se virou para o lado, mostrando à irmã os cabelos loiros. Stella estendeu o braço e tocou os cabelos da irmã, as mechas ensolaradas e as luzes. As duas eram muito diferentes. Alta. Baixa. Clara. Morena. Criadas não só em estados diferentes, mas em mundos diferentes. Ainda assim... Também tinham muito em comum.

Stella retraiu-se. Nunca achou que conheceria Sadie e tinha deixado de pensar nela, até a noite em que Beau aparecera no estacionamento do Ricky parecendo um espião ninja.

Oito dias. Ela se virou de costas e fechou os olhos. Oito dias atrás ela pensara que sua vida tinha virado de cabeça para baixo, e pelo visto tinha mesmo.

Talvez para melhor. No mínimo, ela havia conhecido a irmã e um fuzileiro de dois metros de altura que a fizera sentir coisas que ela nunca tinha sentido antes. Fazia com que seu coração ficasse quente e a pele, arrepiada. Fazia com que ela se sentisse segura e lhe dava coragem, quando ela sempre havia confiado na própria força.

Só quando sentiu uma mão em seu ombro, acordando-a, foi que percebeu que havia adormecido.

Correndo para Você

— Stella, vamos descer para comer alguma coisa.

Ela entreabriu os olhos e por vários e confusos momentos pensou que estivesse em um quarto de hotel com Beau.

— Vamos descer e comer — Sadie disse. — Os rapazes estão aqui para praticar tiro ao alvo.

— Rapazes?

— Vince, Blake e Beau.

Ela estava no rancho JH com a irmã.

— Que horas são?

— Três.

Stella se sentou.

— Da tarde?

Sadie riu.

— Você ficou apagada por um tempo. Provavelmente foi a tequila.

Isso e os últimos oito dias, além das duas últimas noites, quando ela havia dormido muito pouco.

Rapidamente, Stella tomou um banho e vestiu a saia *jeans* e uma camisa xadrez azul que havia comprado em Nova Orleans. Vestiu também a lingerie azul e os chinelos decorados. Passou um pouco de rímel e batom, e com os cabelos ainda úmidos, passou pelos quadros antigos que ficavam no corredor e chegou às escadas que levavam para a sala.

Beau estava em pé na sala de estar, na frente da lareira, e o coração e os pés dela congelaram quando ela o viu. A luz do lustre de chifres iluminava o rosto de traços fortes e os cabelos claros. Ele olhava o quadro do cavalo, estava tão lindo e confiante — *tão másculo* —, que ela não conseguia acreditar que já tinha gostado de caras magricelas com penteado moicano e lápis contornando os olhos. Ele vestia uma camiseta preta e calça *cargo* bege, além de um relógio grande no pulso.

— Que bom que você está aqui — ela disse, quando entrou na sala. — Você foi embora sem se despedir.

Ele olhou para ela por sobre os ombros, absorvendo-a da cabeça aos pés, aquecendo cada ponto onde seu olhar pousava.

— Desculpa.

— Sentiu minha falta?

Ele sorriu.

— Claro, querida.

Querida? Ele nunca a havia chamado de querida antes. Ela gostava mais de ser chamada de Botas.

— Senti sua falta ontem à noite — ela sussurrou.

Ele se virou para ela e segurou sua mão com firmeza. Baixou o tom da voz.

— Do que você mais sentiu saudade?

— De sua boca descendo para a minha...

Ela parou quando ele levantou sua mão e beijou seus dedos. Havia algo de diferente nos olhos acinzentados que olhavam para ela. Ela não sabia o que era, mas o rosto dele parecia mais cheio. Uma cicatriz marcava o queixo dele, e ela puxou a mão.

— Você não é o Beau.

Ele balançou a cabeça.

— Blake Junger, e você deve ser Stella.

Meu Deus, ela havia acabado de dizer algo a respeito da boca de Beau em sua...? Para o irmão dele? A semelhança com Beau era muito grande e fez com que ela sentisse seus pelos arrepiados. Como quando as visões de sua *abuela* se tornavam realidade.

— Sim.

— Não é à toa que ele não quer falar sobre você.

À exceção da cicatriz e de algo indefinível em seu olhar, eles eram a cópia perfeita um do outro, desde o corte de cabelo à voz.

— Você é tão linda quanto sua irmã Sadie.

— Obrigada — ela sorriu para ele. — E você é tão lindo quanto o seu irmão — provavelmente mais charmoso, também, mas a voz dele não fazia com que ela sentisse o corpo formigar, como acontecia com Beau.

Correndo
para Você

— Stella — Beau disse a ela, ao entrar na sala. — Sadie está à sua procura. Ela fez sanduíches.

Ela se virou na direção dele e nem tentou esconder seu sorriso.

— Estou faminta.

Os olhos acinzentados dele a analisaram da mesma forma que o irmão tinha feito, mas em vez de calor, ela sentiu um fogo intenso.

— Estou vendo que você conheceu meu irmão.

Ela olhou para um e depois para o outro. Era como se estivesse em um filme de ficção científica a respeito de clones. Eles estavam até vestidos com roupas parecidas. Assustador.

— O Beau me disse que ele é o gêmeo bom. É isso mesmo?

— Depende — Blake suspendeu um dos ombros e ergueu as sobrancelhas para o irmão. — Bom em quê?

Os dois se entreolharam, e a pergunta pairou entre eles. Nenhum dos dois disse nada, e era como se eles tivessem um tipo de telepatia de gêmeos. O ar ficou pesado com tanta testosterona e Stella fez uma piada para quebrar a tensão.

— Se eu bater em um, o outro sente?

Os dois olharam para ela.

— Não — Beau respondeu.

— Espera — Blake levantou a mão, com a palma para a frente. — Nunca testamos. Por que você não chuta o saco do meu irmão e se eu me dobrar para a frente, você vai ver que eu sinto, sim.

Ela pensou que Beau diria algo igualmente grosseiro. Mas eles só caíram na risada, como se Blake fosse muito engraçado. E Beau achava que ela é que tinha um senso de humor estranho?

— Vince disse que você e Sadie tomaram umas tequilas ontem à noite — Beau mudou de assunto.

— Muitas.

Os cantos de sua boca se curvaram para baixo, em um sorriso invertido de solidariedade, e sua voz suave causou arrepio nas costas dela.

— Está de ressaca, Botas?
— Não mais — o arrepio desceu pelas costas até os joelhos. — Eu dormi para passar.
— Botas? — Blake franziu o cenho. — Você é uma nova recruta?
— Ela foi dispensada por excesso de contingente — Beau respondeu por ela.

Stella não sabia o que aquilo significava e não quis saber. Não quando ainda sentia o arrepio pelo corpo.
— Claro que não.

O sorriso de Beau se transformou em uma carranca.
— Deixa pra lá.

Blake balançou a cabeça e a tensão aumentou entre eles de novo. Mas mais forte, desta vez.
— Não rolou só trabalho e música.

Beau apontou um dedo ao irmão, e então para si.
— Você e eu não vamos falar sobre isso.
— É assim?

Assim como? Assim o quê? Do que eles estavam falando, agora?
— Sim — Beau respondeu. — É assim.

Treze

— Puxe!

Stella puxou com força a corda de náilon e dois pombos de argila laranja-fluorescentes saíram voando. À sua esquerda, Beau levantou o cano da arma e atirou. O tiro ressoou e Stella se retraiu quando a peça se espatifou. Com um movimento rápido, ele puxou o gatilho e uma concha vermelha caiu da lateral da arma. Ele atirou de novo, e o segundo pombo se espatifou e caiu no chão seco, sobre o gramado da pradaria. Stella se retraiu de novo, mas pelo menos não gritou, desta vez.

— Belo tiro — Vince o cumprimentou.

Beau sorriu e entregou a arma ao noivo de Sadie.

— Tenho uma caixa de ferramentas cheia de talentos.

Sim. Sim, tinha mesmo. Stella podia confirmar alguns.

— Você arrebentou — Blake disse, e levou aos lábios uma lata de cerveja Lone Star.

— Acertos mortais.

Stella se virou e se concentrou em seu trabalho, puxando para trás o braço da lançadeira. Ela se inclinou e colocou duas peças cor de laranja ali, e a sombra do chapéu de caubói de palha que ela havia tomado emprestado de Sadie cobriu seu queixo, protegendo seu rosto do sol do fim da tarde. Antes de eles partirem para a brincadeira, ela havia tirado os chinelos e calçado as velhas botas pretas. Sadie havia oferecido seus sapatos, mas Sadie calçava dois números a mais que Stella.

— Puxe!

Stella puxou a corda e olhou para os atiradores a cerca de seis metros dela. Vince e Blake observaram o céu e as peças de argila se despedaçando enquanto Sadie permanecia a uma mesa coberta com munição e controlava a pontuação em um caderno. O sol da tarde iluminava o chapéu de caubói que ela usava e a longa trança loira que descia por suas costas.

Sadie havia sabiamente se oferecido para marcar pontuação, em vez de competir contra três guerreiros de operações especiais altamente competitivos.

Por trás das lentes espelhadas, Beau a observava. Seus traços eram duros como rocha, e não revelavam nada. Desde que ele e Blake haviam compartilhado um tipo de telepatia de gêmeos sob o lustre de chifres, ele havia se tornado... Ela não sabia. Distante, talvez.

Todos tinham rido e conversado enquanto comiam, na cozinha, mas apesar de Beau fazer brincadeiras, ela percebia a mudança. Ela sentiu enquanto eles pegavam caixas térmicas cheias de cerveja e água e dirigiam por um quilômetro em direção ao campo de tiro, que ficava escondido da vista da casa por elmos e algodoeiros. Parecia que eles eram apenas bons amigos. Como se eles não tivessem se beijado e tocado — por todas as partes. Como se ele não tivesse segurado sua mão enquanto ela sofria um ataque de pânico no acostamento da estrada em Louisiana. Como se eles não tivessem se aproximado.

Certo, talvez ele não soubesse qual era a cor preferida dela, e talvez ela não soubesse qual era o prato preferido dele, mas ela o conhecia. Sentia-se ligada a ele. Mais do que já havia se sentido a qualquer outro homem. Ela confiava nele. Sentia que poderia mergulhar dentro dele e se deixar ficar. O resto era só conversa.

Ele caminhou na direção dela, com tranquilidade, e pegou algo na caixa térmica.

— Você parece quente — ele disse, e entregou para ela uma garrafa de água.

— Obrigada — ela gostaria de poder ver os olhos dele. Ver o que ele estava sentindo. Ver se os olhos dele estavam acinzentados e intensos, para saber se ele dissera "quente" como "sensual" ou apenas se referindo à temperatura.

— Parece que deu tudo certo ontem à noite.

Ela tomou um gole e baixou a garrafa.

— Pelo que posso me lembrar, sim.

Ele estendeu a mão na direção dela e passou o dedo em uma gota de água em seu lábio inferior.

Ela sentiu o toque no estômago e no coração. O calor do toque dele fez com que ela se engasgasse.

— Stella — ela não precisava ver os olhos dele. O desejo estava explícito em sua voz.

— Senti sua falta ontem à noite.

— *Shhh* — ele suavemente pressionou o dedo contra os lábios dela. — Agora não — e baixou o braço. — Não aqui.

Ela quis perguntar por quê, e onde e quando, então. Queria saber quando ele iria embora do Texas. A ideia a deixou levemente em pânico, mas ele estava certo. Ali não era o lugar nem o momento.

— Você tem um plano para depois?

— Jantar. A cozinheira de Sadie deixou no forno uma coisa chamada ensopado de acampamento.

— Não — ele sorriu e balançou a cabeça. — Para onde você vai depois que sair do Texas?

Vou com você. O pensamento brotou em sua cabeça. Inesperado, mas não chocante. Não fazia sentido, mas parecia lógico. Certo.

Ela queria ir para onde quer que ele fosse. Ela possuía dinheiro. Poderia conseguir um emprego. Engoliu o nó que se formava em sua garganta.

— Não sei bem. Para onde você vai?

— Para casa. Estou pensando em ficar em Nevada por um tempo. Não viajar tanto.

— Por quê? — Ela mordeu o lábio inferior.

— Estou cansado da estrada.

— Ah — ela não havia percebido que esperava ouvir uma resposta totalmente diferente, até sentir uma dor no peito. — Ah, sim — ela se abaixou e pegou dois alvos cor de laranja. — Você está na estrada há muito tempo — ela estava caindo de amores por ele. E caindo sem ter nada a que se segurar, porque a única coisa estável em sua vida estava diante dela falando sobre viver sem ela.

— Você está ganhando, safado — Vince disse.

Beau riu e se virou.

— Qual foi a pontuação?

— Você ainda está na frente. Blake e eu estamos empatados.

Stella observou Beau se afastar enquanto enchia o compartimento. Ela olhou para a nuca dele e para os ombros. Os braços grandes esticavam as mangas, e a camiseta preta se grudava em suas costas e na cintura. Ela olhou para os bolsos da calça *cargo* e para a saliência feita pela carteira. Ele tinha um belo traseiro. Firme, macio, quase tão bom quanto a parte da frente.

— Estou voltando para esquentar o jantar — Sadie anunciou, e colocou a caneta e o caderno na mesa ao lado das caixas de munição. — Quer ir comigo para preparar a salada, Stella?

Stella olhou para a irmã.

— Claro — ela respondeu, quando preferiria ter ficado observando o traseiro de Beau. — O que tenho que fazer?

— Abrir um saco de alface e despejar em uma tigela. Com suas habilidades com a faca, talvez também fatiar uns legumes.

— Consigo fazer isso.

Correndo para Você

— Vinte minutos, Vince — Sadie avisou, e olhou para o relógio. — O jantar estará pronto às sete e meia.

— Estaremos lá.

Sadie e Stella atravessaram o curto caminho de grama alta em direção à fileira de elmos e algodoeiros.

— Se eu não impuser um limite de tempo, eles ficarão aqui a noite toda. Dois Seal contra um fuzileiro. De jeito nenhum eles permitirão que ele vença.

Stella e Sadie entraram na caminhonete preta de Vince que estava estacionada ao lado do Escalade e percorreram o quilômetro até a casa.

— Não consigo imaginar o Beau perdendo nada — Stella disse. — Ele é tão...

Sadie olhou para a irmã através das lentes escuras de seus óculos dourados:

— Tão o quê?

— Capaz — ela olhou para o celeiro através da janela e para os cavalos no curral. — Ele parece muito bom em tudo o que faz — tudo, desde tirá-la em segurança de seu apartamento em Miami e até dar uns amassos em um hotel em Dallas.

— Quão bem vocês se conheceram? — Sadie perguntou, quando estacionou a caminhonete nos fundos da casa.

Stella pensou na resposta enquanto as duas cobriram a curta distância até a porta de trás. Ela não queria dizer coisas demais, mas também não queria passar a impressão de que estava escondendo alguma coisa.

— Eu gosto dele — as botas das duas faziam barulho no chão de madeira da cozinha e Stella jogou o chapéu em cima da mesa. Seus sentimentos eram tão novos, uma mistura de amor e incerteza dentro dela, e não sabia o que pensar. Era terrível, maravilhoso e assustador. — Ele é um cara bacana.

— Se ele não fosse, o Vince não teria pedido a ele para nos fazer o enorme favor de encontrar você.

Ela diminuiu o ritmo quando Sadie caminhou em direção ao forno para acendê-lo. Stella havia se esquecido daquele detalhe. Beau estava fazendo um favor ao trazê-la para o Texas. Ele não queria, mas o engraçado era que não mudava nada. Não a incomodava. Ela praticamente tivera que forçar o cara a manter contato físico com ela. Beau dissera que tinha quebrado suas regras com ela. Havia misturado negócios e prazer, e ela o conhecia bem o bastante para saber que isso o perturbava.

Ela fez a salada enquanto Sadie passava manteiga em diversas fatias de pão francês. Observou o relógio do fogão e escutou a irmã falar sobre uma égua prenhe no celeiro. Maribell teria o filhote a qualquer momento e Sadie torcia para que nascesse um potrinho preto e branco. O cavalo que nasceria seria o último do trabalho de Clive com os animais. Enquanto Sadie falava sobre o amor que o pai sentia pelos cavalos, Stella pensava em Beau e no quanto a quebra das regras o havia incomodado. Ela não tinha certeza, e a incerteza a deixava incomodada.

Enquanto Stella cortava o último tomate cereja, sete e meia chegou e passou. Ela estava ansiosa para ver Beau. Seu rosto ilegível falando de controle e discrição, a tempestade nos olhos cinzentos sendo o único sinal de sua luta para se conter.

— Eu sabia que essa brincadeira de tiros não seria uma boa ideia hoje — Sadie disse, quando colocou o pão coberto com papel alumínio no forno. — Mas eles todos prometerem que não ficariam competitivos demais.

Stella cortou um pimentão verde, e às 19h45, a porta de trás se abriu e Vince entrou.

— Desculpem meu atraso — ele sorriu todo animado e caminhou em direção à pia. — Estou faminto.

Stella e Sadie se entreolharam e então olharam para a porta fechada.

— O cheiro está bom — ele esfregou sabão nas mãos.

— Onde estão Blake e Beau? — Sadie perguntou.

— Ainda estão atirando.

Correndo para Você

Stella pegou o pano de prato ao lado da tábua de carne e tirou as sementes de pimentão dos dedos.

— Ainda? Está ficando tarde.

— Eles vão demorar. É melhor comermos sem eles.

Alguma coisa estava acontecendo. A indiferença de Vince era muito forçada e Beau nunca perdia a chance de comer. Ela foi até a porta dos fundos para olhar para fora.

Vince fechou a torneira.

— Você não está pensando em ir lá? — O modo com que ele disse aquilo mais pareceu uma afirmação do que uma pergunta.

Bem, ela não estava pensando nisso até aquele momento.

— Sim. Pode me emprestar sua chave, Sadie?

— Claro.

— Não — Vince levantou a mão molhada. — Não é uma boa ideia.

— Por quê? — As duas perguntaram ao mesmo tempo.

— Eles estão resolvendo umas coisas.

— Que coisas? — Stella cruzou os braços sob os seios e esperou.

— Então brigando — ele pegou um pano no balcão e secou as mãos.

Algo que a mãe de Beau havia dito surgiu na mente de Stella. Algo a respeito de um Natal arruinado.

— Eles estão discutindo por causa de Batman e do Super-Homem?

Vince olhou para ela e, por um segundo, ele deixou transparecer sua preocupação.

— Ainda não.

— Ótimo — ela abaixou os braços e caminhou até a porta.

— Eu dirijo — Sadie foi atrás da irmã.

Vince pegou a chave.

— Eu dirijo.

Os poucos minutos que eles demoraram para chegar ao campo de tiro pareceram ser mais do que meia hora. Assim que Stella abriu a porta da caminhonete, escutou vozes masculinas. Não muito altas, como se eles estivessem gritando, mas muito claras.

— Consigo acertar a bunda de um passarinho a trezentos metros, seu merda.

— Correção, imbecil. *Conseguia*. Agora você não consegue acertar a bunda de um elefante nem se ele estiver na sua cara.

Stella caminhou pelas árvores e sua atenção se voltou imediatamente para os irmãos que estavam a cerca de cem metros dela. Eles estavam praticamente nariz com nariz e era difícil dizer quem era quem. Graças a Deus, não estavam segurando armas.

— Esta bala que você traz no pescoço, eu vou enfiar no seu cu.

— Você vai tentar, seu bosta, mas não vai passar disso — Beau colocou as mãos no peito do irmão e o forçou a dar um passo para trás. — Você está bêbado e engordou muito.

Stella apressou o passo. Sentiu, mais do que viu, Sadie e Vince a seu lado.

Blake deu um passo para trás.

— E você anda por aí como se fosse melhor do que todo mundo. Como se seu pinto fosse especial e você estivesse guardando seu pau duro para um propósito sublime. É mentira. Você comeu a irmã de Sadie na primeira chance...

Beau desceu o punho na cara de Blake.

— Eu falei para você não falar sobre ela.

A cabeça de Blake foi para trás e ele devolveu com um soco de direita.

— Você diz que não quer ser como o papai. Pelo menos, ele não é hipócrita.

Stella partiu na direção de Beau, mas Vince a segurou com força pelo braço.

— É melhor deixar os dois continuarem até ficarem caídos no chão.

Ela olhou no rosto de Vince e então para trás de novo. Ele provavelmente tinha razão.

Correndo para Você

— Eu não acho — ela livrou-se da mão dele e correu na direção dos dois atiradores irritados. — Que diabos vocês dois estão fazendo? — Ela gritou, o mais alto que conseguiu.

Beau deu um soco no rosto do irmão. Blake o segurou pelo pescoço e os dois caíram, soando como dois troncos de árvore batendo no chão.

— Não tenho nada parecido com aquele filho da puta — eles lutaram na terra e na grama até Beau conseguir ficar por cima, sentado no peito de Blake, agarrando sua camiseta.

— Parem! — Ela gritou, parada a vários metros dos dois.

Sem desviar os olhos de Blake, Beau disse, entredentes:

— Volte para a casa, Stella.

Ela se aproximou.

— Só se você vier comigo.

— Ouça a sua namoradinha, Beau. Volte correndo para a casa, sua bicha.

Os dedos dela começaram a formigar e ela balançou as mãos.

— Não me obriguem a bater em vocês.

Os dois viraram a cabeça, com as camisetas rasgadas, os lábios sangrando e os belos rostos idênticos, e olharam para ela como se *ela* tivesse enlouquecido. Ela apontou para Beau.

— Saia de cima do seu irmão — os dois continuaram olhando para ela e ela tentou manter a respiração sob controle. — Não me obriguem a telefonar para a mãe de vocês dois.

— O quê?

— Ela disse que vai ligar para a mamãe?

— Sim, eu disse — ela tentou engolir saliva, mas sua garganta estava seca demais. — E vou.

— Respire, Botas.

Ela respirou o mais fundo que conseguiu e soltou o ar.

— Tenho certeza de que a Naomi terá algo a dizer a vocês dois a respeito dessa briga.

Blake sorriu.

— Sua mulher vai nos dedurar?

Beau, claro, franziu o cenho.

— É o que ela está dizendo.

— E, só para constar, brigar para decidir quem é o super-herói mais durão é uma tremenda idiotice. Todo mundo sabe que a Mulher Invisível é a melhor — ela não sabia de onde aquilo havia saído nem do que estava falando. Ela havia visto Jessica Alba no *Quarteto fantástico*, e a Mulher Invisível foi a única heroína que lhe ocorreu. Ela respirou fundo mais algumas vezes e disse: — Ela tem superpoderes, fica invisível e usa luvas bonitinhas.

— Vocês dois são ridículos — Vince disse, ao se colocar ao lado de Stella. — Acabaram com o jantar de Sadie.

Beau olhou para as pessoas diante dele e então para o irmão.

— Mantenha sua *Batcaverna* fechada, imbecil — ele ficou de pé e limpou o canto da boca com as costas da mão. — Sinto muito pelo jantar, Sadie.

Vince estendeu a mão para Blake e o ajudou a se levantar.

— É — o outro gêmeo disse, e cuspiu no chão à sua esquerda. — Desculpe pelo meu irmão ser um idiota e ter acabado com seu jantar.

Beau olhou para o irmão como se não suportasse mais vê-lo.

— Beba até o seu fígado explodir. Vomite as tripas e se afogue no próprio vômito. Não estou nem aí. Estou indo embora — ele segurou a mão de Stella e a puxou com ele. — Obrigado por sua hospitalidade, Sadie. E peço desculpas de novo pelo jantar.

O aperto dele estava quase cortando a circulação sanguínea de sua mão, e Stella não conseguiu se soltar. O bom é que ela não queria, mesmo.

— Você está bem? — Sadie perguntou, um tanto confusa e preocupada.

— Sim — Stella olhou para Beau enquanto praticamente corria para manter o mesmo passo que ele. — Aonde vamos?

— Para outro lugar.

Stella se virou e acenou para a irmã com a mão livre.

— Acho que nos vemos depois — ela olhou para o homem que a puxava. Ele estava imundo. A camisa preta estava coberta de terra e grama. — Você vai arrancar meu braço.

— Você tem sorte por eu estar só arrancando seu braço, sem surrá-la com ele — ele disse, enquanto os dois passavam pelas árvores. — Nunca mais faça isso, Stella.

— Você quer me bater com meu braço arrancado? Por quê? O que eu fiz? — Nossa! Por que ele estava tão bravo com ela e por que ela achava graça naquilo?

— Não se meta entre mim e meu irmão.

Ele parou perto da porta do passageiro do Escalade e a abriu.

Certo. Agora ele não estava sendo engraçado. Ela nunca havia sido o tipo de mulher que obedece às ordens de um homem.

— É a sua maneira de dizer que devo cuidar da minha vida?

— É a minha maneira de dizer que você poderia ter se machucado — a raiva tomava os olhos dele e passava para sua voz. — Só vi você quando já estávamos no chão. Eu poderia tê-la machucado. Entende?

Ela olhou para o belo rosto dele e parou ao ver o sangue no canto de seus lábios.

— Nunca vou ficar olhando alguém bater em você, Beau — ela estendeu o braço e passou a mão pela barba rala dele. — *Entende*?

Ele esboçou um sorriso e relaxou.

— Entendido, Botas, entendido.

Catorze

Ele estava em apuros. Em território desconhecido. Sua vida começava a virar uma salada, graças à mulher que subia a escada na frente dele. O bater das botas dela no concreto era o único som entre eles. O trajeto até o apartamento de Vince tinha sido na maior parte do tempo silencioso. Ele em profunda contemplação pela última meia hora. Por ter perdido o controle e batido no irmão. Sim, eles já tinham brigado antes, mas nunca quando um deles estava sóbrio. E Beau tinha sido o sóbrio. Aquele cuja capacidade de julgamento não estava alterada por causa da bebida, mas, apesar disso, tinha sido ele a dar o primeiro soco. Blake falou sobre Stella e Beau o esmurrou como se não houvesse opção.

— Bem aqui — ele disse, e passou à frente dela.

O cheiro do cabelo dela tomou seu nariz e sua cabeça quando ele destrancou a porta. Ele se lembrou, com uma pontada, de seus dedos enroscados naqueles cabelos enquanto ela o chupava. Quando o assunto era Stella, parecia que suas ideias sempre se tornavam DAC, Desaparecidas Em Combate.

Correndo para Você

Ele fechou a porta e olhou para a camisa xadrez dela. Stella estava quieta. *Incomumente* quieta, hoje. Nunca antes ele havia agarrado uma mulher e arrastado, como se fosse um homem das cavernas. Ele entenderia se ela estivesse brava por isso. Ele também não estava muito contente com seu comportamento.

Ela não havia reclamado, mas isso não significava que estivesse contente por ter sido puxada na frente da irmã. Uma irmã que ela se preocupara tanto em impressionar.

— Stella — ele deu um passo à frente e parou. O que ele poderia dizer se não sabia o que andava pela própria cabeça e não tinha nem uma mísera pista do que andava passando pela cabeça dela? — Devo pedir desculpas por ter arrastado você?

Ela se virou e olhou para ele, e os olhos azuis combinavam com o azul de sua camisa.

— Você se arrepende?

Ele deveria. Deveria estar arrependido de um monte de coisas.

— Não.

— Não — ela balançou a cabeça. — Eu não estava muito animada para comer uma coisa chamada ensopado de acampamento, mesmo — um sorriso sedutor apareceu em seus lábios vermelhos e ele o sentiu em sua virilha como um carinho intenso. — Sou meio fresca em relação ao que enfio na boca.

A sensação em sua virilha se transformou em uma pontada. Ele ficou sem ar, e não soube dizer quem se mexeu primeiro. Ele. Ela. Não importava. Ele a levantou e ela envolveu seu corpo com as pernas.

— Senti sua falta ontem à noite — ela beijou seu rosto e seus lábios. — Estou machucando você?

— Não — o riso dele se transformou em um gemido profundo. — Stella. Eu estou sujo.

— Gosto de você sujo — ela correu os dedos pelos cabelos dele enquanto respirava ofegante perto de seu pescoço. — Gosto quando você esquece que é perfeito. Quando esquece de fazer o que é certo e se suja comigo.

— Stella — os lábios dele encontraram os dela e ele desabotoou a camisa xadrez azul até abri-la. Deslizou-a pelos braços dela enquanto deslizava a língua por sua boca úmida e quente. O beijo aumentou a paixão, e contra a parte da frente de suas calças, ela pressionou a virilha contra sua ereção. Foi tão bom que até doeu. Uma onda quente de dor e prazer que o deixou duro como pedra e acelerou o tesão em suas veias. Um desejo quente e urgente pulsava entre suas pernas e dominava por completo sua mente. Só conseguia se concentrar na mulher que o envolvia pela cintura. Ele abriu o sutiã dela e o jogou para trás. Os seios redondos encheram suas mãos. Os mamilos cor-de-rosa estavam rígidos e fizeram com que ele pensasse em todas as coisas que faria com ela. Todos os pontos onde a beijaria. Todos os pontos onde ela o beijaria. Todas as coisas criativas que ele faria para não enfiar o pênis duro em sua vagina quente e molhada. Todas as variadas posições que usaria para não entregar-se ao maior prazer. Mesmo com a mente tomada pelo tesão, ele sabia que não podia penetrá-la. Não era uma opção. Nem para ela, nem para ele.

* * *

Stella soltou as pernas da cintura de Beau e ficou de pé. Tirou a camisa dele e beijou seu pescoço e peito enquanto escorregava a mão para dentro da calça dele.

— *Mmm* — ela gemeu, ao segurar o pênis, duro como aço e macio como seda. Ela adorava senti-lo em sua mão e saborear o gosto da pele dele em sua língua. Ela sugou e mordiscou seu pescoço enquanto tirava a cueca e a calça dele. O pênis dele ficou livre e resvalou na barriga dela, acima do elástico de seu *short*. Quente e macio, e ela se afastou o suficiente para olhar para a gota clara no meio da cabeça inchada.

— Gosto da fera — ela disse, espalhando a gota espessa na própria pele.

Correndo para Você

— A fera gosta de você — ele pegou a mão dela e beijou seus dedos. — Demais.

Ele deu alguns passos para trás e sentou-se no sofá. Observou os lábios, os seios e a barriga dela enquanto tirava as botas.

— Tira a saia, garotinha.

Ela deslizou a mão sobre a barriga até chegar ao zíper.

— Eu não sou uma garotinha — a peça desceu até as botas, e ela a jogou de lado.

— Não, você não é — quando estava totalmente nu, ele se recostou no sofá. — Você é uma linda mulher. *Mujer bella*.

Ela avançou até ficar de pé entre os joelhos dele.

— Você me acha bonita?

Ele era bonito. Seu peito, braços e pernas fortes, sua ereção se elevando a partir dos pelos pubianos loiros escuros. Seu pênis rígido contra a barriga sarada; a cabeça inchada tocando o umbigo.

— Muito.

Seus olhos acinzentados queimavam e ele se inclinou, enterrando o rosto na barriga dela. A respiração de Stella se tornou ofegante e quente e ele baixou a calcinha dela. Escorregou uma mão entre as coxas dela e ela deu um passo lateral para sair da peça íntima caída a seus pés.

— Você é macia — ele beijou a lateral do seio e tocou em seu ponto sensível. — E molhada.

Ela sentiu os joelhos tremerem, e sentou-se em cima dele antes de cair. Suas pernas e botas repousavam do lado de fora das pernas dele, e ele levou as mãos à cintura dela. Ela olhou para o colo dele tão perto dela. Para o sexo dele e para o próprio, para as barrigas planas e as coxas nuas. O desejo soprou sua pele como um sussurro quente. Um sussurro repleto de luxúria, ardor e amor, que esquentava sua carne. Ela ansiava por ele com o corpo todo, em suas coxas, seios e coração. Olhou nos olhos semicerrados dele e seu coração se apertou e pulou quando ela se colocou de joelhos e segurou o rosto dele. A ponta de seu seio tocou os lábios dele e os dois se entreolharam enquanto ele sugava. A ponta quente de seu pênis resvalou a parte interna da coxa de Stella. Ela adorava as sensações que ele despertava em seu corpo. Adorava como ele fazia com que ela se sentisse e como seu coração se acelerava quando ele a tocava. Ela o amava. Tanto que parecia que seu peito explodiria.

Ela levou a mão entre eles e segurou a ereção dele. Ele se recostou e olhou para cima até encontrar os olhos dela, o olhar tempestuoso tomado pelo desejo.

— Fique de pé e abra as pernas para mim. Ainda há algumas posições que não tentamos.

Stella tinha uma ideia melhor. Ela baixou os lábios até os dele e despejou todo o amor de seu coração naquele beijo. Seu coração cresceu, o desejo ficou mais intenso e ela queria mais.

Queria fazer amor com ele.

Ela olhou no rosto dele, observou-o fixamente e se sentou. O primeiro resvalar do pênis dele em sua pele sensível provocou um estremecimento. O primeiro pulsar fez com que ela passasse a respirar de modo mais ofegante.

— Stella — ele abriu os olhos e segurou a cintura dela com mais força. — O que está fazendo?

Ela se abaixou um pouco mais, deslizando mais um centímetro.

— Eu quero você, Beau. Quero ficar com você.

— Jesus — ele suspirou. — Você precisa parar.

Ele se sentiu estranho dentro dela. Um pouco desconfortável, mas ela seguiu em frente.

Ele jogou a cabeça para trás e suas narinas se dilataram. Apertou as mãos na cintura dela.

— Eu não posso impedir você.

— Eu não quero que me impeça — e ela desceu um pouco mais.

Ele engoliu em seco e colocou as mãos nas coxas dela. Gentilmente, ele a pressionou para baixo até que ela estivesse completamente empalada. Ela não sentiu dor, mas não estava exatamente confortável. Era como calçar um sapato um número menor. Mais um aperto do que uma dor.

Ele passou as mãos nas costas dela e a puxou contra seu peito nu. Seus braços tremeram e ele escondeu o rosto no pescoço dela.

— Stella — ele soltou o ar e inspirou de novo como se achasse difícil respirar. — Stella, o que você fez?

Ela havia entregado a ele seu coração, sua alma e seu corpo, e não se arrependia. Mas... Seu prazer estava sendo rapidamente substituído por uma pontada e pela sensação de estranheza. Aquilo precisava ficar mais gostoso, em algum momento. Tinha que ser melhor, do contrário as pessoas não fariam.

— É sempre assim?

— Não — os lábios dele desceram pelo pescoço dela. — Nunca tão bom assim.

— Não sei bem o que fazer agora — ela confessou.

— Eu sei — enquanto ela ainda estava encostada em seu peito, ele mudou a posição de ambos até que ela estivesse deitada de costas no sofá, com ele por cima. — Estou te machucando? — Ele pressionou de leve a testa contra a dela. — Você é apertada. Não quero machucar você, Botas.

Em vez de responder, ela o beijou e entrelaçou as pernas na cintura dele. Lentamente, ele saiu e voltou a entrar profundamente. A cabeça inchada de seu pênis raspava nas paredes escorregadias de sua vagina, despertando uma sensação que ela nunca havia sentido. Uma sensação que ficava mais funda e mais quente a cada estocada. Um gemido grave escapou do peito dele e envolveu o coração dela. Stella era novata, mas aprendia depressa e acompanhou o ritmo prazeroso.

A respiração áspera e quente dele soprou no rosto dela enquanto ele a penetrava mais depressa, mais fundo, com mais intensidade. Empurrando-se para dentro dela. Empurrando-a até o clímax. Extraindo um grito de seus pulmões e uma confissão de seu coração.

— Eu amo você, Beau. Minha nossa, eu amo você. Não pare.

— Não vou parar agora. Você é uma delícia — ele disse, em meio a um gemido, enquanto a penetrava mais depressa, mais alto e com mais vontade. — Tão macia, molhada e gostosa — ele enfiou o pênis duro dentro dela de novo e de novo até que ela alcançou um ápice mais intenso do que jamais havia sentido. Um calor escaldante contraiu seus músculos internos e se espalhou como fogo. Ele segurou o rosto dela nas mãos enquanto penetrava mais fundo. O orgasmo dela tomou seu corpo todo, quente, queimando de intensidade.

— Goza para mim, Stella — o corpo dele envolvia o dela, cobrindo-a de calor e prazer e, como sempre, ela se sentia protegida. — Você é linda.

Ela curvou os dedos dentro da bota e gritou, quando sentiu o inédito e extraordinário prazer de tê-lo dentro de si. O prazer de se entregar ao homem que amava.

Os músculos dos braços e do peito dele se enrijeceram. Ele resfolegou e xingou como um fuzileiro. Para dentro e para fora, com movimentos firmes do quadril, até que sua respiração finalmente ficou mais lenta e ele parou. Ele deixou pender a cabeça na curva do pescoço dela e perguntou:

— Eu machuquei você?

— Não — ela sentia um leve ardor, mas estava tão satisfeita que não se importou. — Você está bem?

— Mais do que bem. Adoro ver seus olhos enquanto você está gozando — ele beijou o nariz dela. — Foi tão bom, Stella.

Foi melhor do que bom. Simplesmente não havia palavras para descrever como era bom estar com ele. Deste jeito. Ela estava com vinte e oito anos. Já era uma mulher adulta havia muito tempo. Não precisava de um homem para transformá-la em mulher, mas Beau a fazia sentir-se completa. Dando-lhe algo que ela não conhecia.

— Podemos fazer mais?

Correndo para Você

— Tem certeza que aguenta?
— Sem dúvida.
— Então, faremos a noite toda.

E foi o que fizeram, parando perto da meia-noite para um banho, e ele fez o jantar, pizza congelada e palitos de queijo, que ele encontrou no congelador.

— Como foi a sua primeira vez? — Ele perguntou, mas o sorriso confiante que esboçava mostrava a ela que ele já sabia a resposta.

— Melhor do que... — Ela pensou por um momento em todas as possibilidades de comparação: faíscas, calores e nuvens mornas e fofas. De todas, escolheu a possibilidade que ele entenderia mais completamente: — Melhor do que qualquer explosão.

— Melhor? — Ele riu. — É quase impossível ser melhor do que uma explosão.

Ela sorriu.

— Mas, ainda assim, você conseguiu — o que não era surpreendente. Beau era bom na maioria das coisas. Perfeito. — Sua explosão é maravilhosa.

Havia uma coisa que poderia ter tornado a noite anterior perfeita: se ele tivesse dito que a amava. Ele tinha que amá-la, ela disse a si mesma quando ele segurou sua mão e a levou de volta para a cama. Ela não se sentiria tão embasbacada, tão fortalecida por seu amor por Beau se ele não sentisse nada. Era um sensação muito forte para ser sentida apenas por ela.

Ele tinha que amá-la. Ela sentia isso no modo como ele olhava para ela e beijava seu pescoço. O modo como ele a tocava era diferente de quando eles estavam só brincando. Durava uma fração de tempo a mais, como se ele não quisesse parar. Ele havia feito amor com ela, mas não dissera que a amava. Nem mesmo quando ela se encolheu perto dele e sentiu o beijo suave que ele deu em seu ombro enquanto ela adormecia.

* * *

Beau sentou-se no sofá, vestindo sua cueca preta, e escutava a voz do outro lado da linha. Olhava para os dedos dos pés e dizia:

— Pensei que você pudesse conversar com o Blake antes de eu confrontá-lo.

— Por que você acha que ele vai me ouvir? — O pai perguntou.

— Não sei se ele vai, mas ele precisa conversar com alguém — Deus sabia que ele tinha tentado, mas Blake não lhe dava atenção, ultimamente.

— Os caras recebem benefícios e aconselhamento de carreiras meses antes de serem separados das equipes.

— Ele precisa de mais do que um emprego — todas as unidades ofereciam aconselhamento aos membros das operações especiais antes da separação, mas alguns caras precisavam de mais. — Ele está se matando de beber.

— Não... Ele só está testando o terreno. Ele é um Seal. Já enfrentou coisas piores do que a vida civil.

— Acho que ele tem distúrbio do estresse pós-traumático — Beau havia contratado alguns veteranos com esse problema. Havia trabalhado algumas questões com eles e conhecia alguns dos sintomas.

— Que besteira! Ele é um atirador dos Seal com oitenta habilidades confirmadas. Poucos homens têm mais do que o seu irmão.

E todos sabiam que Beau tinha setenta e duas.

— Não era uma competição.

Não entre ele e seu irmão gêmeo. Todos os tiros salvavam vidas dos militares norte-americanos e dos membros da coalizão, assim como de civis inocentes. Os dois tinham realizado seu trabalho, mas não competiam a respeito dos alvos que removiam.

— Não estou pedindo que concorde comigo nem que admita que Blake pode estar precisando do tipo de ajuda que a garrafa não oferece.

— Ele vai dar um jeito.

William Junger nunca tinha sofrido de estresse pós-traumático. Portanto, isso era desculpa de homens fracos. A própria transição de Beau de militar para civil tinha sido bem tranquila, mas isso não significava que o irmão não tivesse problemas. Os dois tinham DNA idêntico, mas impressões digitais diferentes. Eram dois homens diferentes.

— Não se pode esperar que um Rottweiler aja como um Poodle — o pai acrescentou.

Beau baixou a cabeça. Não sabia por que tinha telefonado para o pai pensando que ele pudesse ajudar. Talvez porque *ele* próprio precisava de um pouco de ajuda. Algo que detestava admitir, até para si mesmo. "Do útero ao túmulo" era mais do que algo que os irmãos diziam um ao outro. Era o elo criado entre eles na concepção. Nos momentos bons e nos ruins. Uma responsabilidade que existia em suas almas compartilhadas. Às vezes difícil, mas fazer a coisa certa nem sempre era fácil.

Beau desligou o telefone e fez alguns telefonemas para alguns caras que conhecia na Administração de Veteranos. A tensão pressionava sua nuca e apertava seu crânio. Ele olhou para o relógio e girou a cabeça de um lado a outro. Eram oito da manhã e, quando desligou, uma dor forte se espalhava por sua testa. A porta do quarto principal se abriu e ele se virou quando Stella saiu no corredor vestindo camisa azul, *shortinho* e botas. Os cabelos úmidos se enrolavam sob o seio esquerdo.

Stella. Ele não podia se deixar ser absorvido por ela. Perdia-se no cheiro de seu pescoço. Não como nas outras vezes em que ela estivera por perto. Não como quando ele a beijara na piscina e no cassino. Ou quando estivera na varanda em Nova Orleans nem como na noite anterior, quando eles tinham feito amor, com ele sabendo o que aquilo significava para ela. Ele poderia ter tentado impedi-la. Antes que fosse tarde demais. Mas ele não tinha feito isso, sabendo o que aquilo significava para si.

— Usei sua escova de dentes. Considerando onde você colocou a boca, achei que você não se importaria.

Ele sentiu que ela o comia com o olhar, com seu sorriso e olhos azuis, e ele deu um passo para trás. Física e mentalmente. Gostava de Stella. Ela era engraçada, esperta e bonita.

— Não me importo — ele esfregou a testa e jogou o telefone no sofá, e se arrependeu por não ter vestido a calça. Não queria ter aquela conversa séria vestindo apenas cueca. — A noite de ontem mudou tudo.

Ela concordou. Parou na frente dele e cruzou os braços sob os seios. Ela o amava e isso mudava tudo. Como na música de Colbie Caillat, Beau lhe causava sensações que ela adorava. Formigamentos que começavam nos dedos dos pés e borbulhavam para cima até atingir sua barriga e seu coração. Ele parecia relaxado e renovado de cueca naquela manhã. Com a pele firme e os músculos rígidos, e ela lamentou um pouco ter-se dado ao trabalho de se vestir — até olhar para os olhos acinzentados dele. Ele estava se controlando. Mais uma vez, escondia-se atrás do rosto sério.

— Vamos nos casar assim que eu conseguir uma licença — ele disse, como se estivesse pedindo um sanduíche de presunto, mas com menos ânimo. — Você quer casar aqui ou em Vegas? Em Vegas seria mais fácil.

— O quê?

Casar? Mais fácil? Os braços dela caíram ao longo do corpo e o choque lhe abriu a boca.

— Você quer se casar comigo? — Ela não havia pensado tão adiante.

— Temos que, agora.

Temos? Era típico dele não *pedi-la* em casamento e ele, claramente, não estava muito feliz.

— Não temos que fazer nada.

— Acho que temos.

Correndo para Você

Todo o formigamento agradável começou a se transformar em náusea dentro dela.

— Porque fizemos sexo? — Ela não estava pensando em casamento. Só em quanto o amava. — Não temos que nos casar, pelo amor de Deus — um jantar e um cinema seriam um bom começo. — Quando ontem à noite eu disse que amo você, estava sendo sincera. Eu amo você, Beau.

Ele olhou para ela com seu olhar de sargento Junger e disse, não sem certa razão:

— Você me conhece há doze dias.

Mas o amor não tinha nada que ver com razão ou dias do calendário.

— Sim, e eu sei que me apaixonei por você. Você é meu Super-Homem. Eu me sinto protegida com você. Você me protege e eu protejo você.

— Não preciso que você me proteja.

— Mas eu protejo mesmo assim — ela ergueu uma mão na direção dele quando sentiu o primeiro golpe no coração. — Você faz com que eu me sinta segura. Como se eu pudesse fazer qualquer coisa. Consigo enfrentar valentões e escapar em meio a explosões — ela baixou o braço. — Consigo ficar na frente da minha irmã, na casa de meu pai, com coragem e força.

— Você consegue fazer tudo isso sozinha. Não precisa de mim.

— Eu sei, mas quero você.

A rachadura em seu coração de espalhou um pouco mais e ela levou a mão à barriga. A confusão a deixava zonza. Ele a havia pedido em casamento devido à noite passada? Espere. Errado... Ele *havia dito* que ela se casaria com ele por causa da noite passada. Ela o amava e conseguia facilmente se ver passando o resto da vida com ele, mas na realidade havia apenas uma pergunta a ser feita. Ela engoliu e mal conseguiu dizer. Não queria saber. Mas tinha que saber.

— Você me ama, Beau?

Ele cruzou os braços sobre o peito nu, retraindo-se ainda mais.

— Eu me importo com você.

Ai, Deus. Ela o amava tanto que sentia o coração e a alma sendo consumidos, e ficou enjoada.

— Eu me importo com cães e gatos de rua, mas não quero me casar com eles. Você me ama, Beau? O tipo de amor que faz seu coração doer? Como se não conseguisse guardar tanto amor dentro de si? Como se fosse grande demais? — Ela abriu os braços e então os soltou de novo. Sentiu pontadas no fundo dos olhos, e piscou para controlar as lágrimas. — Eu amo você. Decidi fazer sexo com você porque te amo.

As sobrancelhas dele baixaram sobre a tempestade em seus olhos, mas sua voz permaneceu calma e controlada, quando ele disse:

— Você não me deu opção, Stella. Não me deu opção de contrair esta responsabilidade.

Responsabilidade. Ele se sentia na obrigação de se casar com ela. Ela havia se esforçado muito na vida para não ser obrigação de homem nenhum.

— Responsabilidade — ela repetiu, sufocada, desfiando a ponta do cabelo.

A fissura desintegrou seu coração já em colapso sob o peso de uma dor que lhe tirava o fôlego.

— Oh — ela tentou respirar e não chorar. Seus olhos ficaram marejados e o peito doeu. — Certo — ela caminhou em direção à porta.

— Onde diabos você acha que vai? — Ele tentou segurá-la, mas não conseguiu.

Para longe. Longe dele. Depressa, antes que tivesse um ataque de pânico e ele se sentisse responsável por colocá-la de pé de novo.

— Não preciso de você. Lembra? — Ela abriu a porta e pisou na área externa banhada na luz da manhã. O sol fez seus olhos arderem e ela desceu a escada de concreto rapidamente.

— Stella! Volte aqui.

Ela parou na frente da *minivan* marrom. A mulher, que estava ajeitando os filhos dentro do veículo, ficou borrada quando a primeira lágrima escorreu por sua pálpebra. Ela se virou e olhou para Beau, que estava no topo da escada, vestindo a cueca preta.

— Vista a calça.

Ela se virou e caminhou na direção oposta à do Escalade. Deu a volta no prédio e sentou-se nos degraus que levavam a outro condomínio. Suas mãos formigavam, os ouvidos zuniam, e ela pensou que certamente desmaiaria. Balançou as mãos e colocou a cabeça entre os joelhos. Inspirou e expirou enquanto olhava para uma mancha escura de chiclete grudado no concreto. Uma lágrima caiu no chão ao lado da mancha. Ai, Deus. Ela não sabia o que fazer. Estava presa em uma cidade onde não conhecia ninguém. Ninguém além do homem que havia destruído seu coração. Ninguém além de Sadie.

Duas outras lágrimas caíram no concreto enquanto ela se concentrava em respirar e pensava nas opções que tinha. Não podia perder o controle, agora. Nos degraus do Casa Bella Apartament Complex, em Lovett, Texas. Endireitou-se e secou as lágrimas. Precisava pensar. Não tinha tempo para chorar. Já estivera em situações difíceis antes. Com Carlos, em Vegas. Cantando sobre um palco enquanto lá embaixo uma briga corria solta. Quando foi agarrada por Ricky e perseguida pelos Gallo. Muitas outras lágrimas escorreram por suas bochechas, e ela as secou. Ela não estava com o celular nem a carteira de identidade nem com os cartões de crédito. A mochila estava no rancho. Com Sadie.

Sadie. Mesmo que estivesse com o celular, não tinha o número da irmã. Beau tinha. Ela se levantou e passou o ombro no rosto. Ele era a última pessoa que ela queria ver agora, e preferiria cortar o próprio braço com os dentes a bater à porta dele. Ela refez seus passos de volta para a frente do condomínio e olhou ao redor. O Escalade de Beau não estava mais ali, o que era, de certo modo, um alívio, mesmo que ela se ressentisse da ausência dele.

A mulher grávida fechou o porta-malas da *van* e caminhou em direção ao lado do motorista.

— Com licença — Stella a chamou, e limpou o rosto com o braço. — A senhora tem um telefone celular que eu poderia usar para fazer só um telefonema?

A mulher a observou se aproximar e abriu a porta do motorista para jogar a bolsa enorme, de estampa de vaca, no banco. Ela olhou para o estacionamento, e então para Stella.

— Seu marido saiu daqui correndo.

Ele não era seu marido.

A mulher sorriu e pegou o telefone da bolsa.

— Mas ele vestiu uma calça.

Stella conseguiu esboçar um meio sorriso.

— Muito obrigada — ela disse, e discou 411. Sadie tinha um telefone celular, mas o rancho tinha uma linha fixa. Ela havia visto o aparelho na cozinha.

— Verizon 411. Qual é a cidade e o estado? — A atendente perguntou.

— Lovett, Texas.

— Qual é o nome?

— Rancho JH.

— Um momento.

A mulher grávida passou a mão na barriga protuberante.

— Você está indo para o JH?

Stella não sabia se queria dar aquela informação para uma desconhecida. Mesmo que fosse uma desconhecida prestes a dar à luz na calçada.

— Posso te dar uma carona. Estou indo para a casa de meus sogros, que fica cerca de quinze quilômetros.

— Oh, não quero desviar você.

— É caminho — ela fez um gesto para que Stella deixasse de tolice. — Conheço Sadie há muito tempo. Estudamos juntas. Caramba, fizemos parte do grupo de dança da Lovett High, éramos As Beaverettes. Nós nos divertíamos muito.

A atendente voltou à linha.

— Conectando. Obrigada por usar a Verizon.

— O pai dela morreu há alguns meses, coitadinha — a mulher balançou a cabeça. — Eu a vi na Gas and Go na semana passada. Parecia bem.

O telefone tocou uma vez e caiu na caixa postal. Ótimo. Alguém estava usando a linha. Ela desligou e devolveu o telefone à dona do aparelho, que se apresentou:

— Sou RayNetta Colbert.

Stella olhou nos olhos castanhos de RayNetta Colbert. A mulher tinha três crianças pequenas presas pelo cinto de segurança na *minivan* e estava em um estágio tão avançado da gravidez que mal conseguia andar.

— Tem certeza de que não será um incômodo? — Normalmente, Stella nem sequer pensaria em pegar carona com uma desconhecida. Mas aquele dia não estava sendo nem um pouco normal e o que aquela mulher poderia lhe fazer? Obrigar Stella a cuidar de seus filhos?

— Incômodo nenhum.

— Obrigada — ela disse, contornando o carro em direção ao banco do passageiro. Abriu a porta e sentou-se em cima de um M&M azul preso no assento de couro falso bege. — Sou Stella Leon — ainda era muito estranho dizer em voz alta. — Sou a irmã de Sadie.

RayNetta sorriu como se tivesse acabado de ganhar na loteria do Texas e deu partida na *van*.

— Bem, vamos unir o útil ao agradável! Bem-vinda a Lovett.

Quinze

— Talvez seja Síndrome de Estocolmo.

Stella olhou para a irmã na cadeira da pedicure ao seu lado.

— Talvez, mas eu não fui sequestrada nem mantida em cativeiro.

Fazia dois dias que ela havia fugido de Beau. Dois dias de confusão e autocrítica. Dois dias de todas as dores emocionais imagináveis.

— Ele telefonou para o Vince hoje cedo.

A pedicure dentro do Lily Belle Salon and Spa, em Amarillo, esfregava o calcanhar de Stella com pedra-pomes. Ela não se surpreendeu ao saber que Beau havia telefonado. Ele havia ligado para ela quatro vezes nos últimos dias. Ela não atendeu e ele não deixou mensagem.

— Ele se sente responsável por mim.

— Talvez — Sadie riu quando outra pedicure esfregou seu pé. — Meu Deus, isso faz cócegas.

A pedra-pomes dava cócegas, sim, mas não tanto. Ver a irmã rir e se retrair fez Stella sorrir.

Correndo
para Você

— Está na cara que ele sente alguma coisa por você — Sadie disse.

Alguma coisa. Ele se importava. Não era amor e não era suficiente. Depois da pedicure, elas foram a Lovett e compraram reluzentes cintos de *cowgirl* na Deeann's Duds. Era a primeira vez que elas escutavam as fofocas que corriam pela cidade. A história maluca sobre o irmão gêmeo de Blake ter saído correndo de seu apartamento, atrás de Stella, vestindo nada mais que cuecas pretas.

— É verdade — ela confessou à irmã, a caminho do JH. — Mas ele correu atrás de mim depois que eu tinha saído, não a partir do apartamento.

Ela não estava acostuma a ter desconhecidos falando sobre ela. Sabendo sobre seus assuntos embaraçosos. Já era bem ruim o fato de Sadie saber, mas piorou. Um dia depois, elas ouviram uma versão na qual Beau estava nu.

— Sinto muito — Sadie disse quando elas saíram da Albertson's, onde a vendedora havia atualizado as duas sobre a mais recente variação da história.

— Não, eu que peço desculpas por atrair tanto drama.

Sadie deu de ombros.

— Todo mundo na cidade adora uma fofoca. Não tinha como não acontecer.

Naquela noite, ela tomou conhecimento de uma terceira versão, enquanto estava no celeiro ao lado de Sadie, acariciando a testa de Maribell enquanto a égua dava à luz. Vince ficou na outra ponta, perto do veterinário, e disse:

— Velma Patterson entrou na loja hoje e disse que viram você correr do apartamento vestindo nada além de coturnos e uma bandana.

— Eu estava nua?

Vince deu de ombros.

— Eu não teria dito, mas achei que seria bom você saber.

— Na próxima, vão dizer que você saltou de paraquedas com uma faca entre os dentes — Sadie suspirou. — A verdade nunca é colorida o suficiente.

As narinas de Maribell se abriram e o animal gemeu.

— Puta merda! — Vince gritou, ao se ajoelhar ao lado do veterinário. — Estou vendo uma pata.

— Você vai ver um casco e depois o outro — o veterinário disse, enquanto trabalhava. Depois de muitos outros empurrões, Maribell deu à luz uma cria cinza e branca. Ela era linda e perfeita, e Sadie chorou ao se ajoelhar perto do filhote, o último elo com seu pai. — É linda, papai.

Stella se abaixou ao lado da irmã e passou um braço por seu ombro.

— Nunca vi nada parecido — ela disse, quando as lágrimas borraram sua visão. — Nunca vou esquecer esta noite — Stella e Sadie choraram enquanto Vince pigarreava e olhava suspeitamente para o nada. — Foi um verdadeiro milagre. Um tesouro de se ver.

Sadie assentiu e secou o nariz na manga da blusa.

— Ela é um tesouro. Eu ia dar a ela o nome de Cadeau porque significa "presente" e tem uma boa sonoridade, mas acho que *Tesoro* é mais adequado. Ou *Tesora*?

Stella sorriu.

— *Tesora*.

O momento era perfeito. Um momento alegre e perfeito com sua irmã. Mas, em meio a toda a alegria e as lágrimas, seu coração magoado a lembrava de que sua vida estava menos do que perfeita. Ela amava um homem que não a amava. Não tinha casa nem emprego e a pequena cidade de Lovett acreditava que ela corria nua de coturnos e bandana. Naquela noite, ela se deitou na cama e pensou na vida. Tinha algumas ideias a respeito do que queria fazer a partir dali e as analisou. Pensou em Beau na maior parte do tempo. Em seu riso e nos raros sorrisos. Na força e no toque dele, e também na frieza de seu olhar quando dissera que ela era sua responsabilidade.

Ela quisera que ele fosse o primeiro homem com quem faria amor. Não se arrependia disso. Ela o amava e ele tornara a primeira vez dela tão boa. Seu único arrependimento era o fato de ele sentir a necessidade de se casar com ela por obrigação. Não por amor. Pensando bem, ela não deveria ter se surpreendido. Beau sempre tentava fazer a coisa certa, ainda que não fosse o melhor para ele. Agora, cinco dias depois, tudo ainda parecia um baque contra seu peito.

Ela engoliu a dor de seu coração. Um dia, quando começasse a se relacionar com alguém de novo, voltaria a procurar rapazes magricelas que usassem esmalte preto e lápis de olho. Não havia a menor chance de se apaixonar por caras assim. Pelo menos não tanto. Não total e completamente.

Na manhã seguinte, enquanto Stella e Sadie conferiam como Tesora estava, um envelope chegou para Stella. Sem carta. Sem mensagem. Apenas um conjunto de chaves e o endereço de um depósito de armazenagem em Miami. Beau realmente não planejava voltar. Realmente não tinha intenção de vê-la. O que era bom. Os olhos dela ficaram marejados. Ainda que parecesse horrível.

— Estou pensando em voltar para a escola. Meio período — um sorriso triste apareceu em seu rosto quando ela correu a mão pela crina macia da égua. — Acho que vou ter algumas aulas genéricas até decidir o que fazer.

— Parece uma ótima ideia — Sadie correu uma escova pelo corpo de Maribell e olhou para a irmã por cima das costas do animal. Perguntou cuidadosamente, como se estivesse se preparando para uma resposta da qual não gostaria:

— Onde estava pensando em se matricular?

Stella respondeu com o mesmo cuidado.

— Na West Texas A&M.

Perto do cavalo, Sadie sorriu com os olhos. — Em Amarillo?

— Se você concordar.

— Eu adoraria. Você pode ficar aqui comigo.

Stella balançou a cabeça. Ela não seguraria a vela entre a irmã e Vince.

— Pensei em alugar um apartamento na cidade.

E um carro. Seu PT Cruiser nunca conseguiria fazer a viagem da Flórida para o Texas. Ela teria que vendê-lo.

— Não tem ninguém no apartamento do Vince e o contrato só vence em três meses.

O apartamento no qual ela havia entregado a virgindade a Beau?

— Não, obrigada.

— Compreendo — Sadie pigarreou. — Vou ajudar você a encontrar um bom lugar.

Tesora bateu na palma da mão de Stella com um focinho incrivelmente macio.

— Primeiro, preciso voar até Miami.

Sadie franziu o cenho.

— Pensei que você tivesse medo de viajar de avião.

Ah, sim. Ela havia contado uma mentira. Uma mentira que mudara sua vida e lhe custara um pedaço de seu coração. Jurou a si mesma que nunca mais mentiria.

Ela olhou para baixo e acariciou a cabeça da égua.

Bem, ao menos não mentiria tanto.

* * *

— Quando eu o vir de novo, você provavelmente será um surfista — Beau ergueu a mão do volante da BMW alugada e fez um sinal de *hang loose*.

— Provavelmente — Blake concordou. — Vou estar de rabo de cavalo e com pomada de óxido de zinco espalhada no nariz

— ele pegou algumas laranjas de uma sacola de frutas que havia comprado depois de sair do aeroporto naquela manhã. — Provavelmente vou estar dizendo *brother* o tempo todo, como Trevor Mattis. Você conheceu o Trevor?

Atrás dos óculos escuros, Beau olhou para o irmão e para o mar que se estendia além, enquanto eles desciam a Pacific Coast Highway em direção a Malibu.

— Não.

— Ele era um amigo surfista. Um verdadeiro homem-anfíbio da equipe um, Alpha Platoon. Relaxado. Realmente calmo sob pressão. O tipo de cara que você quer, no centro de comando.

Beau voltou sua atenção para a estrada. Não disse nada. Que Blake falasse quanto quisesse. Ele havia demorado quase uma semana para deixar o irmão relaxado daquele jeito.

— O Trevor tocava de tudo na guitarra, de Nirvana a Neil Diamond — Blake parou e puxou a casca da laranja. — Até um Toyota cheio de explosivos passar pelo Humvee dele em Mussayab e matá-lo. Um paraquedista e John Kramer, da equipe Delta, morreram também. Juntamente com cerca de vinte e sete civis que estavam apenas tentando fazer a peregrinação anual para Kerbala. Pobres coitados — ele deixou uma casca grande na perna da calça *jeans*. — Fiquei sabendo que eles precisaram recolher Trevor com uma colher — ele enfiou vários gomos de laranja na boca. — Esse lugar de reabilitação tem piscina?

— Acho que eles têm várias — ele havia passado a semana anterior em sua casa em Nevada, conversando com o irmão até Blake concordar em ir para uma clínica particular de reabilitação em Malibu, especializada em distúrbio de estresse pós-traumático e uso de drogas.

— Esse lance todo de reabilitação provavelmente não vai dar certo — Blake previu, e apertou um botão para descer o vidro.

— Tente. Quem sabe? Talvez você conheça uma enfermeira gostosa.

— Se houver alguma enfermeira gostosa.

— É Malibu. Acho que é de lei.

— Talvez não seja um desperdício completo — Blake resmungou, como se estivesse indo para a reabilitação para agradar a Beau e à mãe, mas os dois sabiam que ele não teria entrado no avião se não estivesse pronto para mudar. Abriu a janela e jogou as cascas de laranja. — Mas é caro.

— O que está fazendo? — Beau olhou para o irmão e de novo para a estrada. — Você está poluindo.

— Casca de laranja não é lixo. É material biodegradável.

— Cascas de laranja atraem animais para a estrada — ele uniu as sobrancelhas como se não pudesse se impedir e acrescentou: — É assim que inocentes animais selvagens morrem.

Blake olhou com estranheza para o irmão, como se Beau tivesse desenvolvido asas de fada e estivesse espalhando purpurina.

— Você está parecendo uma mulherzinha.

Não. Ele estava parecendo Stella, e não ficou nem um pouco surpreso quando o irmão leu sua mente e perguntou:

— Você tem falado com a pequena Stella?

— Não. Ela não atende e não retorna minhas chamadas.

E ele ainda estava meio irritado com ela por ter fugido do apartamento de Vince. Quando tinha conseguido se vestir, ela já tinha desaparecido. Ele havia passado uma boa hora com as bolas na garganta, dirigindo por todo lado à procura dela.

— Que pena que você deixou aquela escapar.

Agora foi a vez dele de olhar para o irmão com estranheza.

— Qualquer mulher que se mete em uma luta para salvar seu homem é uma mulher que vale a pena manter — ele mastigou mais alguns gomos de laranja e riu. — Aquilo foi muito engraçado.

Beau franziu o cenho.

— Ela poderia ter se machucado.

— É, mas não se machucou — ele engoliu e riu mais. — Mulher Invisível. Luvas bonitinhas. Ridículo.

Beau riu também.

Correndo para Você

— Destrói o Batman.
— E o Super-Homem — Blake relembrou.
Ele parou de rir.
— É.
Ele não precisava ser lembrado. Ele se lembrava todos os dias, e parecia que uma mulher de dois metros de altura o havia surrado. Com força. Retorcido suas tripas e virado sua cabeça. Ela havia dito que o amava. Que o amava de verdade. Quisera que ele fosse o primeiro homem a fazer amor com ela. Uma decisão da qual ela agora provavelmente estava arrependida.

O vento que entrava pela janela do irmão o irritou, e ele subiu o vidro. Pensou no rosto de Stella quando ela perguntou se ele a amava. Ansiosa. Esperançosa, quase implorando com os olhos para que ele dissesse sim. E ele quase havia dito. Para preservá-la da dor que a resposta dele provocaria. Para preservar a si mesmo da dor nos olhos dela quando ele respondesse que se importava com ela.

Blake brincou com o teto solar, e o cheiro de maresia inundou o carro. Por fim, Beau não tinha sido capaz de dizer o que ele não acreditava ser verdade. O amor de verdade não tinha que atingir o peito como uma bala de calibre 38? Não tinha que nocautear um homem até que ele ficasse de joelhos, se perguntando o que o tinha atingido? Não era um raio com uma explosão e uma sensação boa por dentro?

Ele fechou o teto solar. Não era uma explosão sentir que você tinha sido amaldiçoado por uma mulher irritante por doze dias? Não era sentir-se confuso e com a visão limitada quando ela estava por perto? Era límpido e focado e...

— Deus — ele sussurrou.
— O que foi? — Blake perguntou, enquanto digitava uma mensagem de texto.

Beau virou para o irmão.
— Acho que vou vomitar.

— Coma uma laranja — Blake olhou para ele. — Parece que você acabou de levar uma porrada na cabeça.

Era essa a sensação. No peito também. Ele olhou para o irmão, seu melhor amigo e companheiro de útero, e ouviu a si mesmo dizer, como se estivesse longe.

— Eu amo a Stella.

Como aquilo havia acontecido? Como o desejo extremo havia se transformado em amor?

— Não brinca — Blake riu e jogou uma laranja no porta-copos.

E quando? Quando tinha acontecido? Quando ele a vira caminhar corajosamente para dentro da casa da irmã? Ou em Nova Orleans, quando ele fingiu que não conseguia dizer "não" para ela? Ou antes disso, sob a Lua crescente em Tampa, quando olhou para cima e a viu? A água iluminada refletida em seus cabelos?

Que merda era aquela?

Blake balançou a cabeça e foi como olhar em um espelho e ver a própria imagem de desgosto.

— Depois, você é que é o gêmeo esperto.

* * *

O Ramada Inn, ao norte do Aeroporto Internacional de Miami, não era exatamente o cúmulo do luxo, mas também não era uma pocilga. Mais importante: era o que Stella podia pagar, e agora que o orçamento estava apertado, setenta dólares por noite era um bom valor. Era bem diferente dos hotéis nos quais havia se hospedado com Beau, mas isso tinha sido antes. Antes de ter se apaixonado por um espião supersecreto da Marinha. Antes de ele ter despedaçado seu coração.

De seu quarto no segundo andar do hotel, Stella olhou para o estacionamento vazio. Ela estava disposta a encarar o futuro, agora. Sem olhar para trás. Olhar para trás ainda doía. As feridas ainda estavam tão frescas como tinham estado na semana anterior.

Correndo para Você

Ela passara três dias em Miami e havia conquistado muita coisa. Vendera o PT Cruiser ao síndico de seu condomínio e, precisava admitir, voltar lá para buscar o carro tinha sido estranho e um pouco assustador. Passara o tempo todo esperando que os irmãos Gallo ou Ricky a atacassem, mas não acontecera nada. Acreditava que eles tinham desistido e esquecido. Ao encontrar o síndico para devolver as chaves do apartamento, fechara um acordo bem razoável para a venda do carro. Tinha conseguido quitar o restante do financiamento e ainda restara um pouco de dinheiro para dar de entrada no próximo. Usado, claro.

Só o que faltava fazer era dirigir a caminhonete alugada até o depósito de armazenagem no dia seguinte e pegar suas coisas. Havia um carrinho de mão dentro da caminhonete e ela imaginava que, se precisasse de mais ajuda do que isso, poderia deixar algumas coisas para trás. Tudo de verdadeiro valor tinha sido encaixotado e etiquetado pelos amigos de Beau.

Stella se afastou da janela e pegou o telefone na cama. Conferiu as ligações, os *e-mails* e as mensagens de texto. Nada. Nada desde a última vez em que checara, uma hora antes.

Beau não tentava entrar em contato havia cinco dias. Não havia recebido nada dele desde o envelope que ele mandara pelo correio. O filho da puta. Ele realmente não a amava. Ele havia virado sua cabeça, despedaçado seu coração e deixado sua vida de ponta-cabeça. Havia feito com que ela o amasse, mas nunca a amara.

Eu me importo com você, ele havia dito, e ela nunca se sentira tão tola. Nunca. Nem mesmo quando estivera em um bar no Tennessee e percebido, já lá fora, que havia deixado suas roupas no banheiro feminino. Em sua defesa, era verdade que ela estava bastante embriagada, e que uma amiga havia apostado vinte dólares contra ela.

Com Beau, Stella não tinha desculpas. Nem dinheiro, nem bebida e nem a doideira do duplo desafio.

Ela jogou o telefone na cama ao mesmo tempo em que alguém bateu à porta com o que parecia ser uma chave.

— Serviço de quarto.

Serviço de quarto? A maioria das faxineiras era do sexo feminino. Aquela voz era de homem, e ela cautelosamente se aproximou da porta e espiou pelo olho mágico. Meio que esperava ver Lefty Lou, não olhos acinzentados olhando para ela sob um boné da Marinha. Sentiu o coração acelerado no peito e nos ouvidos e prendeu a respiração. Medo de se mexer. Medo de fazer barulho. Medo de piscar e ele desaparecer.

— Sei que você está aí, Botas. Abra.

Como ele sabia?

— Não vou embora.

Ela o conhecia bem o suficiente para acreditar. Uma parte de seu coração gritava *sim, sim, sim!*, enquanto outra parte berrava *não, não, não!* Ela abriu a porta, mas manteve a corrente presa, para garantir.

— O que está fazendo aqui?

Ele aproximou o rosto da abertura.

— A pergunta é o que *você* está fazendo aqui? Avisei você para não voltar para Miami.

— Bem, não obedeço às suas ordens, sargento Junger.

— Isso é óbvio — ele fez a familiar carranca enquanto apoiava o peso nos calcanhares. — Por que não atendeu meus telefonemas?

Aqueles que ele tinha feito cinco dias antes?

— É óbvio.

Ele usava uma camiseta branca e a calça *cargo* de sempre. Ela sentiu no estômago o mesmo arrepio de sempre.

— Quais são seus planos? — Ele perguntou.

Meu Deus, ela o odiava. Não, ela o amava. Não, ela odiava amá-lo.

— Não é da sua conta.

Ele tentou sorrir, como se fosse o sr. Simpatia, mas não conseguiu.

— Que engraçadinha, Botas.

Certo, que diferença fazia? Ela contaria e ele iria embora, e então ela poderia desmaiar de ansiedade.

— Vou pegar uma caminhonete amanhã e dirigir até Lovett. Conversei com o gerente do Slim Clem's e ele vai me dar um emprego nas noites de semana. E vou fazer aulas na West Texas A&M em Amarillo na primavera.

A tentativa de sorrir foi abandonada.

— O Slim Clem's é um lixo.

— Já trabalhei em lugares piores — só o som da voz dele já dava facadas nas feridas no coração dela.

— Este hotel é um lixo. A segurança é uma merda.

— Já me hospedei em lugares piores também — ela pigarreou para controlar a voz. — Tenho que ir, agora — ela disse, antes de as lágrimas que nasciam em seus olhos borrassem sua visão e antes que a parte dela que dizia *sim sim sim* vencesse e ela abrisse a porta. — Tchau, Beau.

Ele levantou uma mão.

— Stella...

Ela bateu a porta quando seus olhos se encheram de lágrimas.

— Vá embora antes que eu chame a polícia.

Era uma ameaça vazia, mas pareceu ter funcionado. Ela escutou os passos dele e então espiou pelo olho mágico. Ele havia partido. Tinha simplesmente ido embora. O imbecil.

Ela caminhou até a cama e a alça de seu vestido azul escorregou pelo braço. Não conseguia acreditar que ele tinha ido embora. Tão fácil? Igual à partida de Lovett. Em um minuto ele estava na cidade e no outro, havia desaparecido. Como o espião supersecreto que ele garantia a todo mundo não ser. O irmão havia partido com ele também. O que tinha sido bom. A última coisa de que ela precisava era encontrar uma cópia perfeita de Beau.

Ela secou as lágrimas do rosto e ficou de pé para olhar pelo olho mágico de novo. Sim. Ele tinha ido embora. Ela se virou e se recostou na porta. Se ele pretendia ir embora, por que tinha ido até lá? Por que estivera ali? Por que ela não havia perguntado a ele?

A madeira estava fria contra seus ombros nus e ela secou ainda mais lágrimas. Como ele havia conseguido encontrá-la? Sadie e Vince eram as únicas duas pessoas que sabiam onde ela estava, e ela duvidava de que a irmã desse qualquer informação a Beau. Assim, só sobrava Vince, ou Beau havia rastreado seu telefone. Ela fechou os olhos e recostou a cabeça na porta. Ele provavelmente a havia rastreado.

Uma batida alta a assustou e ela arregalou os olhos. Mais uma batida alta, seguida por diversos estouros, fizeram-na pular tão bruscamente que sua coluna estalou. Do lado de fora, parecia que um tiroteio estava acontecendo, e ela correu até a janela. Abriu uma das metades da cortina e olhou para baixo, para a espessa fumaça branca e cinza subindo do estacionamento. Por um breve instante ela pensou que um carro houvesse explodido, então Beau saiu andando do meio da fumaça, com os braços caídos ao longo do corpo e olhando para cima em direção à janela dela.

— Explosão — ela sussurrou, quando parou e inclinou a cabeça para trás. Ele havia trazido explosivos.

Mais um barulho como fogos de artifício do Quatro de Julho fizeram-na sair correndo do quarto. Ela voou até a porta e pelos degraus abaixo, em direção a Beau, como fizera no dia da fuga. Mas, desta vez, apenas Beau estava ali, de pé na frente da fumaça, como se estivesse descendo de uma nuvem. Sem corações infláveis nem flores. Só a explosão e ele.

Ela passou a três metros. Subitamente insegura.

— Alguém me disse que provoco explosões excelentes.

— Acho que eu disse "maravilhosas" — o cheiro forte de enxofre fez seu nariz arder e seus olhos lacrimejarem.

Ele sorriu e não pareceu se sentir afetado. Talvez porque adorasse o cheiro das explosões.

— Então, terei que me esforçar mais — ele diminuiu a distância entre eles enquanto algumas pessoas espiavam das janelas.

Correndo para Você

— Senti saudade de você, Stella.

Ela tentou não sorrir nem deixar que as palavras dele a fizessem pensar que ele se importava. Oh, espere, *importar-se* era exatamente o que ele sentia por ela

— Você me jogou em uma perseguição, tentando te localizar. Vince não quis me contar onde você estava com medo de que Sadie brigasse com ele.

Ela cruzou os braços abaixo dos seios quando uma brisa dissipou a fumaça. Graças a Deus.

— Você não tem medo de que alguém veja essa fumaça e chame a polícia ou os bombeiros?

Ele sorriu.

— Eu avisei a moça da recepção que checaria a segurança do hotel. Para que ela não se assustasse se visse ou escutasse algo incomum.

— Como bombas e fumaça?

Ele sorriu ainda mais.

— Exatamente.

Ela raramente tinha visto aquele sorriso. Sorriso que, ela precisava admitir, era bem bonito.

— Por que você está aqui?

O sorriso desapareceu e ele observou o rosto dela. E disse, simplesmente:

— Eu amo você.

Ela baixou os braços e teve medo de piscar. Medo de que fosse um sonho.

— Você disse que não me amava.

— Eu sou um idiota. Pensei que o amor acontecesse como tiros ou uma explosão — ele afastou a fumaça com a mão. — Eu estava enganado. O amor acontece com um sorriso de cada vez. Um belo e tortuoso sorriso por vez. A cada vislumbre dos seus olhos. A cada toque da sua mão. A cada som da sua risada — ele se aproximou e segurou as mãos dela. — Eu sou um fuzileiro, e esperava que o amor fosse algo arrebatador e que me deixaria de quatro — ele sorriu e levou os dedos dela aos lábios. — Mas começou pequeno e suave. Doce. Como você.

Certo. Ela gostava daquilo. Era bom. Aquilo e os beijos em seus dedos. Ela nunca tinha visto aquele Beau. Poderia muito bem se acostumar a ele.

— E aqui estou— ele disse, e passou as mãos pelos braços e ombros dela. — Arrebatado e de quatro. Amo você, Estella Immaculada. Quero olhar em seus olhos e sentir seu toque pelo resto da minha vida. Você me deu o melhor presente que já recebi. Você me deu você. Casa comigo. Não porque fizemos sexo e eu me sinto responsável, mas porque amo você.

Ai, Deus! Ela não conseguia respirar. Seu coração ficou grande demais. Desmaiaria, com certeza.

— Seria péssimo se você fizesse tudo isso e eu dissesse "não".

Ele lançou a ela seu melhor olhar de sargento Junger, mas um sorriso apertou seus olhos.

— Sua piada não tem graça.

Ela riu mesmo assim.

— Sim — respondeu. — Eu caso com você.

Ele a suspendeu para que seus olhos ficassem na mesma altura que os dele.

— Prometa que não vai fugir de mim de novo como fez no apartamento de Vince.

— Eu saí. Não fugi.

— Você me assustou muito, pode ter certeza. Eu dirigi pela cidade à sua procura durante uma hora. Se Vince não tivesse me telefonado, eu ainda estaria dirigindo por Lovett.

— Nunca mais. Onde você estiver, eu estarei. Onde quero e preciso estar — ela colocou as mãos em ambos os lados do rosto dele enquanto o restinho da fumaça desaparecia. — Eu amo você. Você é meu herói e meu superespião secreto particular. Eu vou sempre correr para os seus braços.

Sobre a autora

Com a publicação do primeiro livro da autora Rachel Gibson, *bestseller* do *New York Times*, os leitores descobriram uma das mais novas vozes do romance contemporâneo. Quatro de seus livros foram listados entre os "Dez livros favoritos do ano" pela Romance Writers of America. Ela ganhou diversos prêmios, incluindo o Borders Bestselling Romantic Comedy, o National Reader's Choice, e dois prêmios RITA® de Melhor Título de Romance Contemporâneo do Ano.

Os leitores podem escrever para Rachel no endereço P. O. Box 4124, Boise, Idaho, 83711-4124, ou visitar seu *site*, *www.rachelgibson.com*.

Visite *www.AuthorTracker.com* para obter informações exclusivas a respeito de seus autores preferidos da HarperCollins.

INFORMAÇÕES SOBRE A
Geração Editorial

Para saber mais sobre os títulos e autores
da **Geração Editorial**,
visite o *site* www.geracaoeditorial.com.br
e curta as nossas redes sociais.

Além de informações sobre os próximos lançamentos,
você terá acesso a conteúdos exclusivos
e poderá participar de promoções e sorteios.

- geracaoeditorial.com.br
- /geracaoeditorial
- @geracaobooks
- @geracaoeditorial

Se quiser receber informações por *e-mail*,
basta se cadastrar diretamente no nosso *site*
ou enviar uma mensagem para
imprensa@geracaoeditorial.com.br

Geração Editorial

Rua Gomes Freire, 225 – Lapa
CEP: 05075-010 – São Paulo – SP
Telefax: (+ 55 11) 3256-4444
E-mail: geracaoeditorial@geracaoeditorial.com.br